Zu diesem Buch

«Die Enthüllungen dieses Buches gelten nicht dem Privatleben eines bestimmten Tennisstars, der Navratilova etwa, sondern dem Problem der Integrität, der Selbstachtung einer lesbischen Frau in einer Welt, die von ihr konsequent die Unterwerfung fordert. Das Buch setzt sich mit dem Preis auseinander, den eine Frau zu zahlen hat, die den Erfolg im Beruf nicht für die Erhaltung ihrer Identität zu riskieren wagt. Es geht dabei um viel, viel mehr als um Tennisstars, egal ob echte oder fiktive. Rita Mae Brown ist eine große Charakterzeichnerin geworden. Die Egozentrik ihrer ersten Romane ist einem sehr genauen psychologischen Interesse für andere gewichen, ohne ihre Intensität einzubüßen. Ihre Figuren haben an Schärfe und Tiefe gewonnen, sie sind zugleich klarer und differenzierter geworden. Der weibliche (Sprach-)Berserker hat ein neues Universum erschaffen.» («Emma»)

Rita Mae Brown, geboren in Hanover/Pennsylvania, wuchs bei Adoptiveltern in Florida auf. Sie studierte in New York Anglistik und Kinematographie und veröffentlichte Gedichte. Sie war aktives Mitglied von NOW (National Organization of Women) und der «Furien» sowie Mitbegründerin der «Rotstrümpfe» und der «Radicalesbians». Ferner: «Rubinroter Dschungel» (rororo Nr. 12158), «Jacke wie Hose» (rororo Nr. 12195), «Herzgetümmel» (rororo Nr. 12797), «Wie du mir, so ich dir» (rororo Nr. 12862), «Goldene Zeiten» (rororo Nr. 12957), «Bingo» (rororo Nr. 13002) und zusammen mit Sneaky Pie Brown: «Schade, daß du nicht tot bist» (Rowohlt 1991).

Rita Mae Brown

Die Tennisspielerin

Roman

Deutsch von
Gerlinde Kowitske

Rowohlt

Die Originalausgabe erschien 1983 unter dem Titel
«Sudden Death» bei Bantam Books, Inc., New York
Umschlagillustration Gerd Huss

76.–90. Tausend September 1992

Veröffentlicht im Rowohlt Taschenbuch Verlag GmbH,
Reinbek bei Hamburg, November 1988

Gesamtherstellung Clausen & Bosse, Leck
Printed in Germany
990-ISBN 3 499 12394 0

Judy Cook Lacy
gewidmet

Sie hatte nicht vor, diese Erde zu verlassen;
der Tod entführte sie.

Zur Entstehung

Judy Lacy lag mir ständig in den Ohren, ein Buch über das Profitennis zu schreiben. Ich machte mich über diesen Gedanken lustig, denn ich sah darin den Stoff *ihres* ersten Romans. Sie war Sportjournalistin beim *Boston Herald American*. Und sie war noch eine Menge mehr – eine gute Sportlerin, eine absolut integre Frau und eine mitreißende Freundin. Einige Tage bevor sie starb, bat sie mich, ein Buch zu schreiben, in dem es um Tennis geht. Da ich nicht wußte, wie krank sie wirklich war, weigerte ich mich. Aber sie bestand darauf, und schließlich sagte ich ja. ‹*Die Tennisspielerin*› ist das Ergebnis. Es begann als ein Buch über das heutige Tennis der Damen, doch als die Arbeit Gestalt annahm, wurde mir klar, daß ich den Rahmen eigener Erfahrungen und Beziehungen überschreiten und viel mehr darstellen wollte. Und so entwickelte sich die Geschichte in eine völlig andere Richtung.

Zwar handelt dieser Roman von der Welt des Damentennis, doch stehen Lesbierinnen in allen Bereichen unserer Gesellschaft den Problemen und dem Druck gegenüber, dem die Protagonistinnen ausgesetzt sind. Die Hauptpersonen und Geschehnisse dieses Buches sind demnach bloß Illustrationen und ganz und gar erfunden. Keines dieser Ereignisse hat wirklich stattgefunden, und jede Ähnlichkeit mit Personen im Profitennis ist rein zufällig.

Eigentlich ist es Judys Buch. Alle Stärken, die der Roman haben mag, sind eher Judy zuzuschreiben als mir. Doch sind die Schwächen mir allein anzukreiden und nicht auf sie zu beziehen, die mich inspiriert hat.

Zehn Prozent meines Honorars aus dem Verkauf dieses Romans gehen an:

The Judy Lacy Memorial Fund
Massachusetts General Hospital
Oncology Department, Cox Building
100 Blossom Street
Boston, Massachusetts 02114

Sollten Leserinnen und Leser zu diesem Fonds beisteuern wollen, wäre die Autorin dafür dankbar.

Danksagung

Die folgenden Personen leisteten ihren Beitrag zu diesem Buch, und ich danke ihnen: Susie Baker Adams, Donald Alex, Jerry Astrove, Julia Ellen Brown, Rebecca Brown, Betty Burns, Elaine und Don Candy, Doodles, Linda Damico, Trish Faulkner, Joan und Jim Freeman, Lee Jackson, Baylor Johnson, Larry King, Bill Leach, John Lowe, Regina McCormack, Colleen Moreland, Martina Navratilova, Tove, Troost, Elizabeth und Karin Parker, Rachel und Phil Rogers, Marion Roth, Clare Schaefer, Susan Scott, Elaine Spaulding, Rita Speicher, Alice und Jimmy Turner, Mona Vold, Ruth Weeks, Martin Weiss, Cazenovia und Baby Jesus, die einzige reale Figur meines Romans.

Louise, eine der Katzen, wurde einen Monat rollig. Dies mag sich auf *Die Tennisspielerin* ausgewirkt haben oder auch nicht.

Bud Collins hielt mich durch sein mutiges Beispiel bei der Stange.

Mein besonderer Dank gilt Deborah Mogelberg, die nicht an mir verzweifelte, während dieses Buch Kontur gewann.

Und ich danke dir, Leserin oder Leser – du trägst zu meinem Buch bei, denn ich denke an dich, während ich schreibe. Ich stelle dich mir als eine moderne Carole Lombard, Vivian Leigh oder gar eine Heilige der letzten Tage vor, die sich in mich verliebt, überwältigt von meinem Talent. Oder ich stelle dich mir als Ronald Colman oder Douglas Fairbanks vor, der sich in mich verliebt, überwältigt von meinem Talent, dem weiblichen Gegenpart deines eigenen, und falls nicht überwältigt von meinem Talent, dann vielleicht überwältigt von meinem Ego?

Sind Schriftsteller wirklich so egoistisch? Nein, aber wenn ich nicht an mich glaube, wirst du mit hundertprozentiger Sicherheit schon gar nicht an mich glauben. Leider verwechseln das eine Menge Leute mit Eingebildetheit. Ich bin nicht eingebildet, aber eitel. Ich erwarte, daß du das Foto vorn in diesem Buch einrahmst und regelmäßig davor in Ohnmacht fällst. Nur zu, etwas Anbetung ist gut für die Seele – meine.

1

Miguel Semana hob ein geschliffenes Kristallglas mit goldenem Brandy an seine bärtigen Lippen. Er war seit zwei Wochen in Amerika, um mit Carmen, seiner berühmten Schwester, Weihnachten zu feiern. Seit sechs Jahren rangierte Carmen unter den drei Spitzenspielerinnen im Profitennis der Damen. Miguel, selbst ein talentierter Athlet, haßte die Disziplin im Sport. Er haßte Disziplin, punktum. Carmen haßte sie auch, widmete dem Training aber gerade genug Zeit, um ihre außergewöhnliche Naturbegabung in Hochform zu halten. Miguel liebte seine Schwester so sehr, wie er überhaupt lieben konnte. Als sie Kinder waren, hatte er sie trainiert, mit ihr gespielt und ihr Spiel zu dem gemacht, was es heute war, denn er gönnte ihr keine Pause. Als sie gut genug war, sich auf dem Profifeld zu behaupten, brachte Miguel seinen Vater dazu, sie aus Argentinien fortzulassen. Er begleitete sie das erste Jahr über auf Turnierreisen; sie war fünfzehn. Anschließend ging er wie geplant aufs College und wurde Rechtsanwalt. Während er sich mit Schadensklagen, Testamentsvollstreckungen und anderen höchst langweiligen Sachen herumschlug, wurde Carmen am Tennishimmel unaufhaltsam ein großer Star.

Jetzt, mit 24 und auf dem Höhepunkt ihrer physischen Kraft, hatte Carmen Miguel wieder an ihrer Seite. Sie wollte im Tennis den Grand Slam gewinnen, ein schier unmögliches Bravourstück, aber eines, das ihr sowohl im Sport Unsterblichkeit garantieren als auch eine bereits fette Brieftasche zum Überquellen bringen würde.

Um den Grand Slam zu gewinnen, muß eine Spielerin im selben Jahr das French Open, Wimbledon, das US Open und das Australian Open gewinnen. In der Geschichte des Tennis hatten nur vier Spielerinnen und Spieler dieses Meisterwerk je vollbracht: Don Budge im Jahre 1938, Maureen Connolly 1953, Rod Laver 1962 und 1969 und Margaret Court im Jahre 1970.

Miguel wußte, daß dieses Jahr Carmens große Chance war. Sie war eine Aufschlag- und Volleyspielerin, und die brauchen länger, bis sie auf dem Platz voll ausgereift sind, als Grundlinienspielerinnen. Da sie viel Kraft brauchen, müssen ihre Körper voll entwickelt sein. Obendrein müssen sie emotional gefestigt sein. Carmen war an der Spitze und ohne Verletzung. Dies war ihr Jahr, und beide, sie und Miguel, wußten es. Jetzt oder nie. So entscheidend der Zeitpunkt für ihren Aufschlag war, so entscheidend war er für ihre ganze Karriere. Sie war am rechten Platz zur rechten Zeit.

Miguel sah über den Cazenovia Lake, einen herrlichen sechs Kilometer langen Streifen frischen Wassers im Norden des Staates New York. Das glatte Wasser glitzerte in der fahlen Nachmittagssonne. Miguel, im Luxus aufgewachsen, war von der schönen Villa mit Blick über den See und die Berge dahinter nicht sonderlich beeindruckt. Die Semanas genossen die Privilegien einer Familie des gehobenen Mittelstands in Buenos Aires, daher ließ ihn Carmens Umgebung im wahrsten Sinne des Wortes kalt. Die Winter in Cazenovia waren streng und dauerten manchmal acht Monate. Fast anderthalb Meter Schnee bedeckte die Erde. Wenn einem der ganze Kontinent der Vereinigten Staaten zur Verfügung steht, warum dann im Schnee sitzen? Miguel runzelte die Stirn, als der warme Brandy in seinem Magen brannte.

Carmens Mitbewohnerin, Harriet Rawls, war Dozentin an dem kleinen College in Cazenovia. Als Carmen hierher zog, kauften sie zusammen das Haus. Das war vor drei Jahren. Noch im ersten Jahr ihres Zusammenlebens überredete Carmen Harriet, ihren Posten aufzugeben und ganz mit ihr herumzureisen. Miguel hielt es für möglich, daß sie ein Liebespaar waren. Wenn Carmen es auf Mädchen ebenso abgesehen hatte wie auf die Vorhand ihrer Gegnerinnen, wollte er nichts davon wissen. Die

Möglichkeit, daß eine feminine Frau sich eine Frau als Geliebte wünschen könnte, leuchtete ihm nicht ein. Schließlich war Miguel ein sehr lateinamerikanischer, sehr gutaussehender Mann. Er flirtete auf Teufel komm raus mit Harriet, da sie die einzige Frau in Sichtweite war und nicht schlecht aussah, kam aber nie sehr weit damit. Er konnte es kaum erwarten, mit seiner Schwester auf Tour zu gehen. Da würde sich schon zeigen, was Sache ist.

Außerdem mußte er zu Geld kommen. Er spielte. Diese Leidenschaft hatte er zwar unter Kontrolle, aber er hatte noch ein schlimmeres Laster – er liebte die Macht und schöne Dinge. Es reichte ihm nicht, Anwalt in Buenos Aires zu sein. 28 Jahre lang war er ein gehorsamer Sohn gewesen, jetzt wollte er die Dinge auf seine Art in die Hand nehmen. Seine Schwester würde diesen Grand Slam gewinnen, und wenn sie beide dabei draufgingen. Miguel wollte den Sieg. Als ihr neuer Geschäftsmanager würde er endlich Erfolg haben. Die Tatsache, daß Carmen keine Ahnung davon hatte, daß er ihr Geschäftsmanager war, störte ihn nicht. Das würde er mit der Zeit schon hinkriegen.

Seite an Seite, von hinten betrachtet, sahen Miguel und Carmen wie Brüder aus, so sehr ähnelten sich ihre Körper. Nur wenn sie sich umdrehten, konnte man erkennen, daß der größere männlich, der kleinere weiblich war. Beide hatten sie lockiges schwarzes Haar, Hakennasen und taubengraue Augen geerbt. Ein reizender, leicht gewölbter Mund gab strahlendweiße Zähne frei. Wie alle Semanas hatten sie wunderschöne Hände. Diese Eigenschaften machten Miguel zum Wunschbild eines Mannes. Carmen allerdings lag geradewegs zwischen Mann und Frau. Eine großzügige Seele hätte sie androgyn genannt. Als Kind hatte man Carmen verspottet. Tennis rettete sie. Sie war vielleicht nicht atemberaubend schön oder niedlich unterwürfig, doch, bei Gott, in dem, was sie tat, war sie die Beste. Ihre ganze Identität als Erwachsene war mit dem Umkreis eines Tennisplatzes verknüpft. An diesem Punkt in Carmens Leben sagten Leute, die sie maskulin fanden, dies allenfalls hinter vorgehaltener Hand. Ins Gesicht sagten sie ihr nur Lobendes. Sie liebte das Lob, und sie verdiente es. Falls sie sich je fragte, was die Leute wirklich über sie dachten oder was sie von sich selbst dachte, verschloß sie es tief in ihrem Innern. Ihr Tennisruhm würde sie für all die Verletzungen entschädigen, unter denen sie in ihrer Kindheit gelitten hatte.

Dr. Arturo Semana hatte seine Kinder nie absichtlich verletzt. Sie wurden zu Hause mit materiellen Besitztümern überhäuft und an der aristokratischsten katholischen Schule in Buenos Aires zu tiefer Frömmigkeit getrieben. Miguel, das ältere Kind und der einzige Sohn, stand unter dem täglichen Druck seines Vaters, in allen Dingen ein Mann zu sein. Carmen bekam von ihrer Mutter, eine der führenden Gastgeberinnen von Buenos Aires, den gleichen Druck zu spüren. Als Carmen statt Miguel die Leistungssportlerin wurde, war Theresa Semana eine Woche lang bettlägerig. Arturo fand sich mit Carmens Karriere ab und war schließlich stolz darauf. Theresa kam so weit, daß sie bei der Erwähnung von Leistungen ihrer Tochter nicht mehr erbleichte, aber sie fand das Tennisleben für jede Frau unakzeptabel, ihre einzige Tochter eingeschlossen. So war es kaum verwunderlich, daß Carmen ihre Besuche zu Hause auf einen im Jahr beschränkte. Egal, wie viele Pokale oder wieviel Geld sie gewann – wenn sie ihr Spiegelbild in den klaren Augen ihrer Mutter erblickte, sah sie eine Niete.

Miguel begriff nichts von dem besonderen Druck, den es bedeutet, weiblich zu sein, aber Carmen war seine Schwester, und er liebte sie. Außerdem war er mit seinem eigenen Druck vollauf beschäftigt. Die beiden verbündeten sich gegen die liebenden, aber fordernden Eltern. Es war, als lebten Bruder und Schwester in einer sehr eleganten Kriegszone, zwei Soldaten mit unterschiedlichem Hintergrund an derselben Front. In ihrem Fall lag die Unterschiedlichkeit im Geschlecht statt in der sozialen Herkunft oder Geographie. Und wenn auch keines der Geschwister ins Herz oder in den Kopf des anderen sehen konnte, verließen sie sich doch aufeinander und liebten sich. Das war ihre Stärke und auch ihr Unglück.

Das Klingeln des Telefons unterbrach das Abendessen. Harriet stand von ihren Spaghetti mit Pestosauce auf und hob ab.

«Frohe Weihnachten, Harriet.» Jane Fultons kehlige Stimme klang durch die Leitung. «Was macht das Besuchsprogramm?»

«Es braucht seine Zeit.»

«Das hat meine Mutter über das Wachstum meiner Brüste auch gesagt, als ich dreizehn war. Und sieh mich heute an.»

Janes Stimme wurde von Ricky im Hintergrund übertönt: «Mehr als eine Handvoll ist überflüssig. Frohe Weihnachten und gute Nacht euch allen.»

Harriet lächelte. «Ricky hört sich ganz aufgekratzt an.»

Carmen rief vom Tisch rüber: «Frohe Weihnachten!»

Miguel fiel ein. «Glückliches neues Jahr!» Er sprach mit englischem Akzent wie seine Schwester.

Carmen klärte ihn über Rickys Vorliebe für Eierpunsch auf. Miguel hatte Ricky Cooper noch nicht kennengelernt, aber jeder, der ab und zu gern einen über den Durst trank, schien seine Sorte Mann zu sein.

«Macht ihr beide die Berichterstattung bei den Tomahawk-Meisterschaften?« fragte Harriet. Tomahawk, der Kosmetikzweig von Clark und Clark, einer riesigen pharmazeutischen Firma, sponsorte das Hallentennis der Damen. Ihr Motto war «Erschlag deinen Mann». Die Ballmädchen trugen Federn und Kriegsbemalung, und dieses Motto wurde dem Publikum durch Spruchbänder, Anzeigen und die Verpackung der Produkte eingehämmert.

«Wir kommen. Wohnt ihr am selben Ort?»

«Ja, wir alle drei.»

«Gut, wir laden euch zum Essen ein. Wir wollen Miguel kennenlernen. Sieht er so gut aus wie sein Foto?»

«Er sieht ziemlich gut aus.» Harriet lachte, als Miguel sich effektvoll über den Schnurrbart strich. «Sie haben uns alle zum Essen in Washington eingeladen.»

«Spitze.» Miguel strahlte.

«Können's kaum erwarten, Jane. Küsse an Ricky. Frohe, frohe Weihnachten.»

Ricky Cooper und Jane Fulton waren ein gut zusammenpassendes Paar; sie Reporterin beim *Philadelphia Inquirer* und Ricky Sportberichterstatter bei der *New York Times*. Er moderierte auch die Direktübertragung des neuen Kabelsportprogramms. Als sie heirateten, ließen sie sich – statt eine Karriere der anderen zu opfern – vernünftigerweise in Princeton, New Jersey, nieder, auf halber Strecke zwischen beiden Städten. Ricky war in den Vierzigern und Jane Ende Dreißig. Dem Alter nach Harriet näher, standen sie ihr auch als Freunde näher, aber sie bewunderten Carmen, die in den Tag hineinlebte und nie an morgen dachte. Für auf Arbeitsmoral fixierte Protestanten war das ein unglaublicher Gedanke.

«Du schlägst Vorhand-Cross und ich Cross zurück.»

«Okay.» Carmen trottete wieder zur Grundlinie.

Miguel, Rechtshänder, schlug hart auf die Vorhandseite seiner Schwester. Da sie Linkshänderin war, kam der Ball als Rückhand.

«Zu seicht. Los doch, Trantüte, treib mich zurück.»

«Es ist Heiligabend. Gönn mir eine Pause.»

Er prügelte den Ball härter und sang dabei ein Weihnachtslied. Gleich fiel sie in sein Lied ein, und die beiden begleiteten ihren Ballwechsel mit englischen und spanischen Texten.

«Weißt du schon, was du unterm Weihnachtsbaum finden wirst, Migueletta?» Er nannte sie bei ihrem alten Spitznamen.

«Sag's nicht. Es soll eine Überraschung sein. He, unfair. Ich habe das Tempo gedrosselt, um zu reden.»

«Das ist dein Problem. Wenn du den Ball nicht im Auge behältst, was kann ich dafür?»

Sie revanchierte sich, indem sie auf den Ball drosch. Er legte sein ganzes Körpergewicht in den Return. So spielten sie eine Stunde lang weiter, bis Miguel abbrach.

«Ich spiele am Weihnachtstag nicht.»

«Wie tragisch.» Er wischte sich den Schweiß von den Unterarmen.

«Du bist heute schlimmer denn je, als wir Kinder waren.»

«Du bist immer noch ein Kind.»

«Mach nur so weiter, dann findest du unterm Weihnachtsbaum überhaupt nichts.»

«Ich wünsche mir Margot Kidder, mit einem roten Bändchen geschmückt.»

Carmen fand, das wäre keine schlechte Idee für sie selbst, aber sie hielt den Mund. «Du wirst es abwarten müssen.»

«Nach Weihnachten müssen wir länger trainieren.»

«Weshalb?»

«Deine Rückhand hat null Topspin, deshalb.»

«Welche Frau hat schon eine Topspin-Rückhand?»

«Du bist stark genug, und das neue deutsche Mädchen ebenfalls.»

Carmen überhörte diese Bemerkung. Weihnachten hatte Vorrang vor der Arbeit. Sie hatte für Harriet eine Sammlung Erté-Drucke gekauft und hoffte, daß sie ihr gefielen. Für Miguel hatte sie eine goldene Rolex-Uhr erstanden. Sie war schrecklich teuer, aber sie wußte, er würde darüber begeistert sein. «Längeres Konditionstraining.» Sie tätschelte ihm den Rücken.

«Und Krafttraining.»

«Miguel.»

«Ja. Dies ist dein Jahr. Alles muß perfekt klappen.» Er ging zum Getränkeautomaten und kaufte eine Cola für sich und ein Mineralwasser für Carmen. «Hast du was dagegen, wenn ich mir mal deine Verträge ansehe – die Werbeverträge und all das Zeug?»

«Nein. Warum sollte ich? Ich lese sie nie. Seth Quintard macht das alles. Ich unterschreibe nur auf der gestrichelten Linie.»

«Er sorgt sicher für die bestmöglichen Abschlüsse; das ist der Job eines Agenten. Aber ich bin Anwalt und würde gern mal alles ganz genau durchgehen. Vielleicht fällt mir was auf, das ihm entgangen ist.»

«Schön. Schneit es wieder?»

Er ging zum Clubhausfenster hinüber. «Ja. Jeden Moment wird der Nikolaus erscheinen.»

«Wetten, daß es heiß ist zu Hause.»

«Wir rufen morgen mal an.»

Miguel zog seinen Parka über. «Weißt du, es ist schon übel. Telefone verbinden alle auf der Welt miteinander. Technologisch ist es eine Welt, aber niemand kann mit irgendwem auskommen. Ich bin immer noch nicht über die Tatsache hinweg, daß wir mit England Krieg geführt haben.»

Carmen zog die Nase kraus. Sie haßte Politik. Noch mehr haßte sie Krieg. Für sie lag kein Körnchen Sinn darin, obwohl sie sehr patriotisch war. Wenn es nach ihr ginge, gehörten die Falkland-Inseln zu Argentinien, aber Krieg? Warum griffen die Chefs der streitenden Länder sich nicht einen Tennisschläger und regelten die Sache auf dem Platz? Oder sie könnten Golf spielen, wenn sie für Tennis zu alt waren. Dann gäbe es kein Gezanke.

Die restlichen zwei Tage, bevor sie nach Washington und zu den Tomahawk-Meisterschaften aufbrachen, trainierte Carmen doppelt so lange. Miguel, der in neuer Sportkluft einherstolzierte, begleitete sie morgens und manchmal nachmittags.

Fluchend über das Bügelbrett gebeugt, attackierte Harriet die nächste widerspenstige Kellerfalte. Sie hatte nichts gegen das Bügeln, aber das Bügeln hatte heute etwas gegen sie. Sie plättete die Falten eher rein als raus. Als sie wieder mal das Dämpfgerät herunterwuchtete, hörte sie ein Auto in die Auffahrt rollen. Nur eine Tür krachte ins Schloß. Eine erhitzte Carmen tanzte durch die Küchentür.

«Joe nimmt Miguel mit nach Syracuse.» Joe war einer von Carmens Trainingspartnern.

«Wie nett.» Harriet entging der Sinn der Botschaft, da das Hemd ihre volle Aufmerksamkeit beanspruchte.

«Sie bleiben mindestens anderthalb Stunden weg. Vielleicht haben wir sogar zwei Stunden für uns allein.»

«Hast du *allein* gesagt?»

«Hab ich.» Sie knallte ihre Schläger auf den Küchentisch.

«Es geschehen noch Zeichen und Wunder.»

«Hast du etwa vor, da stehenzubleiben und das Hemd zu bügeln?»

«Nein.» Harriet riß den Stecker aus der Wand. Die beiden jagten einander die Treppe hoch ins Schlafzimmer.

Das Liebemachen kam wegen Miguels ständiger Anwesenheit ziemlich zu kurz. Wenn Miguel endlich schlief, waren Harriet und Carmen meistens hundemüde. Und außerdem war Harriet sowieso nie die größte Nachtdurchbumserin gewesen. Ihre echten Qualitäten zeigten sich eher am Nachmittag.

«Kommst du wohl ins Bett?» Harriet fror unter der Decke.

«Ich sollte erst mal duschen.»

«Reine Zeitverschwendung.»

«Ich bin vom Training durchgeschwitzt.»

«Ich werd's ertragen.» Harriet bekam den Bund ihrer Trainingshose zu fassen, und Carmen plumpste aufs Bett.

«Warte eine Minute. Laß mich aus dieser gottverdammten Hose steigen.»

«Eins, zwei, drei, vier, fünf, sechs, sieben, acht . . .»

«Was treibst du da?»

«Die Sekunden zählen.» Harriet zog jetzt eine nackte Carmen unter die Decke. «Wärm mich. Betrachte es als Akt der Nächstenliebe.»

Carmen küßte Harriets Hals, ihre Stirn und ihre Lippen. Da gab's was, das sie noch besser konnte als Tennis. Im Küssen war sie Weltmeisterin. Der Mund von Ganimedes, Mundschenk des Zeus, konnte nicht schöner gewesen sein, so perfekt war die Form ihrer Lippen. Sie konnte stundenlang küssen. Heute war allerdings keine Zeit für solchen Luxus. Ihr Körper glitt über Harriets kleine Gestalt und arbeitete sich nach unten vor.

«Verdeckte Operation», flüsterte Carmen.

Harriet lächelte und grub ihre Finger in Carmens seidiges schwarzes Haar.

Carmen küßte und leckte Harriets Möse. Plötzlich erstarrte sie. «Autsch!»

«Was ist los?» Harriet lüpfte die Decke und blickte in zwei glühende Augen am Ende des Bettes. «Baby Jesus, mach, daß du da rauskommst.»

Baby, Harriets achtzehnjährige Katze, vergrub sich unter der

Decke, legte sich so flach auf die Seite, daß sie unter der Bettdecke nicht zu sehen war. Diese Störung ihres Schlummers kam ihr ungelegen. Wie der Biß in Carmens Ferse bewies.

«Komm, Beejee Weejee», lockte Carmen.

Dieses Süßholzraspeln stieß auf angewidertes Zähnefletschen. Schlimm genug, daß Carmen ihren Fuß in Babys Gesicht hieb. Daß man ihr mit diesem Beejee Weejee-Geseire kam, verschlechterte die Laune der Alten noch mehr.

«Hörst du wohl auf deine Mutter», kommandierte Harriet. «Raus aus dem Bett.»

Verdächtige Stille folgte.

«Scheiße!» Carmen jaulte. «Sie hat mich in den anderen Fuß gebissen.»

«Das reicht.» Harriet warf die Decke zurück, packte das Tier und setzte es liebevoll in den fellbespannten Schlafkorb, der mit Katzenspielzeug, Kratzbaum und ausgestopftem Vogel ausgestattet war. Baby saß kaum eine Minute lang in diesem Prunk und verließ dann erhaben das Schlafzimmer.

«Diese Katze bring ich eines Tages noch um.» Carmen rieb sich die Ferse.

«Sie hat ein künstlerisches Temperament.»

«Schaust du dir mal meinen Fuß an?»

Harriet entdeckte die kleinen Kerben von zwei Fangzähnen. Kein Blut war zu sehen, freilich hatte sich Baby auch nicht übermäßig angestrengt. «Hier, ich küsse drauf, und dann ist alles gut.»

«Ist schon besser. Könntest du etwas höher weitermachen?»

Harriet lachte und arbeitete sich an Carmens muskulösem Bein hoch.

Lavinia Sibley Archer, deren Brüste sich wie ein Schiffsdeck hoben und senkten, bahnte sich ihren Weg durch die Eröffnungscocktailparty des Sponsors. Lavinia hatte Ende der vierziger Jahre Wimbledon gewonnen sowie im darauffolgenden Jahr das US Open. Nach ihrer illustren Karriere ließ sie sich mit einem totlangweiligen Mann häuslich nieder und fungierte als

Hausfrau und Schrecken ihres Sportclubs. Wendell, ihr Ehemann, starb Mitte der Sechziger zu seinem eigenen Besten. Das genaue Datum war ihr entfallen, aber jedenfalls war er tot, daran bestand kein Zweifel.

Zu jener Zeit fand das Tennis der Damen, das um Profistatus und Anerkennung kämpfte, seine junge Löwin in Billie Jean King und schließlich auch seine Geschäftsbärin in Lavinia. Lavinia tat eine Menge für den Sport. Vor allem setzte sie sich mutig dem Horror aus, sich den Lebensunterhalt zu erarbeiten. Mit Hilfe verschiedener Titel in verschiedenen Jahren kam Lavinias Macht im Tennis der des Generalstabs gleich. Sie war zwar nicht Gott, aber verdammt nahe dran. An Lavinia Sibley Archer kam man nicht vorbei.

Lavinia hatte etwas gegen Harriet Rawls und Jane Fulton, weil sie Tennis nicht so ernst nahmen, wie es sich ihrer Meinung nach gehörte. Dieser gewisse intellektuelle Verrat zehrte an Lavinias berühmten Nerven. In ihren besten Tagen wurde sie «Frau mit den Drahtseilnerven» genannt. Außerdem hieß es von ihr, sie habe die größten Titten im Tennis, aber das raunte man sich zu und meinte es nicht als Abwertung, im Gegenteil.

Schlimmer noch, Harriet und Jane hatten einmal etwas ebenso Unpatriotisches wie Geschmackloses ausgeheckt. Da sie das ewige Herunterleiern der Nationalhymne – Jane nannte es unsere Nationalhäme – satt hatten, begingen sie bei einem Turnier in Seattle ihre heimtückische Sünde. Das Halbfinale und Finale bei jedem Turnier sind die Abende, an denen für die Veranstaltung die Kasse klingelt. Mehr als 85 Prozent der gesamten Einnahmen kommt an solchen Tagen herein. Lavinia trieb eine reizende Mariachi-Band auf, was schließlich in Seattle kaum aufzutreiben ist, die beim Halbfinale die Nationalhymne spielen sollte. Lavinia fand, daß es die Beziehungen zu Gruppen der Dritten Welt fördere. Wo im pazifischen Nordwesten sie diese brüllende Horde von Mexikanern eigentlich einordnete, wußte nur sie, aber die Mariachi-Band war in ihren Augen ein bedeutendes kulturelles Ereignis. Die glitzernde Männergruppe, die unter ihren gigantischen Sombreros dahergewatschelt kam, stellte sich in der Mitte des Tennisplatzes auf und sang ‹*The Star-Spangled Banner*›. Die Menge drehte sich wie üblich in Richtung Flagge. Als die Old Glory am Mast hochgezogen und entfaltet wurde, segelte eine Kaskade von Büstenhaltern und Suspensorien auf die Erde runter.

Lavinia schwor einen heiligen Eid, sie werde den Urheber dieser abscheulichen und pennälerhaften Tat auf die Schliche kommen. Niemand hätte auch nur den leisesten Schimmer gehabt, wenn nicht Jane einen von Carmens BHs beigesteuert hätte. Diesen Beweis in Händen, trieb Lavinia Carmen in die Enge und sperrte sie ab Sonntag dreimal. Wahrheitsgemäß beteuerte Carmen ihre Unschuld.

Harriet hatte natürlich Carmen nichts von ihren Plänen verraten. Wie hätte sie auch wissen können, daß Jane sich die BHs aus dem Trockner im Umkleideraum gegrapscht hatte? Pech, daß Carmens Name hübsch ordentlich auf den Träger genäht war. Harriet erreichte den Umkleideraum gerade noch rechtzeitig, um reumütig zu gestehen.

Als das Neueste aus der Szene die Pressekabine erreichte, bekam Ricky einen solchen Lachanfall, daß er nicht wußte, wie er sich bis zur Sendung wieder einkriegen sollte. Es erinnerte ihn an Sommerlager. Jane, in einem Anflug protestantischen Verantwortungsgefühls, gestand ihrem Mann ihre Mittäterschaft. Rickys erste Reaktion war: «Hast du etwa auch meine Suspensorien genommen?» Da sie mit ja antwortete, schleppte Ricky sie zu Lavinia. Janes Geständnis ging wirklich zu weit – ein Mitglied der Presse macht sich über unsere Nationalhymne lustig!

Im Laufe des letzten Jahres gelangte Lavinia schließlich an den Punkt kalter Höflichkeit gegenüber Harriet und Jane. Mehr konnte sie sich nicht abringen, aber auch nicht weniger, denn seit sechs Monaten stand Carmen auf der Computer-Welt-Rangliste auf Platz eins. Wann immer Lavinia bei einem Turnier Harriet zunicken mußte, dachte sie: «Lesbische Flaggenschänderin.»

Die Cocktailparty war obligatorisch. In der Tenniswelt ran

gierte sie auf gleicher Ebene mit Tod und Steuern. Die Spieler setzten ihren Arsch in Bewegung und zeigten sich, wenn die Hauptpersonen es wollten. Da gewöhnlich bei einem Turnier auch einheimische Sponsoren zum Preisgeld beisteuerten, schüttelten Spieler und Spielerinnen die Hände von Bankdirektoren, Kürschnern, Autohändlern und anderen Geschäftsleuten, die viel zu faszinierend sind, um der Erwähnung zu bedürfen.

Im Tennis werden Sponsoren hofiert. Es kostet zwischen 100 000 und 150 000 Dollar, ein Tennisturnier von Rang zu veranstalten. Das ist bloß die Veranstaltung, ohne die Spielerprämien. Wenn ein Sponsor nicht mit mindestens 75 Prozent des Preisgeldes rüberkommt, verliert der Veranstalter sein letztes Hemd. Deshalb regieren in Wahrheit Sponsoren, nicht die Damentennisliga das Spiel.

Es war Lavinias Verdienst, das als erste erkannt zu haben. Sie war es, die die Tomahawk-Kosmetikwerke dazu überredete, das Hallentennis der Damen von Januar bis Ende März zu sponseren: die Tomahawk-Turnierrunde. Tomahawk brauchte ein Image, und Howard Dominick, der neue Chef von Tomahawk, war ein alter, persönlicher Freund von Lavinia. Sie überzeugte ihn davon, die Verknüpfung von Tomahawk mit den Damenhallen-Turnieren würde die amerikanischen Frauen Revlon, Clairol und Max Factor glatt vergessen lassen. Zwar ließ das Damentennis die Käuferinnen jene Firmen nicht vergessen, doch sie erinnerten sich an Tomahawk. Die Mädchen betraten den Platz in einer Duftwolke von Tomahawks neuestem Parfum. Sie trugen Tomahawk-Nagellack in einer Farbskala, die das Blut ins Stocken brachte. Ihr Haar voller Tomahawk-Haarspray war wie Draht, bis so viele von ihnen rebellierten, daß man auf diese Taktik verzichtete. Witzbolde meinten, die Damen benutzten sogar Tomahawks Intimdeodorant TeePee. Howard Dominick und Lavinia Sibley Archer gaben den Frauen die Mittel, sich mit ihrem Sport den Lebensunterhalt zu verdienen. Der Beweis ihrer weisen Voraussicht waren die Stars, die daraus hervorgingen.

2

Das Sportstadion abseits vom Capitol Beltway war das Hohelied auf die Tatsache, daß ländliche Bauplaner außerstande sind, Scheiße von Schuhcreme zu unterscheiden. Für Einwohner von Washington nicht minder unbequem wie für die von Baltimore, Maryland, lag das Sportstadion als nackter Koloß in die Landschaft geklotzt.

Jeden Januar sponserte Tomahawk eine Meisterschaft. Die acht Spitzenspielerinnen des Hallentennis traten gegeneinander an. Das Schöne an diesem Reglement war, daß niemand es begriff. Trotz reichlicher Diagramme und Erklärungen über Mikrofon von Lavinia unten auf dem Platz blieb die Struktur undurchsichtig. Den Fans war's egal, solange das Finale das Chaos aufklärte. Die Siegprämie belief sich auf bombige 250 000 Dollar – nicht schlecht, verglichen mit den üblichen 150 000 Dollar für ein reguläres Turnier in einer Stadt wie Minneapolis.

Miguel staunte über die Miniatur-Wigwams, vollgestopft mit Tomahawk-Produkten. Es war zehn Jahre her, seit er zuletzt seine Schwester begleitet hatte, und in diesen zehn Jahren hatte eine Explosion des kommerziellen Elements stattgefunden. Er sah beim Training zu und beobachtete die Spielerinnen. Die Spannung des Spiels packte ihn wieder. Er liebte Tennis, auch wenn er nicht gerade traurig darüber war, daß er die juristische Fakultät besucht hatte. Er wußte, er wollte nicht mit 35 ein abgehalfterter Typ sein; ein Dasein als Rechtsanwalt fand er freilich auch nicht allzu begeisternd. Das beruhigende Geräusch des Balles gegen gespannte Darmsaiten hob seine Lebensgeister. Der Winter von Cazenovia hatte ihnen bereits einen Dämpfer versetzt.

Carmen gewann den ersten Satz in ihrem ersten Match. Sie putzte Michele Kittredge vom Platz, eine Australierin mit tödlicher Vorhand, annehmbarer Rückhand, solidem ersten Aufschlag und Spatzenhirn. Michele spielte; sie dachte nicht. Außerhalb des Tennisplatzes war sie genauso, was ihr eine Beständigkeit gab, die Leute beruhigend fanden. Neben ihrer nicht gerade überragenden Intelligenz hatte Michele ein gutes Herz und einen ausgeprägten Sinn für Fairneß. Ihre Kumpel nannten sie Schmettie wegen ihrer Schmetterbälle; im allgemeinen schlug sie ihre Gegnerin mindestens einmal pro Match, denn ihre mächtige Vorhand hatte unberechenbare Momente. Heute abend spielte sie gut, aber Carmen schlug sie im ersten Satz 6:4.

Im zweiten Satz, zwei beide, visierte Schmettie die Ecken an. Der Belag bestand aus über Holzplatten gespanntem Teppich; unter den Holzplatten befand sich das Eishockeyfeld. Der Belag war schnell, was sowohl für Schmettie als auch Carmen ein Vorteil war, da sie das «große Spiel» machten, Aufschlag und Volley.

Schmettie ging zum Angriff über. Ihr Aufschlag kam stark angeschnitten zu Carmen, die schwach retournierte. Schmettie lief ans Netz und schlug den Ball zurück. Während das Match für die Zuschauer spannender wurde, ging Harriets Interesse in Besorgnis über. Zwar war sie äußerlich ruhig, doch jedesmal, wenn der Ball mit einem Surren auf Carmens Schläger traf, spürte Harriet die Vibrationen im eigenen Arm. Schmettie führte ein mörderisches Duell.

Auch Howard Dominick, der von der Kontrollkabine aus zusah, machte sich Sorgen. Er wollte ein gutes Match, da Carmen aber als Nummer eins gesetzt war, sollte sie lieber zusehen, daß sie in dieses verdammte Finale kam. Carmen war ein Kassenschlager. Wenn sie teilnahm, gab's für den Veranstalter kaum ein Verlustgeschäft, und um so mehr Fans wurden mit einem Hagel von Tomahawk-Produkten attacktiert. Wenn ihnen das kein Licht aufsteckte, sorgte das mit Spruchbändern gepflasterte Stadion schon dafür.

Carmen unterschnitt ihre Rückhand-Returns. Sie wollte das Tempo drosseln. Ihre Rückhand war stark, freilich nicht überwältigend. Ab und zu streute sie einen Angriffsball ein, doch ihre volle Konzentration lag jetzt darin, Schmetties Angriff zu brechen. Zwar konnte Schmettie im allgemeinen dieses Spielniveau nicht mehr als einen Satz lang durchstehen, aber Carmen wollte keinen Satzgleichstand.

Bei sechs beide verkündete Miranda Mexata, die beste Schiedsrichterin im Tennis, dem Publikum, daß jetzt ein Tie-Break erfolge, der den Ausgang des Satzes entschied. Bis 1971 mußten die Tennissätze mit einem Vorsprung von zwei Spielen gewonnen werden. Wenn du nicht den Aufschlag der Gegnerin durchbrechen konntest und sie deinen auch nicht, hättet ihr womöglich bis zum jüngsten Tag auf dem Platz sein können. 1963 brauchte Billie Jean King 36 Spiele, um Christine Truman beim Wightman Cup Competition zu schlagen: 6:4, 19:17. 1968 schlug der Australier John Brown nach 70 Spielen Bill Brown aus Omaha. Der erste Satz endete 36:34. Zweifellos war Nachsicht angesagt. Vielleicht konnten die Spieler das aushalten, nicht aber die Zuschauer. Es ging das Gerücht, während des Spiels Brown gegen Brown sei tatsächlich einigen der Hintern abgestorben. Nach vielen Diskussionen zwischen der Alten Garde und den jungen Profis wurde der Tie-Break eingeführt.

Der Tie-Break kam zur Anwendung: Plötzlicher Tod. Carmen hatte den ersten Aufschlag. Sie bekam einen Aufschlag, Schmettie zwei Aufschläge, Carmen ebenfalls zwei und so weiter nach dem Zwei-Aufschläge-Prinzip, nur wechselten die Gegnerinnen nach sechs Punkten die Seiten. Selbst beim Hallentennis ist der Seitenwechsel fair und wird beibehalten. Sonne und Wind sind offensichtliche und hinreichende Gründe für den Seitenwechsel beim Freiluftspiel, doch ist in der Halle das Flutlicht oft an einer Stelle des Platzes besser als an einer anderen. Der Tie-Break war die simple Lösung eines verzwickten Problems. Wer zuerst sieben Punkte erreichte, hatte den Satz gewonnen. Wer zwei von drei Sätzen gewann, hatte das Match für sich entschieden. Falls die Gegnerinnen so gleich gut waren, daß sie selbst im Tie-Break einen Gleichstand von sechs beide erreichten, wurde so lange gespielt, bis eine Spielerin zwei Punkte Vorsprung hatte.

Ein Tie-Break brachte Spannung in den Sport und entzückte die Fans. Jetzt waren sie begeistert, denn Schmettie schlug sich mit 5:4 nach vorn. Sie nahm Carmen den Aufschlag ab.

Miguel steckte sich eine Zigarette zwischen die Lippen, zündete sie aber nicht an. Oben in der Pressekabine hielten Jane und Ricky den Atem an. Zuviel Kommentar beim Tie-Break kommt beim Fernsehpublikum nicht an. Harriet sah stur geradeaus.

Carmen, ein Vollprofi, wurde kämpferischer, je mehr es hart auf hart ging. Sie konzentrierte ihre ganze Energie auf jeden einzelnen Schlag und riß die nächsten drei Punkte an sich, noch ehe Schmettie und die Menge sich's versahen. Sie hatte das Match entschieden.

Später im Umkleideraum, während sie nach Interviews und einer Massage ihr Knie kühlte, sagte sie zu Harriet: «Drei Sätze mit Schmettie kamen für mich überhaupt nicht in Frage.»

Auf ihrem Weg zur Bar steckte Lavinia die Nase durch die Tür des Umkleideraums. «Gute Arbeit, Carmen.» Lavinia Sibley Archer konnte einen ganzen Wodkasee aussaufen, ohne die Fasson zu verlieren. Ihr Wimbledon-Sieg verblaßte neben dieser Demonstration körperlicher Leistungsfähigkeit zumal in ihrem Alter. Harriet meinte, das sei nichts Besonderes. Lavinia hätte schon vor ihrer Geburt in Alkohol geschwommen.

Als Harriet und Miguel durch die Flure düsten, prallten sie an einer Kurve fast mit Susan Reilly zusammen, die ein ebensolches Tempo draufhatte. Susan trug ihre Sporttasche über der Schulter. Harriet fixierte Susan, Susan fixierte Harriet. Jede ging der anderen aus dem Weg.

«*Buenas noches,* Susan.» Miguel kannte sie seit Jahren.

Nachdem Billie Jean King und das erste Team der Profis zusammen mit Lavinia die Turnierrunde ins Leben gerufen hatten, kam Susan daher und sahnte ab. Sie war einsachtzig groß, was ihr am Netz unglaubliche Reichweite verschaffte, und sie war überraschend schnell für eine so große Frau. Ihre Gegenwart auf dem Tennisplatz wirkte elektrisierend. Sie besaß das Charisma der Führungsperson und Disziplin, allerdings mangelte es ihr an Organisationstalent. Zum Glück hatte sie eine Menge Leute um sich, die ihre Sache in die Hand nahmen. Mit 30 war Susan noch immer eine gewaltige Gegnerin.

Auf Susans Fersen folgte Happy Straker, ihre gegenwärtige Partnerin im Doppel und frühere Partnerin im Bett. Happy strahlte Miguel ein Lächeln rüber. «Hab dich seit Wimbledon nicht gesehen. Du siehst prima aus.»

Lisa, Susans siebenjährige Tochter, holte ihre Mutter ein, desgleichen Craig Reilly, Susans Mann. Craig war Arzt und begleitete seine Frau selten auf ihrer Tour. Was kein Unglück war.

«Immer noch großartig», sagte Miguel, als Susans Begleitzug sich den Korridor hinunterbewegte. Susan war eine der Größten. Sie war auch groß im Lügen, doch weshalb die Illusion rauben? Harriet bezeichnete sie einmal als atemberaubend unehrlich, was den Nagel auf den Kopf traf.

«Warum spielt ihr beide kein Doppel mehr?» fragte Miguel.

Carmen zuckte die Achseln. «Susan liebt Partnerwechsel. Hält sie frisch.»

Miguel warf seiner Schwester einen Blick zu. Carmen und Susan hatten jedes Turnier im Doppel gewonnen, das es zu gewinnen gab. Wechseln um des Wechsels willen hörte sich merkwürdig an.

Carmen erwiderte seinen Blick. «So ist sie eben. Zickig.»

«Vielleicht ist die Partnerschaft im Doppel so was wie eine Ehe, nur braucht's zur Auflösung keinen Priester.» Miguel traf einen Nerv, ohne es mitzukriegen.

Er wußte ja nicht, daß Susan Reilly die erste Frau war, die mit seiner Schwester geschlafen hatte. Carmen war damals sechszehn und sehr leicht zu beeindrucken gewesen. Mit 24 war sie noch immer reichlich leicht zu beeindrucken, aber mit sechzehn war sie so emotional, daß es an Hilflosigkeit grenzte. Susan zog sie herab in ihr Bett: ein ehrgeiziges argentinisches Mädchen auf dem Weg nach oben, falls sie je ihr Temperament würde zügeln können. Susan sagte Carmen, sie liebe Craig, aber sie hätten eine Übereinkunft getroffen. Er gehe seiner Wege und sie ihrer. Sie versäumte es, Carmen zu erzählen, daß sie auch noch einer kostspieligen schönen Dame hoch droben auf Nob Hill zu Diensten war. Was auch immer sie sonst noch sagte, es reichte, ein Mädchen in ihren ersten Liebesqualen – von einer ersten lesbischen Affäre ganz zu schweigen – davon zu überzeugen, daß sie mit Susan leben mußte. Carmen hatte gar das Gefühl, sie könne ohne Susan nicht leben. Also packte sie ihre Sachen und kam in die Vereinigten Staaten.

Carmen hatte dies nicht mit Susan besprochen. Sie nahm an, Mrs. Reilly wäre hingerissen, sie zu sehen und mit ihr zu leben. Sie würde Argentinien periodische Besuche abstatten, um ihre Staatsbürgerschaft aufrechtzuerhalten und den bürokratischen Erfordernissen der USA Genüge zu tun, die für ausländische Einwohner bekanntlich streng sind. Als sie unangemeldet vor Susans Haus stand, blickte Susan glatt an ihr vorbei, sagte, sie ticke nicht richtig, und warf die Tür zu. Sie ignorierte Carmens Anrufe und Bitten. Carmen, gestrandet, lebte bei einer Tennisspielerin und ihrer Familie in Palo Alto, bis sie sich wieder in den Griff bekam.

Harriet fragte sich, ob Carmen die Sache je klargekriegt hatte, wenn schon die Rechnung nicht beglichen war. Carmen zog es vor, Konflikte zu vermeiden. Wenn etwas faul ist, ignoriere es. Wenn es ärger wird, trink einen, rauch eine Zigarette oder paff ein Zauberkraut, aber stell dich unter keinen Umständen dem Schmerz.

Schließlich verpflichtete sich Carmen als Susans Partnerin im Doppel. Dies währte drei Jahre, bis Susan sie ohne Vorwarnung wegen Happy Straker fallenließ, ihrer nächsten Augenblicksgrille, aber einer grandiosen Partnerin im Doppel. Nie wieder schlief Susan je mit Carmen oder erwähnte die Affäre, die Carmens Erscheinen auf ihrer Türschwelle vorausgegangen war. Susan hatte moralischen Gedächtnisschwund. Warum Carmen zu Susan freundlich blieb, war Harriet ein Rätsel, denn sie spürte – wie ein tiefer Unterton jenseits menschlichen Hörvermögens –, daß der andere Groschen erst noch fallen mußte.

Miguel bestellte zum Nachtisch flambierte Kirschen. All die Flammen am Tisch gaben dem Essen einen Anflug von Vernichtung. Miguel und Ricky redeten über die Erweiterung des Kabelfernsehens. Die Frauen redeten untereinander.

«Ich habe keine flambierten Kirschen mehr gegessen seit gebackene Alaska, und gebackene Alaska habe ich seit meinem letzten Jahr im Smith College nicht mehr gegessen.» Jane löffelte die tröpfelnde Flüssigkeit in sich hinein.

«Hast du dein Smithie-T-Shirt dabei?» Carmen war schon mit ihrem Nachtisch fertig. «Das mit dem Aufdruck: Smith College. Seit einem Jahrhundert sind Frauen oben.» Carmen war auf dieses T-Shirt scharf.

Miguel drehte sich zu seiner Schwester um. «Hat jemand ‹Frauen oben› gesagt?»

«Vergiß es, Miguel, du bist ein Chauvi. Du kapierst es nie.» Carmen wandte sich wieder Jane zu.

«Sie reden über Janes College», erklärte Ricky.

«Oh, einen Moment lang dachte ich, die Damen brächten uns in eine peinliche Lage.» Miguels Zähne wirkten in dieser Beleuchtung fast silbern.

«Nichts gegen eine peinliche Lage, aber nicht heute abend.» Die beiden setzten ihre Diskussion fort.

«Jane, was muß ich tun, um an dieses T-Shirt zu kommen?» bohrte Carmen weiter.

«Den Mount Everest kannst du jedenfalls nicht besteigen, der ist mittlerweile zu abgelatscht. Laß mal sehen; du könntest mir ein Foto vom Monster von Loch Ness beschaffen, oder du könntest den Grand Slam gewinnen – oder du könntest mich einfach mal darum bitten.»

«Bitte, besorg mir so ein T-Shirt, und für meinen Bruder auch eins.»

«Ich werde mal an meine Alma mater schreiben und sehen, was ich tun kann.»

Harriet sah sich prüfend um. «Voll von Republikanern.»

«Woran siehst du das?» Jane überflog den Raum.

«An den verkniffenen Lippen.»

«Garstig bist du wohl gar nicht?» Jane spielte mit ihrem Dessert.

«Jane, ich esse das für dich auf.» Carmen langte hinüber und griff nach dem Teller. Jane machte einen perplexen Eindruck. «Ach komm, ich weiß, daß du für Schokolade glatt einen Mord begehst. Ober, einmal Mousse au chocolat.»

«Bin ich denn so durchschaubar?»

«Carmen, ich muß ein paar Verträge mit dir durchsprechen.»

«Was?» Überrascht wirbelte Carmen herum und sah Seth Quintard hinter ihr stehen. Entweder hatte er sich aus der Topfpalme hochgebuddelt oder war auf Mokassins hereingeschlichen, denn niemand hatte ihn kommen gehört.

«Ja. Können wir das nicht später?»

Miguel erhob sich gewichtig. «Wenn's Ihnen nichts ausmacht, wäre ich gern dabei. Meine Schwester hat mich gebeten, ihre geschäftlichen Angelegenheiten zu prüfen.»

Rasch sagte Seth: «Sicher.»

«Ich rufe dich in einer Stunde in deinem Zimmer an», sagte Carmen.

Athletes Unlimited überwucherte die Sportwelt wie wilder Wein. Die Firma, einst nur kleiner Sprößling, drohte, vom ganzen Wald Besitz zu ergreifen. Football, Tennis, Baseball, Basketball, Fußball, Leichtathletik – Athletes Unlimited repräsentierte die Besten in jeder Sportart. Ihre einzige Konkurrenz war eine kleine Firma, geleitet von einem ehemaligen Basketballstar, der Macht nicht delegieren konnte. Eine echte Konkurrenz war das nicht. Seth leitete den Tennisbereich. In seiner Fähigkeit, Geschäfte aufzureißen, erwies er sich als ungeheuer produktiv. Er hatte in seiner Brieftasche für Carmen einen Vertrag für Sockenwerbung in Japan und ein Angebot als Profilehrerin im finstersten New Mexico. Für eine Woche im Jahr bekäme sie 140 000 Dollar und obendrein ein Eigentumsapartment.

In all diese Verträge waren noch Bonbons eingebaut. Gewänne sie Wimbledon, bekäme sie ein Sümmchen extra. Gewänne sie den Grand Slam, trüge ihr das sowohl Unsterblichkeit als auch einen Riesenbonus ein. Dank ihres phänomenalen sportlichen Talents und ihres guten Platzgefühls konnte man sie als Anwärterin auf den Grand Slam nicht außer acht lassen, obwohl die Chancen für jede Spielerin schlecht standen, egal wie bemerkenswert sie war.

Seth verließ den Tisch und baute sich über Rainey Rogers, einer weiteren Klientin auf. Raineys Mutter fungierte als Flakzerstörer. Er bat um ihre Aufmerksamkeit für das Geschäft, das er Rainey zu offerieren hatte. Wäre Rainey – und ihre Mama natürlich – bereit, an einem Mittelklasseturnier in Westdeutschland teilzunehmen, so würde der Veranstalter mit dem schönsten BMW rüberkommen – unter der Hand, versteht sich –, den sie je gesehen hätte. Frau Mama widmete sich zäh und unerbittlich dem Erfolg ihres Sprößlings, und sie war ausgefuchst.

«Ich war noch nie in Deutschland, Mutter.» Rainey und ihre Mama waren aufeinander eingespielt. Sie wußten nun beide, daß Seth dem Veranstalter berichten würde, es gäbe ernsthaftes Interesse.

Carmen beobachtete Rainey, als Seth mit Mrs. Rogers sprach. Ohne ihre Mutter war Rainey ganz in Ordnung, aber wenn sie mit ihrer Mutter aufkreuzte, war Vorsicht geboten. Raineys grimmige Entschlossenheit zermürbte jede Gegnerin. Raineys und Carmens Gewinn- und Verlustpunkte hielten sich ungefähr die Waage. Der Versuch, Rainey gern zu haben, war Carmen nie in den Sinn gekommen, denn sie näherte sich ihrer Konkurrenz nie emotional. Susan hatte sie das gelehrt.

«Was hältst du von Seth und seiner Firma?» fragte Miguel Ricky.

«Ach, ich weiß nicht recht, Miguel.» Ricky machte eine Pause. «Das Geld, das ins Tennis fließt, hat in vieler Hinsicht sein Gutes, aber ich habe so einige Vorbehalte. Wohl deshalb, weil ich mit Tennis als ländlichem Clubsport aufgewachsen bin.

So halte ich zwar die Verbreitung für gesund, werde allerdings manchmal etwas nervös bei all der Propaganda.»

«Ich bin auch so aufgewachsen. Vater Perez, mein Jugendtrainer, sagte immer, Sport sei ein Test von Mann gegen Mann. Vater Perez meinte auch, die Spiele sollten der Ehre Gottes gewidmet sein. Das ist ja alles schön und gut, Rick, aber eine solche Anschauung muß man sich leisten können.»

«Sicher. Das war schon immer das Problem mit dem Tennis.»

«Dein Tennisschläger-Vertrag läuft am 1. Januar aus.» Seths Papiere stapelten sich säuberlich auf dem Kaffeetisch. Miguel saß seiner Schwester schräg gegenüber und hörte zu, wobei er Seth ansah.

«Das ist noch ein Jahr hin.»

«Wir sollten jetzt anfangen, darüber nachzudenken. Ich schätze, sie werden mit 200 000 Dollar für einen Drei-Jahres-Vertrag rüberkommen plus kräftiger Prämien, wenn du eins der Grand Slam-Turniere gewinnst; falls du den Grand Slam gewinnst, beliefe sich das auf 750 000 Dollar.»

«Klingt nicht schlecht.» Carmen hörte gern von Geld reden.

«Allerdings ist da noch eine westdeutsche Sportartikelfirma namens Mach, die den amerikanischen Markt knacken will. Ich denke, von denen kriegen wir möglicherweise noch mehr, wenn du bei ein paar europäischen Showturnieren mitspielst.»

«Wirklich?»

«Ich arbeite an der Sache.» Seth lächelte, wie höchstens ein Krokodil lächeln kann. Da Athletes Unlimited 25 Prozent Provision auf alle Verträge und Turnierprämien kassierte, lag es im eigenen Interesse, soviel Geld wie möglich herauszuschlagen. Ob die Artikel gut waren oder nicht, spielte kaum eine Rolle. Oft statteten die Hersteller ihre bezahlten Stützen, die Stars, mit speziell angefertigten Schlägern oder Schuhen aus und verkauften dann ein minderwertiges Produkt unter dem Namen des Stars. Das Produkt auf dem Markt sah ganz genauso aus, war es aber nicht. Der Trick funktionierte häufig. Banausen erkannten den Unterschied zwischen einem erstklassigen Schläger und einem aus billigem Metall ohnehin nicht. Seth klärte Carmen darüber nie auf. Er setzte voraus, daß sie das Spiel, sein Spiel verstand. Miguel begriff das System auf der Stelle.

«Was ist mit dem Eigentumsapartment in Savanna? Sie wollen dich wirklich dort für ihren neuen Club.»

«Ich weiß nicht.» Carmen drückte die Mine ihres Gucci-Kugelschreibers raus und wieder rein. «Zwei Wochen im Jahr sind ja auf den ersten Blick nicht viel, aber ich kann schon jetzt nicht genug Zeit zu Hause verbringen.»

«Carmen, überleg dir das. Was sind schon zwei Wochen für so ein Geschäft? 150 000 Dollar pro Jahr plus Apartment gratis, wenn du deinen Fünfjahres-Vertrag einhältst.»

«Ich weiß nicht.»

«Du kannst noch den Rest deines Lebens in Cazenovia sitzen. Schmiede das Eisen, solange es heiß ist.»

«Ich hasse es, Kurse zu geben.» Carmen, wie die meisten talentierten Leute, unterrichtete gern andere talentierte Leute. Sie haßte die Kurse voll mittelalterlicher Damen, die vergebens versuchten, die Aufschlagslinie zu finden.

«Ein kleines Opfer.» Seth packte zusammen. «Überleg es dir.»

Was Seth nicht sagte, war, daß solche Geschäfte nur für die drei oder vier Spitzenspielerinnen der Welt in Frage kamen. Und die drei oder vier weltbesten männlichen Spieler bekamen eine Menge mehr als die Frauen. Je weniger die Mädchen über die finanziellen Transaktionen der Spieler wußten, desto besser. Schlafende Hunde soll man nicht wecken. Auf Grund der Zurückhaltung der Leute, über Geld zu reden, würden die Frauen auch nicht dahinterkommen. Zudem zerbrachen sich Tennisspielerinnen über langfristige Pläne nicht den Kopf, das war sein Job. Solange die Spieler und Spielerinnen aufs Feld gingen und die Spiele gewannen, zählte nur das. Und Athletes Unlimited spekulierte inzwischen mit dem Geld. Wer tat das nicht? Alle bekamen die vertraglich vereinbarte Summe. Was waren schon drei Monate Wartezeit?

Seth behielt eine Menge für sich. Er redete nicht über Schmiergelder, besonders nicht Athletes Unlimited gegenüber.

Worauf es ankam, war Verschwiegenheit. Einer Spielerin wie Carmen käme nie der Verdacht, daß Seth beim Hersteller in die eigene Tasche wirtschaftete. Nun ja, es fiel halt ein bißchen was für ihn ab, wenn er sie unter Vertrag brachte. Wer wollte ihm das zum Vorwurf machen und wem schadete es? Außerdem sollte Carmen das wissen, sagte sich Seth. Amerikaner waren da nichts im Vergleich zu Südamerikanern. Die waren die echten Gauner.

Ginge Carmen mit dem Kopf durch die Windschutzscheibe ihres Sportwagens, wären Seths Pläne zunichte und ihre auch. Es gab keine Vertragsklauseln zum Schutz der Spielerin, sollte sie sich eine Verletzung zuziehen, die ihrer Karriere ein Ende setzte. Überdies konnte man einen Spieler mit Hilfe gewisser Klauseln im Falle eines Skandals augenblicklich fallen lassen. Normalerweise konnte Seth Skandale vertuschen, manchmal freilich machte eine Firma Schwierigkeiten, und er mußte den Vertrag abschreiben.

«Bleib sauber, Nummer eins.» Seth verabschiedete sich lächelnd. Mit diesem Satz verabschiedete er sich von all seinen Spielern.

Miguel schloß die Tür zum Schlafzimmer, in dem Harriet saß und las. Er wollte mit Carmen allein reden. «Carmen, hast du mal die Bücher von Athletes Unlimited geprüft?»

«Nein.»

«Woher weißt du, daß sie dich nicht linken?»

«Das täten sie nicht.»

«Du solltest die Bücher prüfen.»

«Miguel, ich hab nicht die Zeit dazu. Außerdem würde es Tausende von Dollar kosten.»

«Du vertraust bei solchen Entscheidungen Fremden? Du zahlst ihnen ein Vermögen an Provision, Täubchen. Du bist ein so großer Star, daß die Hersteller mit oder ohne Athletes Unlimited zu dir kämen, weißt du das nicht?»

«Ich spiele Tennis. Ich bezahle die Leute, damit sie sich um meine Geschäfte kümmern. Ich kann nicht alles machen.»

«Ich bin dein Anwalt. Ich verstehe was von diesen Dingen.»

«Ich brauche jemanden in Amerika. Das Geld ist hier, von einigen großen Turnieren abgesehen. Ich brauche Amerikaner, wenn ich Geschäfte mit Amerikanern mache.»

«Das glaube ich nicht, Migueletta. Du darfst diese Dinge nicht in die Hände von Außenseitern legen. Die werden reich an deiner Arbeit.»

«Miguel, ich mag nicht über diese Dinge reden, wenn ich spielen muß.»

Er zog seine breiten Schultern hoch und ließ sie fallen. «Dann eben später.»

Nachdem Miguel gegangen war, kam Carmen herein und setzte sich auf die Bettkante.

«Seth sagte etwas von Showturnieren in Europa für eine Woche.»

«Wann wäre das?«

«Irgendwann zwischen Wimbledon und dem US Open. Im August wahrscheinlich.«

«Oh.»

«Kommst du mit?»

«Ich soll dieses dreiwöchige Sommerseminar geben.»

«Das ist Taschengeld.»

«Ich weiß, aber ich unterrichte gern, und es ist nur ein Seminar.»

«Du kannst unterrichten, wenn ich nicht mehr aktiv bin. Wieviel habe ich noch vor mir, vielleicht fünf Jahre?»

«Und was willst du damit sagen?» Harriet drehte sich auf dem Bett um.

«Du hast deinen Job am Cazenovia College aufgesteckt. Warum also diese kleinen Sachen?»

«Süße, mir gefällt meine Arbeit, und unterrichten erfordert Fähigkeiten wie jede andere Sache. Ich roste langsam ein.»

«Ja», Carmens Stimme hob sich um eine Nuance, «aber du kannst arbeiten, wenn ich mich zur Ruhe setze, und dann kannst du bis in alle Ewigkeit unterrichten.»

Harriet sagte nichts. Sie ging ins Bad und wusch sich.

Carmen kam ihr nach und schlang die Arme um Harriets Taille. «Ich hasse es, ohne dich zu sein. Bitte, komm mit. Wenn ich mit 30 aus dem Leistungssport aussteige, verspreche ich dir, daß ich all deine Seminare besuche, Professor Rawls.»

«Ich hasse es auch, nicht bei dir zu sein, Schatz. Wirklich. Ich . . .»

«Bitte.»

«Du redest von fünf oder sechs Jahren, als wäre das gar nichts.»

«Ich liebe dich.»

«Ich weiß.» Sie trocknete sich ab. Carmen hatte absolut recht, wenn man allein das Geld in Betracht zog. Harriet fühlte sich jedesmal mies, sobald dieses Thema auftauchte. Sie sehnte diese wenigen Wochen im Jahr herbei, die sie unterrichtete. Sie wollte den Kontakt zu ihren Kollegen und ihren Studenten behalten. Das intensive dreiwöchige Sommerseminar in okzidentaler Religion – Harriets Spezialgebiet war altgriechische Religion – hielt sie auf Draht. Carmen sagte zwar nicht: Halt dich zehn Schritte hinter mir, aber sie begriff anscheinend nie, daß Harriet an ihrer Arbeit wirklich hing und das Gehalt für sie keine Rolle spielte.

«Warum kannst du dich nicht einfach mir überlassen?» forderte Carmen.

«Na komm, Süße, ich will ja nur etwas Zeit für mich selbst.»

«Ich habe nie das Gefühl, daß du mich brauchst.»

«Das Thema hatten wir schon öfter. Ich meine nicht, daß Brauchen und Lieben unbedingt ein und dasselbe sind. Ich hänge an meiner Arbeit. Ich habe mich jahrelang durchs Studium gebissen, wie du dich jahrelang durchs Training gebissen hast. Ich will von meinem Zeug ein bißchen Gebrauch machen.»

«Mach später davon Gebrauch. Ich kann's nicht ertragen, von dir getrennt zu sein. Ich hasse es, wenn ich zur Tribüne hochschaue und dein Gesicht nicht sehe. Ich spiele für dich.»

Dieses Argument verfehlte nie seine Wirkung und ergoß einen Haufen Schuldgefühle auf Harriets Haupt. Hier stand diese junge Frau, eingepfercht in eine sehr kurze Karriere, überall in der Welt herumgescheucht. Sie wollte nichts als einen einzigen echten Fan. Wenn sie getrennt waren, rief Carmen sie bis zu achtmal am Tag an, egal, wo in der Welt sie war. Und sie weinte. Carmen war vom Glück gesegnet, wurde verhätschelt und als Star behandelt, seit sie fünfzehn war. Sie besaß keinen Sinn für Proportionen und keinen Sinn für ein Leben außerhalb des Sports. Sie konnte das Leben einer Baseballspielerin begreifen, aber nicht das einer Dozentin.

Carmen hatte obendrein gelernt, die Dinge nach ihrem finanziellen Wert zu bemessen. Wenn sie Millionen machte, mußte sie mehr Wert sein als eine, die weniger verdiente. Sie hielt sich eigentlich nicht für besser als Harriet, doch der Gedanke, daß Harriet ein kleines Gehalt zu verdienen wünschte, während sie doch mit Carmen zusammensein konnte, erschien ihr lächerlich und beleidigend. Carmen machte es nichts aus, die Rechnungen zu bezahlen. Sie hatte für alle ihre Geliebten bezahlt, wenn sie auch nicht daran dachte. Jede Geliebte war für Carmen die Geliebte für alle Ewigkeit.

«Ich liebe es, wenn du zu mir rüberschaust. Ich will, daß du glücklich bist, das weißt du, und wenn du gewinnst, macht dich das glücklich.» Harriet achtete sehr darauf, den Sieg nie überzubetonen. Carmen hatte sich immer über eine frühere Geliebte beklagt, die so total in Carmens Spiel aufging, daß sie schimpfte, wenn Carmen verlor. Harriet machte sich eigentlich nichts aus Tennis. Wenn der Sieg Carmen glücklich machte, wollte sie, daß Carmen siegte. Wäre Carmen Börsenmaklerin oder eine Angestellte im Supermarkt gewesen, hätte Harriet sie genauso geliebt.

«Wie kann ich gewinnen, wenn du nicht da bist?»

«Oh, Carmen, du kannst überall und jederzeit gewinnen. Du bist die Beste.»

«Ich will mit dir die Beste sein, nicht ohne dich. Bitte, komm mit mir auf diese Showtournee. Du wirst Europa sehen.»

«Süße, daraus wird nichts.» Harriet lachte. «Wir sehen nichts als Hotelzimmer und Stadien.»

Carmen seufzte. «Bitte, bitte. Ich will nicht allein sein. Ich brauche dich wirklich. Ich liebe dich. Ich werde nie eine andere lieben als dich.»

Harriet drehte sich um und strich Carmen mit den Fingern durchs Haar. «Ja», sagte sie. «Ich komme mit.» Carmen spürte zum erstenmal, daß Harriet ihr gehörte, hundertprozentig ihr. Diese emotionale und sexuelle Nähe war die tiefste, dic jede von ihnen je empfunden hatte. Danach schlummerte Carmen ein, glücklicher, als sie je im Leben gewesen war.

Eine Entscheidung war getroffen. Jeder Entscheidung, selbst einer falschen, folgt Friede. Harriet schmiegte sich hinter Carmen, schob einen Arm unter den langen, graziösen Hals und glitt in einen glitzernden Nebel von Liebe hinein. Sie schlief, wie es alle Liebenden tun, mit einem einzigen synchronen Herzschlag ein, denn sie war eins mit einem anderen Wesen und auch mit dem Universum.

«Cross, Cross, Cross!» schrie Miguel von der Seitenlinie.

Schmettie, die mit Carmen trainierte, bezwang den Drang, ihm mit einem gelben Ball das Maul zu stopfen. Nur daß sie ihn schrecklich attraktiv fand, hielt sie davon ab. Carmen war irritiert, aber brauste nicht offen gegen ihren Bruder auf. Wenn sie aufbrauste, dann nur gegen Linienrichter, Kellner oder Taxifahrer. Zorn richtete man nach unten, nicht nach oben oder gegen Gleichrangige. Sie biß die Zähne zusammen, trollte sich zur Grundlinie und hieb tief auf Schmetties Vorhandseite.

«Was für 'n Winkel? Wo bleibt der Winkel?» Miguel machte weiter.

«Ich muß noch ein paar Bälle mehr schlagen.»

«Du kriegst aber im Match keine paar Bälle mehr.» Als er so auf sie einbrüllte, donnerte Schmettie eine Rückhand zur Grundlinie.

Die Grundlinien- und Crosspassagen langweilten Carmen. Manche Spieler trainierten gern. Carmen stand es durch. Unter dem Druck der Konkurrenz blühte sie auf. Training war so was wie ein trockener Fick. Schmettie schlug eine Rückhand zur Grundlinie, und Carmen, die Linkshänderin, schickte den

Return Cross-Rückhand. Dann wechselten sie die Prozedur: Carmens Grundlinieneinschlag Vorhand, Schmetties Cross-Vorhand. Endlose Passagen lang, jede davon zweckdienlich und, was Carmen anging, jede davon langweilig.

Miguel griff in seine Jackentasche, zog ein Taschentuch heraus und marschierte mitten im Ballwechsel auf den Platz. Schmettie stemmte die Hände in die Seiten.

«Hier!» Er breitete das Taschentuch in die Grundlinienecke, Carmens Rückhandfeld. «Triff das.»

Die Adern an ihrem Hals traten hervor. Carmen nahm drei Bälle auf, stopfte zwei in ihre Shorts und begann noch einmal.

«Triff es.»

Sie konzentrierte sich und traf es mit einem mächtigen Hieb. Beim zweitenmal schlug sie daneben, war aber beim drittenmal nahe dran.

«Das nennst du unter Kontrolle?»

Wütend legte sie ihr ganzes Körpergewicht in den Schlag, placierte ihn genau und putzte das Taschentuch hinter die Grundlinie. Miguel strahlte, und ihr Training ging fünfzehn Minuten lang weiter.

Schmettie und Carmen schlurften in den Umkleideraum, der in gräßlichem Gelb gestrichen war.

Schmettie sagte: «Himmel, ist das ein Kameltreiber. War er schon so, als du klein warst?»

«So ziemlich.» Carmen setzte sich lahm auf eine Bank.

«Ich hätt ihn 'nen Kopf kürzer gemacht. Mein Dad und ich hatten's vielleicht drauf, mit Klauen und Zähnen. Du hättst geglaubt, es wär sein Match, nicht meins.»

«Er will ja nur mein Bestes.»

Das Geräusch des Spielautomaten im Clubraum der Spieler unterbrach ihre Bemerkungen.

«Gehst du nach Kansas City?»

«Ich lasse die Woche Cincinnati aus. Und du?»

«Spiel dies Jahr beides.» Schmettie zog eine Flasche Nicht-Tomahawk-Shampoo hervor, verbarg sie unter ihrem Arm und sauste zu den Duschen. Schmettie hatte ihr Lieblingsshampoo, und keine Sponsorfirma konnte sie von diesem alles durchdringenden Schaum abbringen.

Die Menge füllte schon früh das Stadion. Heute war das Finale. Keine Überraschungen. Rainey Rogers gegen Carmen Semana. Bis jetzt war das Tennis gut gewesen, umwerfend freilich nicht. Lavinia, in auberginefarbener Jacke und zitronengelber Hose, erteilte Instruktionen. Harriet und Miguel okkupierten die Ehrenplätze, die Tomahawk widerwillig Freunden und Familie überließ. Die Sponsoren sahen Miguel gern unter den Zuschauern. Seine Anwesenheit ließ sich für eine zugkräftige Schlagzeile ausschlachten – liebender Bruder opfert Anwaltskarriere, um geliebte Schwester zu trainieren.

Lavinia ergriff das Mikro und marschierte zu den Klängen einer traditionellen Version der Nationalhymne in die Platzmitte. Linienrichter in waldgrünen Jacketts, der Tomahawk-Farbe, bezogen Aufstellung. Dann folgte ein Bataillon von Balljungen und Ballmädchen in waldgrünen T-Shirts und mit Federn im Haar, und ihnen allen wurde für die einwöchige Unterstützung gedankt. Lavinia am Mikro brachte Tomahawk an den Rand einer Herzattacke. Sie schwafelte gern. Nach einer zehnminütigen Rede über die Geschichte und Entwicklung des Damenhallentennis, gesponsert von Tomahawk, war das Publikum abgrundtief gelangweilt. Hätte sie ihren Komplimenten für Howard Dominick noch weitere zugefügt, hätte man von ihm einen Spaziergang über das Wasser erwartet.

«Und nun, meine Damen und Herren, ist es mir eine Freude, Ihnen Carmen Semanas ersten Trainer, ihren Bruder Miguel, vorzustellen.»

Ein Scheinwerfer richtete sich auf Miguel, der sich erhoben hatte. Die Menge klatschte.

Lavinia erging sich in einer Darstellung der charakteristischen Spielweise der beiden Finalistinnen – die Angriffsspielerin Carmen gegen die Rückhandspezialistin Rainey. Rainey Rogers wartete kochend vor Wut im Gang auf ihren Auftritt. Billige Publicity, dieser Bruder-Quatsch.

Mrs. Rogers war wie stets in der Nähe und kochte ebenfalls. Miguel Semana konnte nicht mehr Opfer gebracht haben als sie und Bill, Raineys Vater. Warum schenkte die Presse nicht Amerikanern mehr Aufmerksamkeit? Rainey war ein einheimisches Produkt. Sie hatte die Titelseite von *Seventeen* geschmückt. Was sind schon ein paar Argentinier mit ihrem Gestrahle gegen das Titelbild von *Seventeen*? Nun ja, dachte sie, bald wird man Miguel genauso links liegenlassen wie jeden anderen auf der Welt, der keinen Tennisschläger schwingt. Mrs. Rogers Schuhe drückten. Sie wackelte mit dem Zeh in der vergeblichen Hoffnung, sie auch nur ein bißchen zu dehnen. Sie versuchte sich abzulenken, bis das Match tatsächlich anfing. Dann würde ihr Adrenalinpegel genauso steigen wie der von Rainey.

Lavinia legte widerstrebend das Mikrofon aus der Hand. Miranda Mexata nahm ihren Platz ein, und zur allgemeinen Erleichterung begann das Match.

Zur allgemeinen Überraschung war es ein sehr knappes Spiel, wenn auch kein farbiges. Der Teppich war Carmens Belag. Rainey hätte ihr fast einen dritten Satz aufgedrückt, aber Carmen erreichte den Tie-Break mit einem Lob. Es war für Rainey der plötzliche Tod.

Die Zeremonien im Anschluß ans Match übertrafen die dem Kampf vorausgegangenen noch an orchestrierter Langeweile. Jeder Sponsor hatte seinen Auftritt und rückte mit einer Halskette oder einem Gutschein für den lebenslänglichen Bedarf an Schmerzpillen heraus. Jeder lobte die Siegerin und tätschelte die Besiegte mit der Versicherung, sie hätte einen großen Kampf geführt – das nächste Mal mehr Glück. Als man Rainey das Mikrofon übergab, zollte sie ihr ebenfalls geistreich Lob. Eine solche Szene kam bei der Menge immer an. Da dies der Höhepunkt des Tomahawk-Turniers war, der Abschluß der Hallensaison des Vorjahres, überreichte Howard Dominick den Siegesscheck.

Das Mikro in der Hand, dankte Carmen versiert den Ballmädchen, Balljungen und Sponsoren – vor allem Tomahawk. «Und ich danke allen Fans, die diese Woche gekommen sind. Ohne sie wäre das Tennis der Damen nicht das, was es heute ist. Ich danke Ihnen.» Die Fans waren begeistert. Auch wenn die Dankesreden Routine waren, liebte Carmen die Fans wirklich. Sie war ein Showtalent. Das Publikum hatte auf sie einen größeren Einfluß als auf eine Spielerin wie Rainey, die auf eine einzige Frequenz schaltete und den Rest der Welt, die Fans eingeschlossen, ausblendete.

Ricky stand am Feld und interviewte Carmen. «Was für ein toller Jahresanfang.»

«Stimmt.» Carmen lächelte.

«Rainey kam mit ihrem kurzen Cross-Rückhand nicht zum Zug. Mit diesem Schlag hattest du heute keine Schwierigkeiten.»

«Damit schlägt Rainey weite Passagen und verwandelt weichgeschlagene Returns. Heute war der Belag für mich etwas vorteilhafter, und ich war schnell.»

«Hast du irgendwelche Vorsätze für das neue Jahr?» Ricky verknüpfte technische Informationen mit persönlichen.

«Na ja, Sahneeisbecher werde ich mir wohl abschminken müssen.»

«Noch was?»

Carmen schwieg einen Moment, dann sagte sie: «Ja, ich hab es dieses Jahr auf den Grand Slam abgesehen.»

«Da wünsche ich dir viel Glück.»

«Danke, Ricky, das werde ich brauchen.»

Susan Reilly, die im Halbfinale der Turnierrunde von Rainey Rogers geschlagen worden war, sah sich Carmen im Fernsehen an. Susans Koffer für den Flug nach Kansas City in etwa drei Stunden waren gepackt. Außer in die Glotze zu sehen, gab es nichts zu tun. Craig und Lisa waren gestern abend nach San Francisco abgeflogen. Neben ihr im Doppelbett saß Alicia Brinker, ihre neueste Errungenschaft. Happy Straker hatte den Versuch gemacht, Alicia vor Susans Erst-küssen-dann-wegschmeißen-Taktik zu warnen, aber Alicia war sicher, all das ändern zu können; Liebe war die Antwort darauf. Womöglich war Liebe die Antwort, doch die keimte besser im verborgenen. Alicia war eine solche Dunkellesbe, daß sie Gefahr lief, tagblind zu werden. Sie rangierte immerhin so weit vorn, so daß sie nicht allzu viele Qualifikationsturniere spielen mußte, um in die «A»-Klasse beim Tennis zu kommen. Aber wenn sie im selben Turnier spielten, nahmen sich Alicia und Susan verschiedene Zimmer auf verschiedenen Etagen, und die Spielerinnen witzelten über Alicia, die sich die Gänge runterschlich, damit niemand sie in Susans Zimmer verschwinden sah. Die Spielerinnen lachten zwar über Alicias Verfolgungsangst, doch ansonsten ignorierten sie die Affäre. Die Strände sämtlicher Kontinente waren mit Susans abgelegten Geliebten gepflastert.

In diesem Moment lief Alicia allerdings keine Gefahr, fallengelassen zu werden. Sie und Susan starrten gespannt auf den Bildschirm, als Carmen Ricky erzählte, daß sie dieses Jahr um den Grand Slam kämpfen wolle. «Da kann sie lange kämpfen», sagte Susan und drückte auf ein anderes Programm.

Susan hatte alles erreicht, was im Tennis zu erreichen war. Sie hatte jeden Titel im Einzel und Doppel gewonnen, aber niemals hatte sie das French Open, Wimbledon, das US Open und das Australian Open im selben Jahr geschafft. Jetzt, mit dreißig, hätte sie klüger sein müssen. Die jahrelangen wiederholten Wettkämpfe waren an ihrem Körper nicht spurlos vorübergegangen, doch sie war von fanatischer Entschlossenheit in bezug auf das eine Ziel besessen, das unerreichte – der Grand Slam. Sie wollte ihn gewinnen, wenn sie ihn aber nicht gewinnen konnte, würde sie dafür sorgen, daß keine andere es tat. Nicht solange sie lebte.

3

Kansas City tauchte aus der Prärie auf wie ein Gespinst menschlicher Phantasie. Das Turnier wurde auf der Missouri-Seite der Stadt ausgetragen. Schnurgeradeaus, der Vogelfluglinie nach, 443 Kilometer in Richtung Osten lag St. Louis an die Ufer des Mississippi gequetscht. Zwischen beiden Städten bestand ein Unterschied wie Tag und Nacht, obwohl beide zum selben Staat gehörten. St. Louis erinnerte noch immer irgendwie an die Ostküste. Kansas City zählte zum Westen, zu den Legenden von Viehtrieben und Cowboys und vielleicht zur Zukunft. Die Behauptung, Kansas City sei eine schöne Stadt, wäre niemandem über die Lippen gekommen, aber es besaß eine Energie, die ansteckend wirkte.

Da dies Harriets dritte Tomahawk-Turnierreise war, fand sie sich im Labyrinth unter dem Stadion im Stadtzentrum mühelos zurecht. Wenn man sich erst mal auskannte, machte jedes Turnier entschieden mehr Spaß. Sie brannte darauf, dem kleinen, aber vorzüglichen Kunstmuseum einen Besuch abzustatten. Sollte Carmen einen ganzen Tag frei haben, würden sie zusammen hingehen. Wenn nicht, würde Harriet allein in ein Taxi steigen und hinfahren. Das Herumreisen beim Tennis ist schon Zigeunerleben genug, doch oft erfahren Spieler und Spielerinnen ihre Termine erst am Tag ihrer Ankunft oder am Morgen des ersten Spieltages. Pläne in bezug auf Essengehen, Kinobesuche und ruhige Gespräche unterliegen alle der Tyrannei der Termine. Und die wurden im Hinblick auf die Klasse angesetzt – also saßen Carmen die Veranstalter und Lavinia im Nacken, diesen kleinen Auftritt und jenen kleinen Kurs zu machen, nur diesen ausnahmsweise. Und die Kette der «Nur-diese-ausnahmsweise»-Veranstaltungen riß einfach nicht ab. Wenn sie nein sagte, bezeichnete man sie als undankbare Zicke. Wenn sie ja sagte, zehrte sie an ihren Kräften – von Harriet ganz zu schweigen – und stellte ihren Sieg in Frage. Also kam Carmen zu der Kompromißlösung, daß Harriet die Neins übermittelte. Zum Ausgleich kochte sie, wann immer sie in dazu geeigneten Räumlichkeiten landeten, und besorgte auch zu Hause meistens das Kochen. Auf Reisen verkam freilich jede Gleichberechtigung infolge von Terminen und Zeitmangel zum Wunschgedanken. Wer es als Geliebte einer Spielerin mit dem Tennis zu tun bekam, schminkte sich jede Illusion von Gleichberechtigung augenblicklich ab.

Miguel stand jeden Morgen früh auf. Carmen schlief sich aus. Nach einigen Szenen mit einer verschlafenen Carmen an ihrer Zimmertür ließ er sie in Frieden ausschlafen. Aber kaum war sie wach, stürzte er ins Zimmer. Dann kommentierte Miguel Carmens letztes Spiel und zwinkerte Harriet zu.

An diesem späten Vormittag war das einfach zuviel. Harriet verabschiedete sich zu Carmens Ärger. Sie zog ihren Pelzmantel über und machte sich auf zur Kunstgalerie. An der Rezeption stieß Harriet auf Jane Fulton.

«Jane, ich dachte, du kämst erst im Laufe der Woche.»

«Ich auch, aber die Zeitung will eine Geschichte über das Wunderkind. Also muß ich Trixie Wescott die Woche über auf den Fersen bleiben.»

«Diese Kinder sitzen in ihren Startlöchern. In Position auf dem Nebenplatz, mit beidhändiger Rückhand und beängstigender Geduld. Schleifchen im Haar sind von Vorteil.»

«Wo willst du hin?» fragte Jane.

«Ins Kunstmuseum. Komm mit.»

Jane war sofort einverstanden. Sie wanderten durch die Säle des Museums und bewunderten die Skulpturen und Gemälde.

«Was ist los?»

Harriet setzte sich auf eine kleine Bank in der Mitte eines hell ausgeleuchteten Raumes. Der polierte Boden glänzte, und die Gemälde waren gut gehängt. Außer einem Wärter war zu dieser Stunde niemand zu sehen.

«Jane, mir fehlt das Unterrichten.»

«Dachte ich mir schon.»

«Ich versuche, soviel wie möglich mit Carmen unterwegs zu sein. Der einzige Unterricht, den ich noch gebe, ist ein kurzes Sommerseminar. Sie will, daß ich zu einem europäischen Showturnier mitfahre, das mit meinem Kurs zusammenfällt. Ihre Karriere sei so kurz, und ich könne immer noch unterrichten, wenn sie aufhört.»

«Das Tennisleben ist kurz.» Jane rollte ironisch die Augen zu diesem Gemeinplatz.

«Die Zeiten, in denen wir getrennt sind, sind nervend.»

Jane sagte: «Was passiert mit Carmen, wenn der Applaus vorbei ist, ich meine, wenn das wahre Leben einsetzt und auf sie zurückschlägt mit all seinen Wehwehchen und Zipperleins? Himmel, Lavinia Sibley Archer ist zwei Jahre älter als Gott und kann's noch immer nicht lassen. Denk mal drüber nach.»

«Tu ich, ziemlich oft. Ich hab das Gefühl, ich bin unloyal, wenn ich Carmen gegenüber davon rede.»

«Hoffentlich kann sie dich auffangen, wenn du sie brauchst. Im Augenblick braucht sie dich, Harriet.»

«Verdammt, was soll's. Liebe ist ein Risiko. Ich liebe sie seit drei Jahren. Sie ist in dieser Zeit soviel reifer geworden. Und ich auch. Ich weiß, daß ich ein Risiko eingehen muß und hoffe nur, sie steht zu ihrem Wort.»

«Susan hält sich tapfer. Mag sein, daß Carmen nicht aufhört.»

«Hoffentlich doch. Carmen bewundert Greta Garbo sehr, die wußte, wann sie abtrat.»

«Du setzt alles auf eine Karte.»

«Was meinst du damit?« Harriet sah sie von der Seite an.

«Du hast gar nichts für dich. Du hast dich von deiner Arbeit und alten Freundschaften abgeschnitten. Ich bezweifle, daß Carmen je daran denkt. Sie hat keine Zeit, an was anderes als an Tennis zu denken. Mehr kennt sie nicht.»

«Ja.»

«Und ist dir je eingefallen, daß du eine unsichtbare Frau bist?»

«Ach geh.»

«Im Ernst. Wenn Ricky gute Arbeit leistet, bekomme ich von seinen Lorbeeren was ab. Wer zollt dir je Anerkennung dafür, daß du Carmen den Rücken stärkst?»

«Ich bin nicht der Anerkennung wegen mit ihr zusammen.»

«Nein, natürlich nicht, aber gesellschaftliche und emotionale Unterstützung helfen uns allen in schweren Zeiten, und auch die wirst du nicht kriegen.»

«Du hörst dich total lesbenfeindlich an.»

«Nein, ich sage bloß, was ich beobachte. Niemand, auch andere Lesben nicht, macht sich dafür stark, zwei Frauen in ihrer Liebe zu unterstützen.»

Harriet wurde nervös: «Seit wann ist das Leben fair?» Sie hielt inne und sah Jane gedankenverloren an. «Wo warst du in den Sechzigern?»

«Wie kommst du jetzt darauf?»

«Ich weiß nicht. Vielleicht fühle ich mich alt oder so anders als alle Leute, die heute so um mich sind.»

«Ich habe Busladungen von engagierten Smithies nach Washington zu den Friedensmärschen organisiert.»

«Erzähl keinen Scheiß.»

«Und wo warst du?»

«William und Mary. Es war kein sehr radikales College, aber ich schon. Ich bin auch zu den Märschen mitgezogen. Komisch, letzte Nacht habe ich an die Mahnwache bei Kerzenlicht in New York City gedacht. Erinnerst du dich?»

«Klar.»

«Wir müssen ein kilometerlanger Zug gewesen sein. Ich weiß noch den Namen meines Soldaten – Vincent Masconi. Da stand ich mit seinem Plakat um den Hals, und meine Kerze brannte in der Nacht.»

«Mein Soldat hieß Roosevelt Cogger.»

«Merkwürdig, daß wir uns daran erinnern. Ich wünschte, ich hätte dich schon damals gekannt.» Harriet nahm Janes Hand.

«Du kennst mich jetzt. Hast du etwa noch nicht genug gelitten?»

Harriet lachte. «Laß uns was essen. Ich bin halb verhungert!»

Auf dem Weg zum Hotel sagte Jane: «Ich erinnere mich nicht, daß damals in den sechziger Jahren irgendwelche für ihre Arbeit bezahlt wurden. Wir waren alle Freiwillige. Wie haben wir uns eigentlich vorgestellt, daß wir die Revolution bezahlen würden?»

«Per Kreditkarte», sagte Harriet trocken.

Die Woche verging – wie die meisten Wochen der Tomahawk-Turnierrunde – damit, daß Carmen ihre Gegnerinnen abservierte. Page Bartlett nahm nicht an der Tomahawk-Turnierrunde teil. Sie schonte sich für die großen Wettkämpfe plus einige andere Turniere, auf die es ihr ankam oder auf deren Geld es ihr ankam. Obendrein schonte sie sich für ihren Mann.

Page Bartlett, eine hübsche Frau, hatte sich mit fünfzehn in die Herzen der Amerikaner gespielt, als sie bei den offenen amerikanischen Meisterschaften ins Viertelfinale kam. Das war vor zwölf Jahren. Seit damals war sie bei den Leuten beliebt. Sie war feminin, redegewandt, intelligent und wohlerzogen. Mütter sahen in Page das perfekte Idol für ihre kleinen Mädchen und lagen in dieser Hinsicht auch gar nicht so falsch. Natürlich machte sich niemand die Mühe, Page Bartlett zu fragen, welchen Preis sie dafür zahlte, und Page hütete sich, einen Einblick in ihre Seele zu geben.

Jeffrey Campbell war ein gutaussehender, talentierter Stürmer bei den San Francisco Forty-Niners. Sie lernten sich kennen, verliebten sich, boten dem Land vor zehn Jahren eine Märchenhochzeit – und schwebten dem Sonnenaufgang entgegen. Page spielte die eine Hälfte des Jahres, die andere war Jeffreys Football-Terminen gewidmet.

Sie wurde als Gegnerin von allen gefürchtet, weil sie selten einen schlechten Tag hatte. Ihre Geduld und messerscharfen Schläge schafften ihre glänzenderen Gegnerinnen im allgemeinen.

Page war der lebende Beweis dafür, daß Ehe und sportliche Karriere sich durchaus vereinbaren ließen. Als eine der wenigen verheirateten Spielerinnen bestätigte sie freilich eher die Ausnahme als die Regel. Für die meisten Frauen galt, daß Ehe und Sport nicht miteinander harmonierten.

Die meisten Spielerinnen waren für feste Bindungen zu jung. Sofern sie nicht zu jung waren, wo hätten sie einen Partner finden können, der die Stirn hatte, sie um ein Rendezvous zu bitten? Nach einer Woche in Kansas City ging die Tour weiter nach Cincinnati, dann nach Chicago und weiter und weiter. Selbst Piloten waren da noch seßhafter als Tennisspieler. Infolgedessen hatten die meisten Frauen ihren Märchenprinzen zu Hause. Oft gab's ja wirklich eine reale Person, doch der Traum von einer intimen Beziehung diente dazu, die Einsamkeit zu verscheuchen.

Die Angst davor, als Lesbierin verdächtigt zu werden, schüchterte die Frauen ein. Jede Frau über zwanzig wußte, was es hieß, als Freak betrachtet zu werden, weil sie ihren Sport liebte. Lesbianismus schlich sich ins Bewußtsein der Frauen ein und machte ihnen angst. Und den Lesbierinnen am allermeisten. Es war ein offenes Geheimnis, daß Carmen lesbisch war, aber solange sie es nicht sagte, taten alle, als wüßten sie von nichts. Sie lebte in einer demilitarisierten Zone zwischen Lüge und Wahrheit. Sie wollte ihre lukrativen Produktwerbeverträge nicht verlieren.

Es würde noch lange dauern, bis Frauen ihre sexuelle Konditionierung überwunden hatten; ihre Konditionierung, nicht mit andern zu konkurrieren, überwanden sie allerdings augenblicklich. Auf den Tennisplätzen kämpften sie wie Tiger. Das war gut für die Kasse und gut für Tomahawk. Ob es auch für die Spielerinnen gut war, würde sich erst in einigen Jahren zeigen. Die erste Generation echter Profis ging inzwischen auf Ende Dreißig zu. Verschleißerscheinungen machten sich bemerkbar, und bisher hatte es den Anschein, als seien diese ähnlicher Art wie bei den männlichen Athleten – ein langsames Abgleiten aus Ruhmeshöhen, der Tod eines Traums, Flucht in die Vergangenheit, zur Flasche, zu Kokain oder Valium. Freilich suchen auch viele Sekretärinnen um die Vierzig dieselbe Zuflucht. Wer ist da besser dran? Eine fruchtlose Diskussion. Im Profitennis gibt es keine fruchtlose Diskussion. Es gibt überhaupt keine Diskussion. Es gibt nur das Spiel. Alter, Verletzung, die Leiden, die dieses Leben so mit sich bringen, und der unausweichliche Tod sind auf dieser Seite des Aufschlagfeldes unbekannt. Das ist eine andere Welt.

In diesem Land der Gesundheit, Preise und Simplizität verliert oder siegt man. Carmen war eine Siegerin, eine Königin. Königin für einen Tag, einen Monat, ein Jahr, ein paar Jahre möglicherweise, aber sie war Königin, und das gefiel ihr. Sie entdeckte auch, daß das Gewinnen eine Sache war, das Verteidigen eine andere.

Wenn Page nicht teilnahm, war die allgegenwärtige Rainey Rogers die reale Bedrohung. Rainey und Carmen teilten die Tomahawk-Turnierrunde unter sich auf und spielten nur zwei Turniere pro Saison Kopf an Kopf. Dies kam allen gut zupaß. Jeder Veranstalter bekam zumindest eine höchst publikumsträchtige Spielerin plus genug andere Spielerinnen, um einen Wettkampf draus zu machen, und die Leute bezahlten ihr Geld, um das Ganze zu sehen. Wenn Carmen eine Siegessträhne hatte, sahen sie ihr mit derselben Faszination zu, mit der es Menschen zu Hurrikanen, Erdbeben und Autounfällen zieht. Auf ihrem Höhepunkt war sie so einschüchternd, daß man es schon mit der Angst bekommen konnte.

Amalgamated Interstate Banks warf 50 000 Dollar in den Preisgeldtopf des Turniers, wenngleich Tomahawk, als väterlicher Sponsor, den Löwenanteil der Werbung einheimste. Tomahawk schaffte eine Basis für jede Stadt, für gewöhnlich mit 25 000 Dollar. Der örtliche Veranstalter mußte mit dem Rest rüberkommen, im allgemeinen zwischen 75 000 und 120 000 Dollar.

Amalgamated schloß sich an, weil sie sich eine Werbung für weibliche Kundschaft erhoffte. Frauen tätigten heutzutage ihre eigenen Bankgeschäfte, deshalb trachtete Amalgamated nach einem jungen, modernen Image. Außer Filmstars gab es nur wenige sichtbare Frauen. Dennis Parry, ein stellvertretender Direktor von Amalgamated, schätzte, eine neue Sichtbarkeit sei 50 000 Dollar wert. Bei Amalgamated verschaffte das Tomahawk-Turnier Dennis eine neue Sichtbarkeit. Dennis hegte Ambitionen.

Als Miguel Semana zur Tribünenloge von Amalgamated hinüberging, kamen er und Dennis zwanglos ins Plaudern. Da die Spiele noch nicht begonnen hatten, waren die beiden allein. Sie machten galante Scherze, redeten über die galoppierende Inflation und Carmens Aufschlag.

«Möchten Sie eigentlich nie selbst am Wettkampf teilnehmen?» wollte Dennis wissen.

«Manchmal schon, aber ich bin froh, daß ich Anwalt geworden bin. Was würde schließlich aus unseren Investitionen, wenn beide Semanas spielten? Jemand muß sich ja aufs Geschäftliche konzentrieren.»

«Zum Glück hat Carmen da Sie.»

Miguel gluckste. «Ich würde eher sagen, zum Glück habe ich sie.» Er unterbrach sich. «Da wir gerade von Geschäften reden, wir entwickeln zur Zeit eine Bekleidungsmarke für Südostasien. Die Mode, für die sie jetzt wirbt, wird in den Vereinigten Staaten, Europa und Südamerika angeboten. Wie Sie wissen, entsteht ein ziemlicher Markt in Japan, Hongkong, den Philippinen und in Indien. Wir hoffen, wir können uns ihren Erfolg zunutze machen. Schließlich ist sie weltberühmt.»

«Mögen Sie mir nicht ein bißchen von dem erzählen, was Sie da vorhaben?»

«Sicher. Mit Vergnügen.» Miguel strahlte. «Wir entwerfen Hemden und Blusen mit ihrem persönlichen Emblem und verkaufen sie in Übersee. Natürlich werden die Preise im Ausland, außer in Japan, niedriger liegen. Auf diese Weise muß Carmen den Profit nicht mit einem Mittelsmann teilen. Das Sortiment wird in Hongkong produziert.»

«Niedrige Lohnkosten.» Dennis' schlanke Hand knetete die Schlüssel in seiner Jackentasche.

«Auch die Frachtkosten sind niedrig. Und wer weiß, vielleicht bekommen wir das Sortiment auch nach China hinein. Der Markt ist größer als der indische.»

«Und suchen Sie noch Investoren?»

«Nur einen. Wir stecken an die 300 000 Dollar eigenes Geld rein. Zu viele Köche verderben den Brei.»

«Hm, ja.» Dennis spielte mit seinem Schlüsselbund. «Warum schauen Sie nicht mal Montag in meinem Büro vorbei? Ich würde gern weiter darüber reden.»

Da er sich nicht allzu erpicht darauf geben wollte, zögerte Miguel. «Dann sind wir schon auf dem Weg nach Chicago.»

«Vielleicht könnten Sie einen Tag später nachkommen. Ich glaube, ich könnte Ihnen diesen Investor besorgen.»

«Wenn Sie meinen . . .» Miguels Schnäuzer zuckte nach oben.

«Hier, lassen Sie mich Ihnen meine Karte geben.» Dennis kramte in seiner Tasche. «Ich weiß, ich muß irgendwo eine haben.» Er zog ein braunes Stück Fell hervor. «Meine Glückshasenpfote.»

«Carmen hat ein Paar Glückssocken.»

«Tatsächlich? Ah, hier ist sie.» Dennis gab ihm die Karte.

Miguel schüttelte ihm die Hand und verabschiedete sich. Der einzige, der an die Hasenpfote glauben sollte, dachte er, ist der Hase.

Susan Reilly plumpste auf den Trainertisch, um sich den linken Knöchel bandagieren zu lassen. Dem fehlte eigentlich ebensowenig wie ihrem übrigen Körper, außer daß sie ihn seit zwanzig Jahren täglich schikanierte. Das ständige Stampfen der Füße auf Asche und Rasen und Teppich, die schnellen Stops, Drehungen und Sprünge nach Flugbällen forderten langsam ihren Tribut.

Bei Tennisspielern sind die Knie am meisten gefährdet. Dann kommt der Ellbogen, Schultern renken sich nicht aus, aber die Muskeln zerfasern. Knochensplitter lagern sich an Gelenken ab. Bänder werden gezerrt. Unter ständigem Streß zerfasert der Körper Stück für Stück.

Susan war im Begriff, die Grenze zu überschreiten, und sie wußte es. Verletzungen heilten nicht mehr so rasch. Eisbeutel halfen zwar, aber nicht auf Dauer. Sie achtete mit dreißig mehr auf sich als mit zwanzig. Dank glänzender Kondition und einem sechsten Sinn auf dem Feld hielt sie sich großartig. Sie hatte sich heute morgen beim Training den Fuß vertreten. Es tat zwar nicht weh, aber sie ging kein Risiko ein. Die Trainerin, eine nette Frau, bandagierte geübt den berühmten Knöchel. Susan brütete, während Alicia Brinker bei ihr saß und in der Bibel las.

Alicia, ein weit besseres Tennisgespons als Harriet, fand Trost im Glauben. Susan tolerierte es, weil Alicia in anderer Hinsicht so gefügig war. Wenn Alicia von Susan getrennt war, was selten vorkam, grübelte sie still über ihren Glauben. Sie wollte ihre Homosexualität im Ernst mit dem heiligen Paulus in Einklang bringen. Da der heilige Paulus aber für Frauen außer Verachtung nichts übrig hatte, waren ihre Hoffnungen, ihm etwas Anerkennung für die Lesben abzugewinnen, umsonst. Dennoch las sie weiter.

Lavinia steckte den Kopf ins Trainerzimmer. «Alles in Ordnung hier?»

Alicia sah von ihrem Buch auf.

Susan antwortete: «Prima. Wie ist der Stand da draußen?»

«5:4 im ersten. Carmens Aufschlag.»

«Danke.» Susan legte sich wieder auf den Tisch. Noch eine halbe Stunde, höchstens vierzig Minuten, dann würde sie da draußen stehen, falls Hilda Stambach das Blatt nicht wendete. Hilda würde möglicherweise stärker werden. Jetzt ließ sie sich noch von einer älteren Spielerin einmachen. Carmen war die bessere Spielerin, aber Hilda, mit Unterarmen wie Virginiaschinken, war siebzehn. Susan würde Hilda im Auge behalten.

Miranda Mexata kam am Trainerzimmer vorbei und winkte. Weiter unten in der Halle entdeckte Lavinia die Schiedsrichterin und segelte auf sie zu.

«Miranda, ich möchte mit dir reden.»

Miranda, der Lavinias Wichtigtuerei bestens vertraut war, seufzte.

Lavinia redete in bedeutungsvollem Flüsterton. «Sie ist in letzter Zeit reichlich überdreht.» Sie nickte mit dem Kopf in Richtung des Trainerzimmers. «Deshalb habe ich dich auf die beiden letzten Einzel angesetzt. Carmen und Hilda werden nicht aus der Reihe tanzen. Bei Schmettie und Susan hingegen, na, da fliegen womöglich die Fetzen. Du mußt durchgreifen, Miranda, greif durch.»

Indem sie so tat, als höre sie auf diesen oft wiederholten Rat, antwortete Miranda: «Alicia hat einen beruhigenden Einfluß, glaube ich.»

Lavinia blickte hastig um sich, um festzustellen, ob jemand hören konnte, was Miranda sagte. «Wir reden nicht über so was.»

«Mmm.» Miranda frage sich, ob Ricky eine Spielerin oben in der Pressekabine hatte. Gelegentlich lud er sich Spieler und Spielerinnen ein und bot ihnen die Möglichkeit zu einem farbigen Kommentar. Das war für die Spieler prima und toll für das Publikum. In dieser Beziehung war Ricky großzügig. Er setzte alle gut ins Bild. Miranda brannte darauf, in der Pressekabine um ihren Eindruck von den Veranstaltungen gebeten zu werden. Vom Thron der Schiedsrichterin hoch droben sah sie das Spiel, wie es niemand sonst sah, selbst die Spielerinnen nicht.

«Miranda, hörst du eigentlich zu?»

«Was soll ich dazu sagen? Bisher bin ich mit Susan fertig geworden, und ich glaube kaum, daß sie heute abend Schwierigkeiten macht.»

«Ich bin schon lange, lange Zeit in diesem Geschäft, und sie ist übernervös, das kann ich dir sagen. Sie steigert sich rein. Wie ich das kenne. Sie glaubt immer noch, daß sie den Grand Slam gewinnen kann, weißt du. Sie dreht langsam voll auf. O ja.» Lavinia holte tief Luft.

Siggy Wayne, fett wie eine Kröte und in Fahndungs- und Störmission, schlenderte zu den Frauen hinüber. «Jemand Chuck gesehen?» Chuck Lowry war der Repräsentant von Tomahawk in Kansas City.

Lavinia gab die naheliegende Auskunft. «Er sieht sich wahrscheinlich das Match an oder hängt in der Bar herum.»

Miranda ergriff die Flucht. «Bis nachher. Ich will mal sehen, wie's Danielle auf ihrem Sitz geht.» Miranda beaufsichtigte die einheimischen Schiedsrichterinnen. Es konnte ja sein, daß die Einheimischen von den Spielerinnen eingeschüchtert wurden.

Lavinia gierte nach einem Wodkacocktail, und sie wußte, es gehörte nicht viel dazu, Siggy Wayne an die Bar zu steuern. Siggy buhlte um Sponsoren fürs Damentennis. Ursprünglich hatte Lavinia diese Funktion innegehabt, doch als der Sport an Terrain gewann, mußte ihr Job in Teilbereiche aufgespalten werden. Es stellte sich heraus, daß Siggy ideal dafür war. Er flog von Stadt zu Stadt, ein Rattenfänger fürs Damentennis. Ob die Ratten rein- oder rausgejagt wurden, war nicht so sicher, aber jedenfalls holte er den Zaster rein, und das machte ihn unersetzlich. Er und Seth Quintard von Athletes Unlimited waren Geistesverwandte. Seth grapschte die Bonbons für die Spielerinnen und Spieler, Siggy grapschte sie für den gesamten Sport. Damentennis war für ihn seine Tingeltangelshow, nur daß die Akteure bekleidet auftraten. In Siggys Augen konnte das Tennis der Damen mit dem der Herren nicht konkurrieren. Das Spiel der Herren war schneller, härter und länger. Was die Damen zu verkaufen hatten, waren einzig Titten und Ärsche. Viele von ihnen hatten weder noch, aber die paar, die's hatten, wie Page Bartlett Campbell, wie Rainey Rogers, die waren seine Trümpfe. Seit Navratilova wegen eines Turnierunfalls draußen war und Austin an einer Rückenverletzung laborierte, hätschelte Siggy seine gesunden Stars – vor allem seine gesunden heterosexuellen Stars. Der Direktor einer einheimischen Bank würde mit Wonne seine Schulter an Terry Bradshaw reiben, aber an Susan Reilly? Wahrscheinlich nicht. Es würde noch lange dauern, bis die von Männern geführten Konzerne Sportlerinnen zu schätzen wußten.

Siggy reichte Lavinia seinen Arm, denn sie liebte es, hofiert zu werden, und sie schlenderten zur Bar. Lavinia fand Siggys Methoden zwar fragwürdig, aber er schaffte das Geld bei. Die Mädchen hatten nichts weiter zu tun, als auf einigen Parties herumzustehen und zu versuchen, auf dem Tennisplatz so attraktiv wie möglich auszusehen. Sie besaß eine große Leidenschaft für das Tennis der Damen, doch diese Leidenschaft machte sie nicht blind für die Tatsache, daß Siggy Wayne heutzutage recht hatte. Die nächste Generation mußte ihren eigenen Weg finden, sich und das Tennis zu verkaufen. Zur Zeit bestand er darin, Frauen als Frauen zu verkaufen. Daran war nichts falsch.

Lavinia ärgerte sich oft über die Mißachtung, die man den Tennisspielerinnen entgegenbrachte. Ihre Ergebnisse wurden im Anschluß an die Ergebnisse der Männer bekanntgegeben. Bei einem so riesigen Turnier wie den offenen amerikanischen Meisterschaften wurde nicht einmal der Versuch einer ausgewogenen Fernsehübertragung unternommen. Jahr für Jahr sollte das geändert werden. Leere Versprechungen. Wie sie wußte, war das Spiel nicht jenseits von Gut und Böse, aber es war auch nicht ganz zu übersehen. Warum ließ ein Konzern Geld in das Damentennis fließen, wenn das Geld anderswo profitabler eingesetzt werden konnte? Das Image des Damentennis mußte sie ködern. Was die Betonung des Geschlechts anging – auf subtile Weise natürlich –, so hatte sie nichts dagegen. *Vive la différence.* Nur daß der Unterschied für die meisten Frauen auch noch einen Unterschied im Einkommen bedeutete. Die Frauen holten scheinbar auf; aber nur, wenn man sich die Verträge nicht allzugenau ansah. Tennis blieb eine Männerwelt, zwar Veränderungen unterworfen und stets in Fluß, aber gleichwohl eine Männerwelt. Da Lavinia auf ihr Aussehen und ihre Weiblichkeit stolz war, erschien ihr das gar nicht so schlimm . . . bis sie an einen lesbischen Skandal dachte und ihr das Blut stockte.

Man hatte ihr früher einmal gesagt, sie sähe Marlene Dietrich ähnlich, und von diesem Kompliment hatte sie sich nie so ganz erholt. Jeden Morgen zog sie sich inbrünstig die Augenbrauen nach. Der Schwung hing davon ab, wieviel sie am Abend zuvor getrunken hatte. Als sie mit Siggy plauderte, hätte man auf die Idee kommen können, ihre Augenbrauen wären umgekehrte Vs fürs morgige Finale.

Am Morgen des Kansas City-Finales bestellte Carmen ihr übliches Frühstück: Steak, Pasta und Kaffee. Für Harriet bestellte sie eine kalte Coca-Cola.

«Wo bleibt bloß das gottverdammte Essen? Schon vor einer

halben Stunde habe ich die Bestellung durchgegeben!» Sie schleuderte die Sonntagszeitung durchs Zimmer.

Am Anfang ihrer Beziehung hatte Carmens Reizbarkeit Harriet oft aus dem Gleichgewicht geworfen. Inzwischen wußte sie, daß Carmen vor einem Finale entweder explosiv war wie ein Knallfrosch oder sich in die tieferen inneren Schlupfwinkel zurückzog. Bei einer Explosion bestand zumindest Kontakt. Harriet lernte auch, Carmen vor einem Finale in keiner Weise zu kritisieren, nicht einmal wegen der Farbe ihrer Schnürsenkel.

Harriet griff zum Telefon.

«Rufst du den Zimmerkellner an?»

«Nein», antwortete Harriet.

Carmen riß der Geliebten den Hörer aus der Hand, wählte die Nummer und wetterte los. «Zimmerkellner, hier ist Semana in drei-zwei-sechs. Semana!»

Die Stimme am anderen Ende der Leitung zog die berühmte Show ab, nichtenglische Namen weder verstehen noch aussprechen zu können. «S-E-M-A- verdammt noch mal, vergessen Sie den Namen. Die Zimmernummer ist drei-zwei-sechs, und wo ist das Essen?» Sie knallte den Hörer auf, so daß er in seiner Gabel schaukelte.

Harriet nahm den Hörer wieder auf und wählte. Nach einer angemessenen Pause sagte sie aufgekratzt: «Baby Jesus, wie geht es dir? Hier ist Mutter. Ja, Carmen ist auch hier. Was für eine Badewanne wir haben? Rosa, zur Tapete passend.» Harriet lauschte gespannt.

Zuerst achtete Carmen nicht darauf, sondern holte sich aus der anderen Ecke des Zimmers den Sportteil der Zeitung.

«Mir ist egal, ob du Friskies-Thunfisch magst oder nicht, friß ihn trotzdem.» Pause. «Wir kommen heute abend nach Hause. Vor Chicago hat Carmen eine Woche frei. Du willst nach Chicago mitkommen?» Pause. «Was heißt hier, du brauchst einen neuen Mantel? Dein grauer Tigerpelz reicht absolut. Willst du ihr Glück wünschen?» Harriet legte die Hand auf die Muschel. «Schatz, Baby Jesus möchte dir Glück wünschen.»

Carmen sah von der Zeitung hoch. «Meschugge.»

«Sie sagt: ‹Danke.› Schreibst du einen neuen Roman? *‹Katalog›*, ein Buch über Katzenmuffel. Na, viel Glück dabei. Wiedersehen. Wir haben dich lieb.»

Es klingelte. Essen, endlich. Carmen setzte sich und fing an zu essen, während Harriet die Rechnung abzeichnete. Sie setzte sich und griff nach ihrer Cola.

«Was für ein Buch, hast du gesagt, schreibt Baby Jesus doch gleich?» fragte Carmen.

«*‹Katalog›*.»

«Hmmm.» Sie nahm ihr Steak in Angriff und wurde gleich heiterer. «Ich schätze, sie würde mehr Geld verdienen, wenn sie eins schriebe mit dem Titel *Kategorie*.

«Ach, und um was soll es darin gehen?»

«Um Katzenmorde. Das bringt's.»

Miranda Mexata eröffnete von ihrem Sitz aus das Match des Tages. Susan Reilly gegen Carmen Semana. Susan gewann die Wahl und damit das Aufschlagsrecht.

Oben auf der Tribüne saßen Alicia Brinker und Harriet Rawls nebeneinander in der Sponsorenloge, ein kleiner Verstoß gegen die Tennisetikette, die man freilich Chuck, dem Tomahawk-Repräsentanten von Kansas City, verzeihen konnte. Er hatte sich nie im Leben ein Tennismatch angesehen. Die Ehemänner, Ehefrauen, Geliebten und Verwandten der Gegner werden normalerweise separat placiert. Zwar entgeht ihnen nicht, wo die andere Partei sitzt, sie aber nebeneinander zu setzen, war unsensibel. Sofern die eine anfeuernde Seite nur den geringsten Anstand besaß, konnte sie nicht jubeln, wenn ihre Frau einen guten Ball schmetterte, oder zischen, wenn die Gegnerin einen Punkt herausschlug. Alicia, die sich ohnehin in Harriets Nähe nie wohl fühlte, versteckte ihr schmales Neues Testament in den Falten ihres Pullovers, den sie sich über den Schoß legte. Miguel und Dennis Parry saßen in der Nachbarloge, die mit blaßblauen Fahnen der Amalgamated Banks geschmückt war.

Droben in der Pressekabine wartete Ricky mit aufgesetztem Kopfhörer auf sein Stichwort. Jane war nicht auf Sendung und saß über speziellen Diagrammen, um das Match punkten zu können. Im allgemeinen überließ sie diese Sache den Statistikern, doch heute stand ihr der Sinn nach Tabellieren. Susan ging zur Grundlinie. Jane murmelte: «Lucretia Borgia von Sunnybrook Farm.»

Der lächelnde Ricky bekam sein Stichwort. «Sie haben rechtzeitig eingeschaltet, meine Damen und Herren. Susan Reilly gewann die Wahl, und das Spiel beginnt.»

Lavinia ließ sich in der Tomahawkschen Loge häuslich nieder. Die Frau eines regionalen Sponsors setzte sich rasch daneben, als Susan ihren bekannten hohen Aufschlagball warf. Der berühmte weitausgeholte Aufschlag wurde gemacht. Jedesmal, wenn die Spielerinnen die Seiten wechselten, zwitscherte Lavinia mit den Sponsoren. Sie traf glatt das hohe C für Cash.

Alicia strahlte nicht. Carmen gewann den ersten Satz sechs zu vier. Drei Sätze, ging es Susan durch den Kopf. Sie schlug härter. Wenn Page Bartlett Campbell am ausgeglichensten war und Carmen das größte sportliche Talent hatte, so war Susan von einem Antrieb und einer Tücke beseelt, die ihren Überraschungseffekt auf ihre Gegnerinnen nie verfehlten.

Ihr erster Aufschlag schnitt tief in Carmens Vorhand. Carmen schlug den Ball solide und hart. Susan machte gern Tempo, und sie wußte, daß Carmen sich nie zu hinterlistigen Bällen herabließe, um ein Match zu gewinnen. Je härter Carmen den Ball traf, desto lieber war es Susan. Als der Ball in die Rückhandecke schwirrte, traf ihn Susan mit jeder Faser ihres Körpers und feuerte den nächsten Schuß die Linie entlang. Ihre Rückhand war mörderisch, stark und alles andere als ein Honigschlecken. Sie brachte die Menge auf die Beine. Da war noch immer Leben in dem alten Hund – und Biß. Den nächsten Punkt ging sie schärfer an. Der erste Aufschlag traf die Ecke, aber dank Carmens blitzartiger Reflexe und ihres kraftvollen Handgelenks schlug sie den Ball tief ins Mittelfeld. Von den Tribünen aus wirkte Susans Return wie ein schwacher Schlag. Doch aus Mirandas Blickpunkt ging der Ball übers Netz, traf die Mitte des Aufschlagsfeldes und drehte sich dann rückwärts. Carmen erreichte den Ball mühelos, hatte aber nicht mit dem Drall gerechnet. Ob wegen des Laufwinkels oder aus sonst einem Grunde, jedenfalls überlief sie den Ball leicht. Ihr Return war nicht tief genug und auf Susans Rückhand placiert, den einzigen Schlag, den sie machen konnte. Sie mußte ans Netz. Bei einem schwachen Return auf eine Spielerin wie Susan, hätte Carmen ebensogut ein Maschinengewehrnest mit einem Gummimesser angreifen können. Susan donnerte eine weitere Rückhand zur Grundlinie. Beim nächsten Punkt beantwortete sie den Aufschlag-Return mit einem Rückhand-Cross. Sie beendete das Spiel mit einem As.

Carmen haßte es, gegen Susan zu spielen. Wenn sie mit einem Ball wie der Rückdrallusche angeschmiert wurde, spürte sie förmlich Susans hämisches «Arschlecker». Susan wurde mit jedem Punkt stärker. War Carmen seelisch auch nur ein kleines bißchen verunsichert, konnte Susan sie auseinandernehmen, obwohl Carmen ihr physisch überlegen war. Gegen Susan anzutreten war wie das Spielen mit einer Kobra. Doch Carmen war sicher, daß sie die Schlange heute bändigen würde.

Beim ersten Aufschlag des zweiten Satzes legte Carmen mit der Präzision eines Bombenschützen ein As vor. Der nächste Punkt war eine lange Ballpassage, und Susan ergatterte ihn schließlich. Aber Carmen hatte noch immer den Aufschlag, und sie gewann das Spiel. Der Rest des Satzes verlief nicht anders, hin und her, hin und her. Es war die spannungsgeladene Art von Tennis, die an kalten Januartagen die Leute anlockte: Der alte Meister gegen den jungen Meister. Mit 24 galt Carmen in ihrem Beruf zwar nicht mehr als jung, doch gegen Susan konnte sie noch immer wie ein Grünschnabel wirken.

Susans Taktik war jetzt, wo das Kopf-an-Kopf-Ringen vier beide stand, beim Aufschlag alles auf eine Karte zu setzen. Ihre blanke Aggression riß die Zuschauer mit. Sie schlug einen todsicheren Vorhand-Volley, der sie aufspringen ließ. Susan glühte. Sie hatte eine ungeheure Fähigkeit, sich vom Lob anstacheln zu lassen. Sie konnte nicht nur ihren Aufschlag durchbringen, sondern war obendrein in diesem Spiel überlegen. Carmen hielt ihren Aufschlag mit der gleichen Verbissenheit. Das Spiel stand jetzt fünf beide. Unmittelbar darauf waren sie bei sechs beide. Wieder ein Tie-Break. Die Fans rasten – jedenfalls die Tennisfans. Sie wollten ein Match über drei Sätze.

Harriet wand sich auf ihrem Sitz. Alicia umklammerte ihr Neues Testament.

Der Tie-Break war elektrisierend. Da gab es keinen schludrigen Punkt. Jede Frau fühlte sich genötigt, Heroisches zu leisten, und tat es. Susan hechtete nach einem Vorhand-Volley, der wie ein sicherer Gewinnpunkt aussah, da Carmen den Ball mit mindestens 140 Stundenkilometern Geschwindigkeit schlug. Susan streckte sich parallel zum Boden, als sie nach dem Ball sprang, und sie schaffte es, bei Gott. Sie fiel, rollte ab und sprang auf, für den Fall, daß Carmen den Return schlug. Eine Hölle brach los. Carmen hatte den nächsten Aufschlag. Der Spielstand war fünf zu fünf. Carmen ergriff die Gelegenheit und servierte auf Susans starke Seite in der Hoffnung, sie zu überrumpeln. Sie tat es. Susans Return besaß Autorität, doch nicht genug Kraft. Carmen sauste über das Feld – sie schien ständig zu gleiten – und feuerte einen vernichtenden Vorhand-Cross ab, vielleicht ihren besten Treffer. Susan, deren sechster Sinn voll auf Empfang stand, war da. Sie bekam den Schläger an den Ball, und er segelte über das Netz. Der Linienrichter rief: «Aus.» Der Ball war gefährlich nahe an der Grundlinie. Carmen ging hinter die Linie, nahm den vom Ballmädchen zugeworfenen Ball und sah beim Umdrehen Susan am Netz stehen, die Hände auf den Hüften.

«Aus! Was soll das heißen, aus? Der Ball war fast einen Meter drin!»

Die Fans auf der Seite des unglückseligen Linienrichters stimmten ihr zu. Die meisten von ihnen hielten den Ball für gut. Der Linienrichter sagte nichts.

Carmen wartete. Miranda sagte etwas zu Susan, aber das konnte niemand verstehen.

Susan, ganz blaß, fuhr fort: «Dieser Ball war gut, Miranda, du weißt, daß der Ball drin war.»

«Ich habe den Ball im Aus gesehen», sagte Miranda kühl. Sie unterstützte ihre Linienrichter grundsätzlich, es sei denn, der Fehler war kraß. In diesem Fall hatte der Linienrichter bisher keine Patzer gemacht. Miranda wußte, daß es eine knappe Ansage war, aber sie mußte die Regeln einhalten, oder Susan würde jeden Linienrichter auf dem Platz auseinandernehmen.

«O nein.» Susan schleuderte ihren Schläger zu Boden. Sie beugte sich über das Netz und brüllte Carmen an: «Hast du den Ball gesehen?»

In Wahrheit war Carmen so schnell gerannt, daß sie den Ball, nicht die Linie im Auge hatte. «Nein.»

«Carmen, du weißt, daß der Ball gut war.»

Das machte Carmen stocksauer. Sie stand in dem Ruf, bei Ansagen fair zu sein. Susan stellte sie als Punkteklauer hin.

«Ich habe den Ball nicht gesehen, Susan.»

«Verdammt, ich spiele mir das Herz aus dem Leib, und der Linienrichter gewinnt das Match.»

«Beruhige dich, Susan.» Miranda blieb fest. In dieser Situation mußte sie festbleiben.

Die Fans schrien nun für wie gegen die Ansage. Susan bezog wetternd an der Grundlinie Position, um den Aufschlag anzunehmen. Ihr Aufschlagreturn kam als hochgezogener Lob, ein Akt purer Gemeinheit. Der Ball traf noch vor der Grundlinie auf. Susan gab Carmen einen ganzen Punkt lang einen Luschenball nach dem anderen.

Mit zusammengebissenen Zähnen raste Carmen jedem hundsgemeinen Ball nach, bis sie schließlich einen von Susan verpatzte, die das Match gewann. Die Menge tobte. Harriet stand auf. Alicia ließ ihr Neues Testament los. Ricky bemühte sich, keine Spur von Angewidertsein in seinem Kommentar durchschimmern zu lassen. Jane fegte die letzte Punktekarte beiseite. Sie sahen auf Susan Reillys Gestalt herab, die wie ein Panzer ans Netz steuerte.

Carmen war wütend, riß sich aber zusammen und streckte die Hand aus. Seit mehr als einem Jahrhundert wurden Tennismatches mit freundlichem Händedruck beendet. Susan trat ans Netz und tippte mit dem Schläger auf Carmens ausgestreckte Hand. Mit der anderen Hand schmierte sie Carmen eine direkt auf den Mund. Carmens Kopf zuckte zurück, ihre Lippe sprang auf. Entgeistert stand sie da. Das Toben der Menge erstarb. Schneller als ein Wiesel vom Baum kletterte Miranda von ihrem Schiedsrichterstuhl. Noch immer entgeistert, wischte sich Carmen den Mund mit dem Handrücken. Er war blutverschmiert.

«Kümmere dich um sie!» befahl Miranda der Trainerin. Die Trainerin stellte sich vor Carmen und hantierte an ihr herum. Ihre eigentliche Absicht war, Susan aus Carmens Blickfeld zu halten, falls Carmens berühmtes südamerikanisches Temperament explodieren sollte.

Miranda packte Susan nicht allzu freundlich am Arm und drängte sie hinter den Schiedsrichterstuhl. Blitzlichter flammten auf. Ein Raunen ging durch die Menge, erst leise, dann lauter, bis schließlich ein mißbilligendes Gebrüll vom Tribünendach in Kansas City widerhallte. Alicia eilte an Susans Seite. Wortlos signalisierte Miranda, daß Susan unverzüglich in den Umkleideraum zu verfrachten sei. Als Alicia Susans Arm berührte, zischte Susan: «Faß mich nicht an. Nicht in der Öffentlichkeit.»

Am nächsten Morgen füllte die Geschichte nicht nur die Zeitungen von Kansas City, sie wurde auch über die Ticker von AP und UPI verbreitet. Carmen war in Ordnung. Lavinia konnte aus einem Elefanten keine Mücke machen, also sprach sie lieber über seelischen Druck, die Härte von Konkurrenz und Turnierreisen. Die anderen Spielerinnen konnten es kaum fassen. So etwas war noch nie passiert, egal, wie wütend jemand war. Über die Jahre hatte es Momente der Wut reichlich gegeben.

Die Mehrheit der Fans empörte sich; aber die Veranstalter waren im siebten Himmel. Ein kleines Drama würde die Leute anziehen. Susan hatte ihnen soeben volle Taschen beschert. Selbstverständlich würden Veranstalter solche Ausbrüche nie öffentlich billigen. Doch wenn das Publikum Susans Benehmen auch verurteilte – die Erwartung weiterer Explosionen lockte es an. Schließlich ging es ihm nicht mehr allein um Sport, es ging auch um Unterhaltung. Susan entschuldigte sich öffentlich. Im Herzen hatte sie nicht das Gefühl, etwas Falsches getan zu haben. Carmen hatte sie bestohlen. Da Susan nicht zugeben konnte, daß sie irgendwelche Fehler hatte, bestand für sie nicht die Gefahr, sich selbst korrigieren zu müssen. Carmen hatte begriffen. Zwischen ihrer ersten Geliebten und ihr fand kein Tennis mehr statt; es herrschte Krieg.

«Das ist ein interessantes Angebot.» Miguel saß Dennis Parry im Büro der Bank gegenüber. «Ich denke, wir kommen ins Geschäft.»

«Ich bin immer auf neue Ideen aus.» Ein öliges Lächeln umspielte Parrys Lippen.

Strahlend fuhr Miguel im Taxi zum Flughafen. Das Treffen mit Parry war besser verlaufen als erhofft.

Amalgamated würde Carmen einen Kredit von 600 000 Dollar geben, zum Zinssatz von 21 Prozent. Die Laufzeit des Kredits betrug ein Jahr. 300 000 Dollar waren in vierteljährlichen gleichen Raten zahlbar, die Restsumme von 300 000 war am Jahresende fällig. Parry beglückwünschte sich, denn Carmen würde ihm 50 000 Dollar unterderhand zustecken. Carmen mußte lediglich den Kreditvertrag unterzeichnen, und Miguel würde 550 000 Dollar erhalten.

Miguel sah auf seine goldene Rolex. Er hatte noch Zeit genug. Manches von dem, was er Dennis Parry erzählt hatte, stimmte. Vieles nicht. Er hatte wirklich einen Freund, der die Bekleidung in Hongkong fabrizierte. Und er würde das Produkt auch in Südostasien verkaufen. Darüber hinaus beabsichtigte er tatsächlich, die Ware in den Vereinigten Staaten über das Netz feilzubieten, über die sein Freund imitierte Markenartikel vertrieb. Miguel hatte ein Vertriebsnetz und seine Einzelhändler gefunden, ohne einen Cent eigenes Geld aufzuwenden. Die Hemden würden mit 20 Prozent Rabatt verkauft werden. Selbst dann wäre der Profit noch enorm.

Natürlich würde Sunny Days, die Firma, die Carmen für ein Bekleidungssortiment unter Vertrag hatte, irgendwann herausfinden, daß in Discountläden nachgemachte Ware verkauft wurde. Bis sie aber das parasitäre Unternehmen entdeckt – keine leichte Sache – und versucht haben würde, es zu verklagen, wären riesige Gewinne gemacht und das Sortiment vom Markt genommen. Sunny Days würde wütend sein, aber so wie das amerikanische Rechtssystem nun einmal ist, bedeutet ein Prozeß für Sunny Days wahrscheinlich so viele Hunderttausende von Dollar an Gerichtskosten, daß man sich außergerichtlich einigen würde, sofern die nachgeahmten Produkte vom Markt verschwanden. Erhob Sunny Days allerdings Klage, so würde die gesamte Bekleidungsindustrie davon profitieren. Freilich war es unwahrscheinlich, daß Sunny Days einen Präzedenzfall schaffen würde, damit ihre Konkurrenten davon profitierten. In der Bekleidungsindustrie kämpfte noch immer jeder für sich allein.

Miguel war sicher, daß er in keinem Fall verlieren konnte. Carmen brauchte nichts davon zu erfahren. Warum auch? Sie konnte sich auf nichts lange konzentrieren; Geschäftliches irritierte sie nur. Sie mußte alle Aufmerksamkeit dem Tennis widmen. Je mehr sie gewann, desto mehr Kleidung würde Miguel verkaufen.

Was die Unterschrift auf dem Kreditvertrag anging, so würde Miguel sie einfach fälschen.

4

Chicago hing wie eine Glitzerkette am Michigansee. Der von den Gebäuden und Lichtern reflektierte Schnee gab der Stadt eine zusätzliche Dimension.

Harriet, Carmen, Miguel, Jane und Ricky wohnten im *Tremont*, einem noblen kleinen Hotel abseits der Michigan Avenue.

Ricky hielt eine Krawatte in blassem Lila an ein rosafarbenes Oxford-Leinenhemd. Er war ein Mann, der ein verwegenes Aussehen nicht scheute. Senffarbene Hosen und ein marineblauer Blazer vervollständigten seine Garderobe. Als er so in seinen Jockeyshorts dastand, bewunderte Jane seine Beine. Sie hatte diese Beine seit Jahren vor Augen, gewiß, aber noch immer fand sie sie attraktiv. Ricky Cooper, klein von Statur, war ein Mann, der auf Frauen wirkte. Sein Intellekt, verbunden mit aufrichtiger Menschenliebe, machten ihn zu einem populären Fernsehkommentator. Wenn er nicht auf Sendung war, gab es zwar auch für ihn gelegentlich gereizte und sorgenvolle Momente, doch solche Augenblicke waren selten.

Jane machte vielen Männern angst, weil sie so stark war. In Ricky hatte sie einen Ebenbürtigen gefunden. Daß sie eine so tolle Person war, beeinträchtigte ihre Beziehung nicht. Wenn die Avancen seiner Anhängerinnen Ricky einmal in Versuchung führten, brauchte er nur einen Blick auf die Männer zu werfen, die ständig an Janes Fersen hingen, um bei der Stange zu bleiben. Inzwischen wußten beide, daß sie praktisch haben konnten, wen sie wollten. Sie wollten einander.

Als Jane vor sechs Jahren Ricky zum erstenmal begegnete, war er zu ihr herübergekommen und hatte geflüstert: «Sie haben so wundervolle Augen.»

«Fällt Ihnen nichts Originelleres ein?» bekam er darauf

prompt zu hören. Keine Frau hatte je so mit Ricky geredet. Jane Fulton war es völlig gleichgültig, daß er ein stadtbekannter Mann war, einer, der in der Welt herumkam, und eine Fernsehpersönlichkeit. Für sie war er nichts als ein allzu selbstsicherer Typ, und sie fühlte sich gelangweilt. Davon angestachelt, wollte er sich ihre Zuneigung erobern, bloß um zu beweisen, daß er es konnte. Er versuchte es mit sämtlichen alten Maschen. Erst schickte er Blumen. Sie gingen postwendend an ihn zurück. Er versuchte es mit Anrufen, Briefchen und Pralinen. Er ging sogar so weit, ein Schulorchester aus Philadelphia anzuheuern, das in die Redaktion des *Inquirer* einzog und Sousa-Märsche spielte. Jane haßte John Philip Sousa. Dies zog sich monatelang hin. Schließlich, als alles nichts fruchtete, schwang er sich in den Zug nach Philadelphia und wartete auf sie, bis sie von der Arbeit kam. Sie hatte bereits eine Verabredung. Unverfroren trat Ricky auf sie zu und sagte: «Ich habe alles versucht. Ohne jeden Erfolg. Zugegeben, vielleicht mangelt es mir wirklich an Phantasie. Trotzdem lohnt es sich, mich kennenzulernen.»

Auf der Stelle sagte Jane ihre Verabredung ab. Sie und Ricky aßen in einem winzigen italienischen Restaurant, das ihr Lieblingslokal war. Sie machten den Laden dicht. Es hatte Ricky viele Blumen, Pralinen und ein Schulorchester gekostet, mit Jane als Person umgehen zu lernen, aber als er es erst mal gelernt hatte, bereute er es nie. Sie waren seit jener Nacht ein Liebespaar. Ein Jahr später heirateten sie.

Harriet fragte Jane einmal, ob ihr je der Gedanke gekommen sei, sich von Ricky scheiden zu lassen. Die Frage kam nach einer ihrer Auseinandersetzungen. Jane sagte wie aus der Pistole geschossen: «Scheiden nie, umbringen ja.»

«Wie spät ist es?» fragte Jane jetzt.

«Zeit für uns beide, an die Arbeit zu gehen.»

Schicksalsergeben verabschiedete sich Jane von seinen Jockeyshorts und den Schätzen darin. «Verdammt.»

Ricky zog den Reißverschluß seiner Hose zu. «Wenn alle Mädchen ihr Match in 45 Minuten hinter sich bringen, sind wir anschließend vielleicht noch nicht zu müde.»

«Dann würde Siggy im Dreieck springen, nicht?» Jane genoß den Gedanken an Siggy, der wie eine Klette an einem Sponsor hing und ihm fieberhaft erklärte, daß meistens die ersten Runden interessant seien. Die meisten Eröffnungsrunden waren zum Kotzen langweilig, und das Publikum wußte es. Deshalb ließ es sich ja erst beim Halbfinale blicken. So gut das Tennis der Damen auch war, es hatte noch immer nicht die Intensität, die das Spiel der Herren besaß.

«Siggy Wayne hat die Ausstrahlung eines Wasserspeiers.» Ricky band seinen Schlips. Er entschied sich gegen eine Krawattennadel.

«Wenn ich mit regionalen Sponsoren rumsitzen müßte, bekäme ich wohl auch eine Macke.»

«Bist du startklar?»

«Ja, ich bin startklar für eine neue Woche im Tomahawk-Zirkus, einem kleinen Bassin voll menschenfressender Haie.» Jane angelte nach ihrem langen Silberfuchs und segelte an Rickys Arm aus der Tür.

«Hallo, Ekel», rief Jane keß Harriet zu, die sich ihren Weg durch die leeren Sitzreihen zum Trainingsplatz hinunterbahnte.

«Ekelchen. Für ein Ekel bin ich zu klein.» Die beiden umarmten sich. «Wo ist der schönste Mann auf dem Damenturnier?»

«Wen könntest du wohl meinen? Laß mich raten. Seth Quintard ist eben von New York City eingeflogen. Nein? Siggy Wayne muß es sein, die perfekteste Zellanhäufung der Welt. Sonst fällt mir kein Mann ein.»

Harriet hakte sich an Janes Arm. «Was treibt unsere letzte Chance?»

«Hektik. Du weißt ja, wie er am ersten Tag eines Turniers ist. Er muß alles inspizieren. Er ist nie über das US Open damals hingweggekommen, als er zwei Sätze ohne Ton sendete.»

«Ich behaupte noch immer, daß eine Spielerin die Kabel gekappt hat, weil ihre Seite nicht genügend ins Bild kam.»

Die beiden Frauen gingen ans Netz, um Carmen und Schmettie Kittredge beim Training zuzusehen. Carmen winkte Jane von der Grundlinie zu.

Schmetties australischer Akzent schlug durch. «He, Schlachtroß, wie isses?»

Jane antwortete in astreinem mittelatlantischen Tonfall: «Schmettie, ich höre, du hast ein rotumrandetes Schild ‹Vorfahrt beachten› über dein Bett gehängt.»

Carmen verpatzte einen Ball. «Unfair. Heb dir deine besten Sprüche auf, bis sie ausholt.»

Gehorsam wartete Jane, bis Schmetties Handgelenk sich nach hinten bog, um eine mörderische Vorhand zu schlagen.

«Schmettie, was ist eine Machofrau?» Schmettie hielt ihren Blick auf den Ball gerichtet. «Ich weiß nicht.»

«Eine, die ihren Vibrator mit dem Fuß anwirft.» Wie eine Rakete prallte der Ball von Schmetties Vorhand in Richtung Flutlichter.

«Witz mit Bart!» rief Carmen zurück.

Das Gelächter erstarb, als Happy Straker, Alicia Brinker und Susan Reilly auf ihrem Weg von einem anderen Trainingsplatz vorbeidefilierten. Nur Alicia winkte zum Gruß.

«Aufmarsch der Giftnudeln», flüsterte Harriet Jane zu.

Jane zuckte die Achseln: «Arschlöcher muß es ja schließlich auch geben. Nach Billie Jean King, Virginia Wade und all diesen Spitzenoldies kam Susan daher und rettete das Damentennis. Außer Susan war weit und breit nichts, bis Page Bartlett Campbell, Tracy Austin und Martina Navratilova auftauchten. Also verdient sie den Ritterschlag.»

Auf der Suche nach neuen Tennisbällen düste Susan mit Happy und Alicia im Schlepptau durch den Umkleideraum. Die drei hatten die Absicht, noch einmal rauszugehen und an Lobs zu arbeiten, obwohl sie eben ein schlauchendes Training hinter sich gebracht hatten. Happy Straker und Alicia Brinker ertrugen einander, weil Susan es so wollte.

Alicia graute bei Happys Anblick. Sie hätte schwören können, daß Happy Anabolika nahm, denn keine Frau konnte so gräßlich aussehen und wirklich Frau sein.

Selbst bei bestem Willen hapert es bei der neuen Geliebten an Nachsicht für die abgelegte Liebhaberin. In der abgelegten Liebhaberin brodelt für gewöhnlich der Haß.

In dieser Situation gab es für Alicia und Happy nichts zu gewinnen, aber Susan profitierte davon, denn sie hatte eine gefügige Geliebte und eine eifrige Partnerin im Doppel.

Happy wechselte ihre durchgeschwitzten Socken gegen ein frisches Paar. «Du solltest Harriet Rawls ignorieren. Susan mag sie nicht, das weißt du.»

«Harriet hat mir doch nichts getan», sagte Alicia ungerührt.

«Susan hat das Gefühl, daß sie auf die Tour einen schlechten Einfluß ausübt.» Happy verschwieg, daß Susan dies von allen glaubte, die Susans Charisma nicht erlegen waren.

«Ich habe ja nicht gesagt, daß ich sie mag. Ich sehe bloß keinen Grund, rüde zu sein, das ist alles.»

Happy schob sich einen Schritt näher an die sitzende Alicia. «Wenn du Susan liebst, sind ihre Feinde auch deine Feinde. Ihre Freunde sind deine Freunde. Warum tust du nicht, was sie sagt? Dann hältst du dich länger.»

«Warum hast du dich nicht länger gehalten?» Dieser Pfeil saß voll. Schließlich steckte doch etwas Leben in Alicia.

Happy senkte ihre Stimme. «Susan war ihr Spielzeug leid.»

«Señor Knipe, wie Sie wissen, kann sich meine Schwester vor Angeboten kaum retten.» Miguel zog seine Señor-Masche ab, wenn er mit Amerikanern redete. Je mehr er sich wie ein Gaucho aufführte, desto mehr gefiel es ihnen. Es war das Jahr, in dem Sportredakteure die Worte «furchterregend» und «relevant» entdeckten. Miguel beschloß, ein furchterregender und relevanter Südamerikaner zu sein.

«Ja, aber es ist für einen guten Zweck.» Mr. Knipe war in Chicago sozial engagiert.

«Zweifellos, doch wenn Carmen allen hilft, die sie darum bitten, was würde dann wohl aus ihrem Spielen?» Er tätschelte beschwichtigend den Arm des Abgeblitzten.

«Wollen Sie nicht einmal mit ihr reden?»

«Natürlich, natürlich.» Miguels Stimme triefte von Verständnis. «Wie ich höre, Mr. Knipe, haben Sie von British Leyland die, hm, wie heißt es doch gleich, Alleinvertretung.»

«Ja. Den Sozialisten abgejagt.» Mr. Knipe liebte Jaguars, MGs und die anderen Autos, aber manchmal trieben ihn die Verhandlungen mit den Engländern schier zur Weißglut.

«Ich bin ganz Ihrer Meinung. Wir haben zu Hause auch unsere Sorgen. Die Inflationsrate ist schrecklich, schrecklich. Haben Sie eine Vorstellung, was eines Ihrer Autos in Buenos Aires kosten würde?»

«Hm, nein. Ich habe noch nie darüber nachgedacht.»

Miguel lächelte sein gewinnendes Lächeln. «Heute würde es 100 000 Dollar kosten. Morgen?» Seine Hand schraubte sich in die Luft.

Mr. Knipe lächelte. Er war im Bilde.

Harriet gab einem plötzlichen Bedürfnis nach, die Schnittblumen in ihrem Hotelzimmer neu zu arrangieren. Es war der Abend vor dem Finale.

«Was tust du da?» Carmen hockte auf dem Bett und tüftelte an einem Kreuzworträtsel. Ihr Englisch war besser als das der meisten Amerikaner.

«Ich werfe diese langstieligen roten Rosen weg. Sie sind verwelkt.»

«Was ist ein anderes Wort für Fehlinformation?»

«Versuch's mal mit Quatsch.»

Carmen lächelte. »Nee. So viele Kästchen sind's nicht.» Sie blickte von ihrem Rätsel auf. «Woran denkst du eigentlich, wenn du nicht mit mir zusammen bist?»

«Historisches. Ich liebe Historisches. Katzenbestseller. Baby Jesus arbeitet an einem neuen.»

«Was?»

«*Katapult*. Dies ist eines über Katzenarchitektur.»

Carmen lachte, aber insgeheim wurmte es sie, daß Harriet auf ihre Frage nicht ernsthaft eingegangen war – wobei ernsthaft bedeutete, daß Harriet nicht an Historisches, sondern an sie denken sollte. Viele romantische Anspielungen kamen bei Harriet nicht an. Sie war zu ehrlich, um romantisch zu sein.

Minutenlang herrschte Stille im Raum. Der Bleistift kratzte übers Papier.

«Bist du sauer?» Harriet war etwas irritiert.

«Nein.»

Harriet rieb Carmens Schulter. Sie wußte, sie hatte etwas Falsches gesagt, wußte aber nicht, was. «Ich habe heute über Rachel und Lawrence Burns nachgedacht.»

«Huch.»

«Was meinst du, wie werden Menschen bloß so?»

«Gewohnheit.» Carmen fühlte sich besser. Die Massage hob ihre Laune.

Rachel und Lawrence Burns waren ein Ehepaar mittleren Alters, das in Cazenovia lebte. Rachel wünschte sich Kinder, brachte aber lediglich eine dermatoide Zyste hervor, ein Knäuel unentwickelter Augen, Zähne und Haare. Diesen Horror verwahrte sie in einem Mayonnaiseglas, setzte eine Baseballkappe obendrauf und nannte ihn Gene. Wenn man sich mit Rachel unterhielt, kam sie unweigerlich auf ihren «Jungen» und seine Liebe zum Baseball zu sprechen. Zweifellos hatte Rachel nicht alle Tassen im Schrank, aber sie war harmlos.

«Merkwürdig jedenfalls.» Harriet massierte mit den Daumen zwischen Carmens Schulterblättern. «Menschen, die ihre Lebenspflichten erfüllen, sind offensichtlich normal, haben aber alle irgendwo eine Macke.»

«Was diese olle Katze angeht, hast du ein Rad ab.»

«Ich habe nie gesagt, daß ich ganz richtig bin, was Baby Jesus betrifft.»

Harriet küßte Carmen auf die Wange. «Was hältst du von Sex in der Nacht vor einem schweren Match?»

«Das hättest du mich fünf Minuten eher fragen sollen. Jetzt ist es zu spät.» Sie umarmten sich, und Harriet biß in Carmens Unterlippe.

Carmen setzte ein Bein zwischen Harriets Beine. Ihre Arme, stark wie die eines Durchschnittsmannes, umschlossen Harriets

Taille. Sie leckte Harriets Ohr, ihren Hals und kehrte zu ihrem Mund zurück. Mit einer Hand knöpfte sie Harriets Bluse auf, ein schwieriges Unterfangen. Mit ihrem Bein rollte sie Harriet auf den Rücken. Mit der Hand fuhr sie ihr unter den Rock. Carmen mochte gern, daß Harriet Röcke trug. Es war viel aufregender, unter einem Rock über die Rundung eines Schenkels zu streichen als über ein Hosenbein. Ihr Zeigefinger tastete über den Rand von Harriets Seidenslip, dann glitt ihre Hand überraschend unter den Stoff.

Carmen liebte Überraschungen, vor allem wenn sie deren Urheberin war. Ihre Handfläche glitt über Harriets feuchte Stelle. Carmens Zunge tauchte in Harriets Mund, und sie drang in ihre Geliebte ein. Sie hatte nicht die Zeit für eine lange Liebesnacht. Fester umschloß sie Harriets Bein und bewegte sich im Einklang mit ihr. Zuerst langsam, dann schneller, stieß sie in die Möse der Geliebten.

Als sie kamen, war es, als hätten sich zwei Motten ins Licht verirrt. Sie berührten die Flamme, versengten sich die Flügel und stürzten sogleich auf die Erde.

Zwei Stockwerke unter Harriet und Carmen schlich Alicia Brinker, die Frau mit der kühnen Vagina, heimlich über den Flur. Zwei kurze Klopfer, und eine Tür ging auf.

«Wo zum Teufel bist du gewesen?» fragte Susan.

«Ich bin beim Lesen eingeschlafen.»

«Du hast in deinem Zimmer gesessen und gelesen? Ich sitze hier und kaue mir die Nägel wund. Weißt du, wie spät es ist?»

«Hm, nein», sagte Alicia, «ich habe die Zeit total vergessen.»

«Du kommst zwei Stunden zu spät!»

«Susan, es tut mir leid.»

«Leid? Ich muß morgen gegen Hilda Stambach spielen, und dir tut es leid. Ich brauche dich hier bei mir.»

«Es tut mir leid. Es wird mir nicht wieder passieren.»

«Was hast du denn so Wichtiges gelesen?»

«Wenn wir an Jesus glauben, werden wir von allen Sünden reingewaschen.»

«Das hab ich schon in der ersten Klasse gehört.»

«Ich bin ganz durcheinander. Jesus liebt mich, aber Homosexuelle sind krank.»

«Ich wünschte, du würdest das Wort nicht gebrauchen.»

«Was soll ich denn sagen? Lesbierin?»

Susans Körper erstarrte. «Das ist ja noch schlimmer. Ich will, daß du, verdammt noch mal, überhaupt nichts sagst. Wir sind keine Lesben, und wir sind keine Homosexuelle.»

«Warum muß ich mich dann jede Nacht in dein Zimmer schleichen? Warum muß ich so tun, als wären wir bloß gute Freundinnen? Warum muß ich verduften, sobald Craig und Lisa auftauchen? Und wie kommt's, daß sie immer rechtzeitig für die Fernsehkameras da sind?» Die einst so gefügige Alicia überraschte Susan. Susan war es nicht gewöhnt, daß man ihr etwas entgegensetzte.

«Weil er mein Mann ist, und sie ist meine Tochter. Ich bin eine *verheiratete Frau.*»

«Und du hast eine Menge Liebhaberinnen gehabt.»

«Das Leben unterwegs ist einsam. Ich bin keine Lesbierin. Außer dir waren die sehr wenigen Frauen, mit denen ich zusammen war, hm, Fehler.»

«Alle Fehler von Susan Reilly sollen bitte aufstehen.»

Susan verpaßte Alicia eine Ohrfeige. Alicia fing an zu weinen, und Susan überkam Reue. «Tut mir leid, tut mir leid. Du hast mich dazu getrieben. Alicia, wein nicht. Du weißt, wie überdreht ich bin. Ich muß morgen gewinnen.»

Alicia wischte sich mit dem Handrücken die Augen. »Ja, ich weiß.»

«Außerdem, es geht nicht nur um Craig und Lisa. Denk doch, was es dem Damentennis antäte. Wir sind beruflich so jung, wenn du mal darüber nachdenkst. Wir können uns keinen Skandal erlauben. Dann wäre es aus mit uns.»

Alicia wußte nicht, ob die öffentliche Reaktion positiv oder negativ wäre, doch hatte sie gewiß nicht den Wunsch, das herauszufinden. Wenn andererseits Liebe ein so gutes Gefühl war, warum sollte sie es verheimlichen? Warum machte Gott sie zur Homosexuellen und verbot es dann? Sie begriff es nicht.

Susan zog ein Taschentuch heraus. Alicia schnaubte sich die Nase.

«Ich muß mich hinlegen. Laß uns nicht streiten. Wenn du Menschen liebst, streitest du nicht mit ihnen herum.»

Susan war nicht ganz klar, was da ablief, aber sie empfand ein Verlustgefühl. Sie verdrängte dieses Gefühl in den abgelegensten Teil ihres Bewußtseins. Sie war Susan Reilly, die größte Tennisspielerin der Welt. Diese anderen Frauen waren Fehler. Sie dachte einzig und allein an Tennis, und die Leute mußten begreifen, daß Tennis ihr Leben war. Diese anderen Frauen verstanden sie nicht. Sie stellten Ansprüche. Sie waren Fehler. Sie war schließlich nicht vollkommen. Man mußte ihr Fehler gestatten.

Das Problem mit Susan war nur, daß sie ständig die gleichen Fehler beging. Sie verliebte sich in eine Frau und konsumierte sie. Susan fand, daß ihre bloße Anwesenheit schon genug war. Was sonst sollte sie geben? Wenn sie die Nase voll hatte, gewöhnlich etwa nach einem Jahr, fand sie eine andere Frau.

Leider erinnerte sich Susan nicht mehr an das, was Jane Fulton mal gesagt hatte: «Wahnsinn ist, wenn man dauernd das gleiche tut, aber immer andere Resultate erwartet.»

Ein Aschenbecher, übervoll mit lippenstiftverschmierten Filtern, konkurrierte mit einer Wodkaflasche um den Platz auf dem kleinen Kaffeetisch. Lavinia war bei ihrem dritten Wodkacocktail angelangt und ergötzte Siggy Wayne mit der Darstellung ihrer Karriere. Er hatte das alles schon gehört.

«Weißt du eigentlich, daß wir mal einen Wasserballkampf in Forest Hills hatten? O ja, das brachte die alten Spießer ganz schön ins Rotieren. Das waren tolle Zeiten.»

«Das waren mickrige Zeiten.» Siggy kippte einen Cutty Sark hinunter. Die Flasche stand neben seinem Stuhl.

Lavinias Augenbrauen, heute abend fast bogenförmig, nahmen die Bemerkung zur Kenntnis.

«Ich denke, ich habe den Chrysler-Abschluß in der Tasche.» Siggy rollte den Scotch auf der Zunge. Er war sehr stolz auf sich.

«Wirklich?» fragte Lavinia.

«Nächstes Jahr machen wir nach dem Tomahawk-Turnier ein Zitrus-Turnier in Florida. Vier Städte in vier Wochen. Das ist auch für Florida gut, weil es sich durch den April zieht. Die Touristensaison klingt nach März ab, und dies kann Leute da runterbringen.»

«Ich nehme an, es gibt Autos neben den Preisgeldern?»

«Wir arbeiten das alles gerade aus, Lundy Grenshaw von Chrysler und ich.»

«Hältst du Chrysler für das richtige Image? Offen gesagt, sie sind doch auf dem absteigenden Ast.»

«Alte Leute sind für Althergebrachtes. Sie werden in Florida amerikanische Autos kaufen. Stimmt, die Spielerinnen werden die Autos nicht mögen, aber das ist nicht der Punkt.»

«Welchen Eindruck, wird es machen, wenn wir aus den Geldern der Steuerzahler finanziert werden?» Lavinia ließ kaum etwas außer acht.

Siggy schwieg einen Augenblick und sagte dann: «Tennis ist eine bessere Investition als die Autos.»

Sie lachten und ließen das Thema fallen. Wenn die Verträge auf dem Tisch lagen, würde Lavinia sich darum Gedanken machen, alles noch einmal neu durchdenken, und dann tun, was in ihren Augen für den Sport am besten war.

Siggy schenkte sich einen weiteren Cutty ein. Er hatte die Hemdsärmel aufgekrempelt und die Schuhe ausgezogen. Im Laufe der Zeit war seine Beziehung mit Lavinia zu einer zwanglosen Freundschaft geworden. Er schätzte, was sie für den Sport und auch, was sie für ihn getan hatte. Neben seinem Gehalt bekam er Prozente von jedem Abschluß. Er zog genug an Land für seine hübsche Frau in Southport, Connecticut, und seine zärtliche Geliebte in New York City. Er lebte über seine Verhältnisse, aber das war schließlich der wunderbare amerikanische Stil.

Lavinia hielt ihre Karten eng an ihrem berühmten Busen. Wendell hatte sie wohlversorgt zurückgelassen, als er starb. Sie bewies ein Geschick für die Börse, und sie machte ihre eigenen

Geschäfte mit Sponsoren. Lavinia tankte gehörig, produzierte sich aber nie, war nie laut und hätte nie im Leben etwas von Gucci getragen. Sie war eine Peck & Peck-Frau, nur daß es die alten Marken Peck & Peck oder Abercrombie und Fitch nicht mehr gab. Lavinia Sibley Archer gab es allerdings noch. Die Zukunft der Hemdblusenkleider war gesichert, solange Lavinia Sibley Archer lebte.

«Siggy, fällt dir etwas ein, das uns bei dem Abschluß mit Chrysler in Schwulitäten brächte?»

«Komisch, daß du diesen Ausdruck benutzt.» Sein hintergründiges Lächeln kam zum Vorschein. «Ein homosexueller Skandal könnte es verpfuschen.» Er fuchtelte ein bißchen mit der Hand. «Drogen könnten es verpfuschen. Vor Jahren waren wir mit Abtreibung konfrontiert, angesichts der Neuen Rechten könnte allerdings auch das wieder ein Thema werden.»

Lavinia schwenkte ihr Glas hin und her, um die Eiswürfel klimpern zu hören. «Ja, ja, uns ist eine Menge untergekommen. Aber glaubst du, daß Homosexualität sie ins Schwanken brächte?»

«Nicht bloß Chrysler. Ich glaube, auch Tomahawk würde den Schwanz einziehen.»

«Niemals! Howard Dominick und Tomahawk würden sich nie von mir lösen, vom Damentennis. Ihr Image ist untrennbar mit unserem verbunden.»

«Genau das meine ich. Angenommen, es bräche wirklich ein lesbischer Skandal über uns herein – Tomahawk will doch nicht, daß ihre Kosmetik, ihr Image mit Schwulen in Verbindung gebracht wird. So sehe ich das zumindest.»

«Auch Lesbierinnen verwenden Kosmetik.» Lavinia hob ihr Glas. «Vielleicht hast du recht, Siggy, vielleicht hast du ganz recht. Und doch kann ich nicht glauben, daß Howard Dominick sich abseilen würde.»

«Er leitet Tomahawk jetzt seit zwölf Jahren. Clark & Clark wird genauso gebeutelt wie jeder andere Konzern, und du weißt, wenn ein neuer Mann kommt, wird er alle Abteilungsleiter hinausbugsieren und seine eigenen Leute einsetzen.»

Sie trank ihren Cocktail aus und machte sich einen neuen. «Hörst du irgendwo das Gras wachsen?»

«Gerüchte, aber Gerüchte gibt es dauernd.»

«Jensen Bainbridge wird alt.» Jensen war der Präsident von Tomahawks Muttergesellschaft Clark & Clark. «Wenn er geht, geht auch unser Sponsor.» Lavinia schwieg gedankenverloren. «Siggy, ich bin froh, daß du mich darauf aufmerksam gemacht hast. Ich werde mich mal umsehen, wer ihn ersetzen könnte. Ich habe noch immer überall in den besten Gesellschaftsclubs ein paar gute Freundinnen. Ehefrauen wissen alles. Vielleicht rufe ich nächste Woche einfach mal Betty Bainbridge an, um der alten Zeiten willen.»

Die beiden lächelten.

«Wenn die Sache je auffliegt», sagte Siggy über seinen Drink gekauert, «meinst du, es wird wegen Carmen Semana oder wegen Susan Reilly sein? Das sind zwar nicht unsere einzigen Lesbierinnen, aber sie sind die flatterhaftesten.»

«Wegen Carmen.» Lavinias Antwort kam wie aus der Pistole geschossen.

«Warum?»

«Carmen ist manchmal wie ein Kind. Sie springt erst und schaut anschließend.»

Siggy rieb sich die Stoppeln an seinem Kinn. Die Nacht wuchs sich aus wie sein Bart. «Ich weiß nicht, Lavinia. Susan hat zwar eine perfekte Tarnung, aber sie hat ein Bataillon von Leuten vor den Kopf gestoßen. Früher oder später wird sie jemand zu fassen kriegen.»

Lavinia sagte nichts. Was sie dachte und was sie von sich gab, waren zwei verschiedene Dinge. Selbst wenn sie betrunken war, konnte Lavinia weiterschwatzen und hatte sich doch in der Hand. Dieser Reserve verdankte sie ihren Wimbledonsieg. Doch auf einer tieferen Ebene kapierte sie viele Dinge. Sie wußte, daß ihre Krampfadern wie Lapislazuli aussahen. Sie wußte, daß die Spieler und Spielerinnen sie als lebendes Fossil betrachteten. Sie wußte, daß sie sie hinter ihrem Rücken auslachten, wie die Jungen es mit den Alten immer tun. Sie spürte, daß ihr, je älter sie wurde, immer mehr alle Ereignisse ihrer

Vergangenheit gleichermaßen zugänglich wurden. Sie konnte sie sich so lebendig vor Augen führen, wie in dem Moment, als sie vor zwanzig, dreißig, vierzig Jahren passierten. Die Ereignisse selbst freilich verebbten wie Schiffswracks vom Küstensockel der Kontinente abgleiten und im tiefen Meer zerschellen. Das Ereignis war für immer dahin. Es gab nur die Erinnerung und die Gegenwart, die ewige, chaotische, leidvolle, erfreuliche Gegenwart.

Lavinia mixte sich noch einen Wodkacocktail.

Das Finale war auch das Ende für Hilda Stambach. Sie bekam ihr Spiel nicht in den Griff, und Carmen walzte mit dem Chicagoer Titel von dannen. Es war einer der Siege, die ihr den Kopf verdrehten, denn sie hatte kaum eine Schweißperle vergossen.

Harriet packte im Umkleideraum Carmens Tasche, damit sie einen früheren Flug nach Detroit nehmen konnten. Ihr gefiel es immer, irgendwo anzukommen und sich häuslich einzurichten.

Eine stämmige Jugendliche, die in diesem Jahr erstmals mit auf Turnierreise ging, packte nach ihrem Sieg im Doppel ebenfalls ihre Sachen. Als sie den Umkleideraum verließ, flüsterte Harriet Carmen zu: «Bloß keine häßlichen Lesben mehr. Wir sollten die Heteroleute ersuchen, nicht mehr davon zu zeugen.»

Miguel strich sich den Schnurrbart glatt, dann rückte er seine Hundertfünfzig-Dollar-Krawatte zurecht. Er besaß nicht einen Anzug, der weniger als tausend Dollar gekostet hatte. Wenn Carmen sich wenig um ihr Aussehen scherte, so machte es Miguel mehr als wett. Er war ein typischer Pfau.

Siggy beobachtete ihn fasziniert. «Ich bin kein Veranstalter.»

«In Amerika nicht, Mr. Wayne. Außerhalb Amerikas können Sie doch tun, was Sie wollen.» Miguels Augen flirrten.

«Ich habe nie daran gedacht.» Siggy hatte wirklich nie daran gedacht. Er bekam eine saftige Provision aus den Abschlüssen, die er tätigte. Auch wenn ihm die Sponsoren einerseits und die Spieler andererseits Magenbeschwerden bereiteten, betrug sein Grundgehalt ohne Provision 50 000 Dollar im Jahr, womit er sich glücklich schätzte. Gelegentlich gestattete er es sich, ein Geschenk unterderhand anzunehmen, aber nichts Haarsträubendes – keine Autos oder Mädchen oder Trips nach Hawaii. Das letzte, was Siggy sich für seine Freizeit wünschte, waren Reisen. Mit Bargeld war es allerdings was anderes. Ja, das konnte er annehmen, und Lavinia würde es nicht erfahren. Aber ein Turnier veranstalten?

«Ihr Vertrag mit Lavinias Organisation verbietet Ihnen doch keine freien Betätigungen?«

«Nein.» Siggy fixierte ihn.

«Mein Land erfreut sich keines Weltklasseturniers der Damen. Die einzige große Spielerin, die wir je zu sehen bekommen, ist meine Schwester.» Er gluckste. «Groß, wie sie ist, braucht sie ein bißchen Konkurrenz.»

«Carmen ist die Beste, die Beste.» Siggy fuchtelte mit der Hand. Die Geste wäre eleganter gewesen, hätte er eine Zigarre geraucht.

«Man ist immer nur so gut, wie der Gegner es zuläßt, nicht?» sagte Miguel, indem er Hazel Wightmans berühmtes Zitat bemühte.

«Stimmt.»

«Wir haben zu Hause großes Interesse am Tennis, aber wir haben nicht eure große Organisationserfahrung.» Seine dunklen Augen flatterten. Siggy zwinkerte zurück, und Miguel fuhr fort: «Sie haben so viel Einfluß auf die Mädchen und auf Lavinia.»

Ha, dachte Siggy bei sich. Niemand hat Einfluß auf Lavinia.

Miguel tippte leicht mit dem Zeigefinger auf Siggys Handrücken. «Vier große Stars, die anderen Mädchen werden den Anführerinnen folgen, und wir kriegen eine nette Attraktion zustande. Ich hätte gern 32 Spielerinnen. Wir setzen eine Börse von 150 000 Dollar aus. Die Siegerin bekommt 20 Prozent, die übliche Vereinbarung. Sie und ich teilen uns zur Hälfte den Profit. Sie sorgen für die Spielerinnen. Ich sorge für das Stadion und die Sponsoren.»

«Am Preisgeld gibt's keinen Profit. Wer wird das Geld für die laufenden Kosten beschaffen?» Siggy legte seinen Köder aus.

«Ich nahm an, das sei klar. Wir setzen einen bescheidenen

Prozentsatz von den laufenden Kosten als Gehalt an, und dann teilen wir den Überschuß aus den Eintrittsgeldern.»

Siggy fand Miguel berückend. Selbst wenn die Eintrittsgelder erbärmlich gering waren, wäre nicht alles verloren. «Was ist mit der politischen Situation?»

Inzwischen war Miguel die amerikanische Ahnungslosigkeit hinsichtlich eines jeden Landes südlich vom Rio Grande sattsam bekannt. «Mr. Wayne, wir zetteln ein Turnier an, keine Revolution.»

«Ja, sicher. Ich habe nur an das Wohl der Mädchen gedacht.» In Cleveland oder Detroit dachte Siggy selten an ihr Wohl.

«Halten Sie den amerikanischen Markt für gesättigt?»

Miguel war geschickt. Siggy schätzte das. Was er Siggy eigentlich fragte, war, auf wie viele neue Abschlüsse er Aussicht hatte.

Siggy beschloß, direkt darauf zu antworten. «Er ist nicht nur gesättigt, sondern der große Boom ist vorbei. Wir werden allmählich an Boden verlieren. Offen gesagt, Miguel, das Spiel der Damen ist mit wenigen Ausnahmen langweilig. Und wenn sich die wirtschaftliche Lage zuspitzt, werden kaum Leute dafür bezahlen, bei einem Ballwechsel zwischen Page Bartlett Campbell und Rainey Rogers alt zu werden. Mit dem Tennis kann's rascher bergab gehen, als sich irgendwer vorstellt.» Er holte tief Luft. «Aber ich bin Optimist. Ich setze auf die Tatsache, daß Männer sich gern Beine anschauen und, na ja . . .»

«Würde das Kabelfernsehen helfen?»

«Etwas. Seien wir mal ehrlich, Miguel, dem Tennis fehlt die rein physische Dramatik des Footballs, die Schnelligkeit des Basketballs, die Farbigkeit des Baseballs. Einzelsport ist nicht so spannend wie Mannschaftssport. Wenn dir der Shortstop-Spieler nicht gefällt, gefällt dir vielleicht der Werfer. Aber wenn du Susan Reilly nicht magst, dann magst du Susan Reilly eben nicht, und deine Auswahl ist beschränkt. Übrigens, im Fernsehen wirkt Tennis nicht sonderlich gut, es gibt nicht genug Aktion, und der Spielbereich ist begrenzt.»

Miguel hörte ungerührt zu.

«Werden Sie je aus dem Spiel aussteigen?»

Siggys Augenbrauen zuckten unwillkürlich nach oben. «Spiel? Für mich ist das kein Spiel, Miguel, ich bin Geschäftsmann.»

Lächelnd erwiderte Miguel: «Eben deshalb sollten wir beim argentinischen Gastspiel der Damen Partner sein.»

«Ich werd's mir überlegen. Es ist verlockend.» Dann fragte er nonchalant: «Können Sie die Teilnahme Ihrer Schwester garantieren?»

«Aber selbstverständlich.» Miguel breitete die Arme aus wie ein Pastor, der den Segen erteilt.

Während Siggy zu seinem Wagen ging, überdachte er Miguels Plan. Er war vielversprechend. Miguel aber nicht. Siggy traute ihm nicht, obwohl er ihn mochte. Im Innersten reagierte er auf Carmen genauso. Charmeure, aber Luftikusse. Da fehlte etwas. Miguel konnte nicht mal eine Tupperware-Party organisieren. Warum riskieren, sich mit Lavinia zu überwerfen wegen etwas, das – bestenfalls – auf einen Gewinn von 20 000 Dollar plus einiger Extras hinauslief? Und was war das umgerechnet in amerikanischem Geld? Redete Miguel von argentinischem Bargeld oder amerikanischem? Siggy gefiel das Handeln, das Taktische an seinem Geschäft. Es war kein edler Beruf, aber er gefiel ihm. Ohne auf seine Instinkte zu vertrauen, hätte er es nicht so weit gebracht.

Als er an der Wand eines Backsteingebäudes hochsah, bemerkte Siggy die aufgemalte Gestalt eines Mannes, der so melancholisch wie gütig wirkte. «Davidson-Bestattungen» stand unter den gefalteten Händen des Mannes. Siggy schüttelte den Kopf und dachte: Wo kommen wir bloß hin, wenn nun schon Bestattungsinstitute Werbung machen?

Der Boom war tatsächlich vorbei, und Siggy wußte es. Noch hielten die Spitzenspieler die Fans bei der Stange, aber das Tennis der Damen brauchte neue Spielerinnen, die die Szene belebten. Neu und hübsch, das war's, worum Siggy betete.

Mitte der siebziger Jahre erlebte der Tenniswahn seinen Höhepunkt. Der Durchschnittsamerikaner brannte darauf, Tennis zu spielen, bis der Durchschnittsamerikaner kapierte, daß das Spiel nicht einfach war. Tennisneulinge jagten plözlich hinter ins Netz geschlagenen Bällen her oder baten Spieler auf dem Nebenplatz naiv, einen Blindgänger zurückzuschlagen. Als vielen dämmerte, daß Tennis ein Sport war, den man jahrelang lernen mußte, wechselten sie zu Jogging über. Schließlich, was ist schon schwierig am Laufen? Leute, die den Wettkampf ebenso brauchten wie Fitness, entdeckten Squash, ein Spiel, das sofort Freude machte, wie sportlich oder talentiert man auch sein mochte. Die Fitnesszentren lockten solche Leute an, die nicht die Zeit für ein langes Tennismatch hatten; und viele ehemalige Tennisbegeisterte trieben nun Gymnastik zu Discomusik.

Die Stadt New Orleans diente als warnendes Beispiel. Potentiellen Sponsoren gegenüber erwähnte Siggy keine Negativinformationen, doch er selbst war auf der Hut. Die Benutzung öffentlicher Plätze in dieser schönen Stadt war um 70 Prozent zurückgegangen. Einheimische Tennislehrer hatten Mühe, ihre Rechnungen zu begleichen, da sie etwa die Hälfte ihrer Schüler verloren hatten. In den Sportspezialgeschäften sanken die Umsätze um 20 bis 40 Prozent, je nach Lage.

Die Profiturniere der Herren erbrachten nie den Gewinn, den sich New Orleans' Veranstalter erhofften. In Wahrheit waren sie ein Reinfall.

Selbst der älteste Tennisclub der Vereinigten Staaten, der New Orleans Lawn Tennis Club, umbenannt in Stern, bekam den Rückgang zu spüren.

Auf nationaler Ebene blicken Spalding und Wilson, zwei riesige Sportartikelfabrikanten, bei der Tennisausstattung in einen Abgrund von roten Zahlen. Bancroft, früher ein hochgeschätzter Schläger im Tennissport, ist heutzutage kaum noch zu sehen.

Vielleicht war New Orleans ein besonders schlechtes Pflaster. In weniger attraktiven Städten wie Lincoln, Nebraska, hielt sich Tennis weiterhin wacker. New Orleans bietet so viel an Unterhaltung, daß Tennis eine harte Konkurrenz hat.

Dennoch machte sich Siggy Sorgen. Und er fragte sich, ob Lavinia sich die Mühe machte, solche kommunalen Statistiken oder Firmenumsatzstatistiken einzuholen. Sie identifizierte sich so sehr mit dem Sport, daß sie womöglich schlechte Nachrichten ignorierte. Derart blind zu sein konnte er sich nicht leisten. Sobald sein Einkommen unter ein gewisses Niveau fiel, würde er das Schiff verlassen.

Happy Straker, die sich bester Form erfreute, schlug Carmen im Detroiter Finale. Carmen gelang überhaupt nichts; Happy gelang alles. Aufgeplustert wie ein Pfau, stolzierte Happy umher. Carmen schluckte ihren Ärger hinunter und rechnete damit, daß Happy nicht lange einherstolzieren würde, schließlich gab es noch die nächste Woche in Oakland, Kalifornien. Es gab nur eine Möglichkeit, mit einer Niederlage klarzukommen, rief sich Carmen ins Gedächtnis, und die war, daraus zu lernen, soviel du kannst, und den Rest zu vergessen. Sonst machst du dich fertig.

Für Happy war der Sieg ein letztes Aufbäumen vor dem feierlichen Marsch in die Vergessenheit, die die Zukunft aller Sportler ist. Happy hatte sich die vergangenen fünf Jahre unter den zehn besten der Computer-Rangliste befunden, wenngleich sie nicht als eine der Großen in die Geschichte eingehen würde. Die Geschichte würde überhaupt keine Notiz von ihr nehmen. Auch Carmen zerbrach sich darüber nicht den Kopf. Dieser Gedanke mußte um jeden Preis verdrängt werden. Tennisspielen war eben das, was sie am besten konnte. Es war ihr Segen und ihr Fluch, daß sie rechtzeitig geboren war, um mit ihrem Talent Kasse zu machen. Sie konnte sich einen phantastischen Lebensunterhalt erwerben, indem sie tat, wa sie tun wollte. Der Fluch würde ihr erst das Leben vermiesen, wenn sie dem Profisport den Rücken kehrte. Dann konnte sie dem Sport als einem Tick frönen, Trainerin werden, Tenniscamps gründen, im Abglanz ihres ehemals berühmten Ichs leben. Oder sie konnte sich in ihren frühen Dreißigern hinsetzen und feststellen, daß sie sich jetzt, wäre sie Ärztin geworden, ihrem beruflichen Höhepunkt nähern würde. Als Ärztin hätte sie der Gesellschaft und sich selbst genützt. Als abgetakelte Tennisspielerin würde sie eine kolossale Identitätskrise durchzustehen haben, während alle anderen ihrer Generation endlich zu sich selbst gefunden hatten. Carmen verdrängte diese niederschmetternde Erkenntnis dauernd mit Hilfe von elektronischen Spielen und Kreuzworträtseln.

Sie gestattete sich allerdings, über Liebe nachzugrübeln. Was ist sie? Wie bekommst du sie? Wie behältst du sie? Warum fängt sie immer so toll an und endet so beschissen? Carmen wußte nicht, wo die Verantwortlichkeiten lagen, aber sie glaubte auch nicht, daß es einen großen Unterschied machte, ob jemand homo- oder heterosexuell war. Sie wollte nur geliebt werden, glücklich sein, und sie wollte dafür kein Leid in Kauf nehmen.

Unterwegs ähnelte das Leben dem einer vom Stiel gekappten Wasserlilie. Statt sich im Teich zu wiegen, trieben die Happys und Carmens dieser Welt von Ufer zu Ufer und trudelten ständig weiter. Keine wußte, zu welchem Ziel, bevor sie es erreichte; doch wußte jede Frau, während sie unterwegs älter wurde, daß sie auf raschen Strömen von Leid diesem Ziel zugetrieben wurde.

Während des Turniers in Oakland, Kalifornien, wohnten die Spielerinnen im Hotel *Acapulco Kakerlaken*, oder jedenfalls nannten sie es so. Am einzigen freien Abend, den Carmen hatte, fuhren sie und Harriet mit Miguel und Schmettie nach San Francisco. Harriet liebte das Hayes Street Grille, also aßen sie dort, gingen ins Kino und fuhren dann heim. In Anbetracht von Carmens und Schmetties Terminkalender war dieser kleine Ausflug ein großes Ereignis. Das einzige andere bemerkenswerte Ereignis beim Oakland-Turnier, abgesehen von einer Kette stürmischer Semana-Siege, war ein Zwischenfall mit dem Eisverkäufer. Wenn die Spielerinnen die Seiten wechselten, eilten alle Eisverkäufer durch die Gänge und verhökerten ihre Waren. Ein Eisverkäufer, seine silbrige Box um den Hals gehängt, stolperte, als er die Treppe herunterkam. Im Fallen klappte der Deckel seiner Box auf, und das Eis kollerte in alle Richtungen. Die ringsum sitzenden Fans hoben die Becher mit Cremerippen und Bananeneis auf und klaubten das Vanilleeis am Stil zusammen. Sobald die Zuschauer nach dem bunt eingewickelten Eis griffen, trat der Verkäufer ihnen auf die Hände und legte sich schließlich auf die Stufen, um seine kostbare Ware zu hüten. Natürlich schmolz das Eis überall an ihm herunter. Die Fans reichten ihm, was sie aufgehoben hatten; niemand beabsichtigte, das Zeug zu essen. Sein Mißtrauen kostete ihn eine ganze Box gefrorener Köstlichkeiten.

Miguel beobachtete dies von seinem Sitzplatz aus, und vor Lachen rollten ihm die Tränen über die Wangen. Da das Eis, nachdem es zu Boden gefallen war, nicht verkauft werden durfte, war die Investition des Eisverkäufers ohnehin verloren. Hätte er eine Spur von argentinischem Charme besessen, so hätte er das Eis am Stiel lächelnd umsonst verteilt. Zum Teufel damit, er konnte ebensogut andere Leute damit beglücken. Doch nicht dieser Typ. Wenn er nicht bekam, was er wollte, dann kriegten es die Zuschauer auch nicht. Wie amerikanisch.

Ein Schwanz wedelte über Harriets Wange. Baby Jesus hatte sich neben Harriets Gesicht niedergelassen und fegte jetzt wild mit dem Schwanz. In achtzehn Jahren hatte diese Masche nie ihre Wirkung verfehlt.

«Guten Morgen, Baby.»

Carmen stöhnte und schlief tief weiter. Baby miaute.

Harriets Füße bumsten auf den Boden, und wie immer, wenn sie zu Hause war, ging sie zuerst ans Fenster, das auf den langgestreckten See hinausging. Frost zog sich im Zickzack über die Fensterscheibe. Die Hügel sahen wie Purpurbrüste aus. Baby kam herüber und rieb sich an ihrem Bein. Zeit zum Aufstehen.

Unten knallte eine Tür; Miguel war auf. Harriet fühlte sich wie eine Gefangene im eigenen Haus. Unterwegs hielt ihn das Tennis im Zaum.

Baby tapste die Treppe hinunter. Harriet ging in die Küche, wo Miguel ihr lächelnd guten Morgen wünschte und sich wieder der Zeitung zuwandte.

Baby Jesus verachtete Miguel Semana. Vielleicht war es sein Cologne, das sie abstieß, oder vielleicht mochte sie ihn als Mensch nicht. In achtzehn Jahren hatte Baby Harriet ihre Expertenansicht über viele Leute kundgetan.

Harriet öffnete eine Dose Katzenfutter. Baby rieb sich krampfhafter an ihrem Bein. Sie hatte Hunger.

Baby schmatzte beim Essen. Ihre Zähne wurden schlecht. Sie bewegte sich etwas arthritisch in den Hüften, aber ihre Ohren und Augen waren gut. Ihr Herz war kräftig und ihre Sinne unvermindert scharf.

Wenn ich schon alt werden muß, möchte ich alt werden wie Baby Jesus, dachte Harriet. Die menschlichen Vorbilder taugen alle nichts.

«Der Kaffee ist heiß.» Miguel legte seine Zeitung hin und goß ihr gnädig eine Tasse ein.

«Danke, Miguel.» Während er einschenkte, klaute ihm die Katze ein Würstchen. Sie raste mit ihrer Eroberung in die Speisekammer. Harriet sagte nichts.

«Kennst du Seth Quintard gut?»

«Eigentlich nicht. Er ist Carmens Agent.»

«Wo ist mein zweites Würstchen? Ich bin sicher, daß ich noch ein Würstchen hatte.»

Eine triumphierende Mieze stolzierte durch die Küche. Sie roch förmlich nach Sieg und Würstchen. Miguel musterte sie. «Sie sieht ja auf einmal so fett aus.» Er lachte und wandte sich wieder an Harriet. «Du weißt nicht viel über die Verträge?»

«Miguel, ich halte mich da raus. Es geht mich nichts an. Wenn Carmen mich fragt, sage ich ihr meine Meinung, aber ansonsten sage ich wenig dazu.»

«Ich glaube, daß Athletes Unlimited meine Schwester übers Ohr haut.» Gewichtig legte er seinen Löffel nieder.

«Ach.»

«Wenn sie für einen Werbevertrag bezahlt wird, halten sie die Schecks drei oder vier Monate lang zurück. Natürlich legen sie das Geld inzwischen an und kassieren einen Batzen Zinsen!»

«Daran habe ich nie gedacht.»

Großzügig sagte er: «Du bist viel zu hübsch, um dir über solche Dinge den Kopf zu zerbrechen. Deshalb bin ich ja hier.»

«Danke, Miguel.»

Baby Jesus rülpste unter dem Tisch.

5

Los Angeles, dem Pazifik verhaftet, hat eine eigentümliche erotische Macht über all jene ausgeübt, die in seinem riesigen Gebiet lebten. Sir Francis Drake landete am 17. Juni 1579 an der kalifornischen Küste. Seitdem machte eine Flut von Menschen die gleiche erhebende Entdeckung.

Das Tennisturnier war eine große Sache. Die Sponsoren, Spielerinnen und Funktionäre sahen der ersten Märzwoche freudig entgegen; man konnte rechtzeitig an- und abreisen, bevor der Smog einem Augen, Nase und Kehle verätzte.

Mit Ausnahme von Page Bartlett Campbell, die erst beim French Open zur Turnierrunde stoßen würde, ließen sich alle in LA blicken. Susan Reilly wäre lieber gestorben, als es zu verpassen. Rainey Rogers war da, und ihre Mutter war allgegenwärtig. Ihre überdimensionale Handtasche stand auf dem Kaffeetisch im Clubraum der Spielerinnen, ihre konservativ geschnittene Leinenjacke war ordentlich über eine Stuhllehne gehängt und ihre Spieltabellen stapelten sich auf dem Sitz. Sie und ihr Mann hatten Raineys Karriere gelenkt, seit Raineys Talent erkennbar wurde. Die Kleine war damals acht. Die Rogers hatten alles für ihre mittlere Tochter geopfert. Ihr Talent hatten sie genau richtig eingeschätzt, zu ihrer bereits damals ausgeprägten Disziplin immens beigetragen. Die Rogers setzten ihr nie zu. Sie dirigierten Rainey an all jenen unsichtbaren Fäden, die Eltern der Mittelklasse in ihren Kindern zu verankern wissen. Schwer zu sagen, wer die Spinne und wer die Fliege war, Rainey oder ihre Mutter. Augenblicklich spielte das keine Rolle. Dieses Problem würde erst viele Turniere später, in vielen Jahren auftauchen. Im Augenblick war das Problem, wie Rainey LA gewinnen konnte, wie sie Susan, Carmen und der stärker werdenden Hilda zeigen würde, daß sie bald die Spitze übernähme. Die Sportjournalisten ritten bis zum Erbrechen darauf herum.

«Auf nach Hollywood?» fragte Harriet. Jane Fulton trug ein glitzerndes T-Shirt, Donald Duck-Sonnenbrille und Plastiksandalen. «Hast du dir die Aufmachung tatsächlich selbst ausgedacht?»

«Ricky hat mitgeholfen. Er trägt eine Fahrradkette als Halsschmuck. Hast du dic Auslosung gesehen?»

«Ja, Carmen und Susan sind bei der Auslosung in der gleichen Gruppe.»

«Susan beunruhigt mich mehr, wenn sie nicht auf dem Platz ist als drauf.» Jane nahm ihre Sonnenbrille ab.

«Was kann sie schon unternehmen?»

«Nenn es weiblichen Instinkt. Sie wird Carmens Archillesferse aufspüren.»

«Ich sehe noch immer nicht, was sie unternehmen kann.»

Jane zuckte die Achseln. «Verdammt, wenn ich's wüßte. Es ist bloß so ein Gefühl. Wenn Carmen sich die ersten beiden Turniere vom Grand Slam nicht unter den Nagel reißt, wird's keine Krise geben. Aber wenn sie nahe an diesen Slam kommt, spielt Susan verrückt, das sage ich dir.»

«Hoffentlich irrst du dich.» Harriet spielte mit Janes Sonnenbrille. «Wie steht sie mir?»

«Mir stand sie besser. Hier, nimm Mickymaus.» Jane reichte ihr eine blaue Kindersonnenbrille.

«Danke.»

«Susan weiß eines.»

«Was, Miz Jane?»

«Sie weiß, daß Carmen damit klarkommt, wenn es auf dem Platz Zunder gibt, aber nicht in ihrem Leben.»

«Carmen hat allerdings die Neigung, den Kopf in den Sand zu stecken.»

«Oder davonzulaufen.» Jane spähte durch ihre Brille. «Du weißt, sie lebt in einer Welt, die Konflikte formalisiert und sie vor allem abschirmt, außer Tennis. Das ist wahrhaftig die ideale Vorbereitung auf die ständigen Angriffe des Lebens gegen den eigenen Narzismus.»

Behängt wie das goldene Kalb, hielt Lavinia Sibley Archer in Los Angeles Hof, an Geschmacklosigkeit kaum noch zu übertreffen. Obwohl sie sich einbildete, über solchem Firlefanz zu stehen, mischte sie sich mit Vorliebe unter die Filmstars. Filmstars zeigten sich gern bei sportlichen Anlässen. Filmstars zeigten sich einfach überall gern. Alle bekamen, was sie wollten: Aufmerksamkeit. Lavinia umflatterte einen alternden männlichen Star, an dem so gut wie jeder Körperteil künstlich war. Er hatte gerade einen neuen Spionagefilm abgedreht. Er lehnte in der Ehrenloge, und sogleich plumpste Lavinia neben ihn und lauschte mit übertriebener Faszination den Geschichten seiner mageren Tenniskünste. Ihre falschen Wimpern senkten sich wie vor einem König.

Der Star erkundigte sich huldvoll nach dem bevorstehenden Match. Stimmte es wirklich, daß Carmen Semana und Susan Reilly sich haßten?

«Hassen? Sagen wir, sie sind sich nicht sonderlich gewogen.»

«Waren sie nicht mal Partnerinnen im Doppel? Ich weiß zwar, ich hatte bei jedem großen Turnier in den letzten zehn Jahren Außenaufnahmen, aber ich glaube mich zu erinnern, daß sie vor Jahren mal Partnerinnen im Doppel waren.»

«Es geht hier ständig zu wie im Mädchenpensionat. Da gibt's Cliquen, Freundschaften, verkrachte Freundschaften. Ein Sturm im Wasserglas.»

«Wir leben im gleichen Wasserglas, da drüben bei Warner Brothers.»

«Hab Ihren letzten Film gesehen.» Sie verbuchte entsprechenden Enthusiasmus. «Absolut himmlisch.»

«Danke, aber man braucht mehr als eine Person, um einen Film zu machen, Mrs. Archer.»

«Bitte, nennen Sie mich Lavinia. Man braucht zwar mehr als eine Person, um einen Film zu machen, aber man braucht einen Star, um das Publikum anzuziehen.»

Er zuckte männlich-nonchalant die Achseln; sie hatte schließlich die reine Wahrheit gesagt. Die Unterhaltung wurde durch den üblichen Aufmarsch der Funktionäre, Balljungen und Ballmädchen in obligatem Waldgrün unterbrochen.

«Entschuldigen Sie mich, Mr. Ridgeback, ich muß mal für einen Moment auf den Platz.»

«Ich erwarte Ihre Rückkehr mit Ungeduld.» Er erhob sich und geleitete sie aus der Loge.

Einmal am Mikrofon, offenbarte Lavinia ihre Beredtheit. Während ihres Monologs nahmen Harriet und Miguel in einer Loge der einheimischen Sponsoren Platz. Wieder einmal wurde Miguel gebeten, sich neben eine scheinbar überglückliche Carmen zu stellen. Miguel wurde langsam zu einem Star zweiter Hand. Nach diesem Auftritt inszenierter Geschwisterliebe kehrte Lavinia zu ihrem eigentlichen Thema zurück, den alten Zeiten.

Schließlich begann das Match. Miranda Mexata richtete sich in ihrem Stuhl auf. Aus welcher Richtung der Wind wohl heute blies?

Susan schlug hart auf und folgte dem Aufschlag ans Netz. Ihre Schläge kamen flexibel und solide. Susan war nie eine graziöse Spielerin, aber sie war aufregend. Ihre Bewegungen waren rund.

Carmen war weitaus graziöser. Sie spurtete nur bei weitgeschlagenen Bällen oder wenn sie schlecht zum Ball stand. Susan konnte eine Spielerin aus dem Rhythmus bringen, aber Carmen war heute gelöst. Sie hatte ihr übliches Frühstück verzehrt und Harriet mit einem neuen Katzenroman aus der unermüdlichen Feder von Baby Jesus aufgezogen: *‹Catnap›*, Große Entführungen in der Miezenwelt. Beide Frauen ignorierten Miguel, die Anspannung vor dem Spiel und ihre Gefühle Susan gegenüber.

Carmen hatte Augenblicke, in denen sie in das eintauchte, was Harriet «Die Zone» nannte. Carmen, die Zonen-Verrückte, konnte in ihre eigene Welt driften. Das tat sie, wenn sie sich wirklich Sorgen machte oder wenn sie müde war. Je besser Carmens Stimmung erschien, desto beunruhigter war sie oft auf einer unterbewußten Ebene.

Heute gelang ihr die Flucht. Sie spielte aus dem Kopf heraus. Susan spielte gut, aber Carmen war buchstäblich in einer anderen Welt. Jeder Schlag war, als schneide ein heißes Messer durch

Butter. Bei jedem Aufschlag lief ein Beben durch ihren Unterarm, ein Schub von Koordination. Sie konnte den Ball sogar spüren, wenn er auf der gegnerischen Seite des Feldes war. So schwer das Spiel auch war – Susan verschenkte nie etwas –, Carmen besaß Magie. Während sie sich bewegte wie eine Ballerina zu herrlicher Musik, machte sie einen Punkt nach dem anderen.

Susan kämpfte mit Klauen und Zähnen. Wie eine Irre jagte sie jedem Ball nach. Sie stürmte, sprang und schmetterte. Sie machte unmögliche Returns. Aber Carmen ließ ihr göttliches Handgelenk schnippen und schlug den Ball wie eine lästige Mücke weg. Es war eine ehrfurchterregende Darstellung ihres Talents.

Carmen besiegte Susan mit 6:4, 6:4. Die Menge war von Carmens lyrischer Sportlichkeit hingerissen und von Susans konzentriertem Willen überrascht. Als sie ans Netz gingen, um sich die Hände zu schütteln, hielt jeder den Atem an. Susan reichte hinüber und drückte ihrer Gegnerin die Hand. Erleichtert erwiderte Carmen den Händedruck. Susan lächelte mit durchdringendem, beunruhigendem Blick.

Susan saß in ihrem Zimmer und trank Perrier mit Limone. Alicia saß stumm auf dem Sofa. Nach einer Niederlage mit Susan reden zu wollen war keine gute Idee. Susan spielte jeden Punkt wieder und wieder durch. Sie konnte sich an Punkte erinnern, die sie in ihrer Schulzeit gespielt hatte. Hätte sie je intellektuelle Disziplin gezeigt, wäre Susan eine erstklassige Wissenschaftlerin geworden. Jetzt schmiedete sie ihr Eisen.

«Woran denkst du?» fragte Susan Alicia.

«An nichts.»

«Was hältst du von dem Match?»

«Niemand hätte Carmen heute schlagen können.»

«Jeder Blinde tirfft mal einen Nagel?» fragte Susan rhetorisch.

«So ähnlich, ja.»

«Das ist das Glücksrad. Hast du mal Tarockkarten gesehen?»

«Nein.» Alicia hielt sich an die Bibel. Alles Okkulte war heidnisch.

«Sie sind interessant, die Tarockkarten.» Susans Augen glühten wie kleine Laserstrahlen. «Es ist eine andere Möglichkeit, die Welt zu betrachten. Vielleicht ist es eine Form von verlorenem Wissen. Jedenfalls ist das Glücksrad eine Karte, auf der ein sich drehendes Rad abgebildet ist. Eine Person ist oben, eine andere Person ist unten. Das Rad hört nie auf, sich zu drehen.»

«Du wirst oben sein.»

«Ja.»

«Wenn Carmen morgen so spielt, wird Rainey Rogers eingemacht.»

«Vielleicht. Carmen hat eine merkwürdige Angewohnheit, ihre Gegnerinnen zu unterschätzen, wenn sie in Höchstform ist. Es wird aufwärts gehen.»

«Das Glücksrad?»

«Manchmal muß man dem Rad einen Schubs geben, denke ich.» Susan schwang ihre Beine übers Bett. Sie war in die Gegenwart zurückgekehrt. Alicia konnte wieder aufatmen.

Gary Shorter, der Trainer von Rainey Rogers, hatte nie eine Idee oberhalb der Gürtellinie. Er spielte an Raineys vielen Schlägern herum; er prüfte die Spannung der Saiten, das Gewicht, den Griff. Mrs. Rogers versank in ihre übliche Vorspiel-Trance. Sie holte, was immer ihre Tochter brauchte, aber sie schaltete ihre Energie um und bereitete sich genau wie Rainey auf das Match vor.

Rainey bemalte ihre Nägel mit Tomahawks «Hot and Wild Pink». Sie pinselte eine dünne Perlmuttschicht darüber. Ihr Tenniskleid war blaßrosa und straßgesäumt, um das Licht einzufangen.

Rainey dachte über ihre Spieltaktik nach. Carmen in Höchstform war unschlagbar, doch wenn Rainey auch nur einen haarfeinen Riß in dieses Selbstvertrauen bringen konnte, dann war Carmen zu schlagen. Noch zwei Jahre, und Carmen würde Mühe haben, ins Finale zu kommen. Rainey widerstand Carmens Angriffen wie ein Graf, der sein Schloß verteidigt. Für sie war es ein Krieg zwischen Angreifern und Verteidigern. Sie blieb an der Grundlinie, ihren Schloßmauern, während Carmen eine Angriffswelle nach der anderen abfeuerte. Raineys nüchterner Schlag kam als scharfer, kurzer Cross auf Carmens Rückhand. Auf Dauer wirkte dieser Schlag wie der linke Haken eines Boxers. Schnipp, schnipp – es sieht aus, als richte er keinen Schaden an. Im Laufe der Zeit macht dieses Schnippen den Gegner fertig, tötet seinen Schwung, und er ist für das vernichtende Ende offen. Rainey führte kein Match länger, als sie mußte. Mit achtzehn hatte sie gelernt: wenn du deine Gegnerin in den Seilen hast, mach sie fertig. Das ist letztlich barmherziger.

«Was macht deine Blase?» fragte Mrs. Rogers. Die Blase war lediglich eine kleine rote Scheuerstelle an ihrer Ferse, aber alle Athleten sind Hypochonder.

«Ich klebe ein dickes Pflaster drauf.»

«Gut.» Mrs. Rogers hob den Schuh auf und knetete die Hacke mit ihren Daumen. «Diese Schuhfirma! Wie oft haben wir denen haargenau erzählt, was wir haben wollen? Der hier ist etwas zu eng.» Sie knetete weiter. «So, jetzt ist es hoffentlich besser.»

Am Morgen des LA-Finales trieb Carmen den Hotelboy an den Rand eines Nervenzusammenbruchs. Sie fauchte den Garagenmann an, der den Mietwagen heraufholte. Sie funkelte ihren Bruder an, der zum erstenmal in seinem Leben den Mund hielt, und sie brauste zum Stadion, als befände sie sich bei einem Seifenkistenrennen. Harriet auf dem Vordersitz versuchte, die verschwommen vorbeiflitzenden Gebäude zu ignorieren. Für Carmen bedeutete Geschwindigkeit Entspannung und Machtgefühl.

Als sie bei den Tennisplätzen ankamen, ging Harriet auf die Tribüne. Für Carmen ließ sich wenig tun, wenn sie in dieser Laune war, und nach Harriets Ansicht hatte Carmen ein Recht auf ihre Launen. Allerdings fand Harriet auch, daß sie das Recht hatte, sich abzuseilen. Wenn Carmen schäumte, um sich psychisch aufzubauen, spie sie Gift und Galle auf jeden, der ihr in die Quere kam. Rainey war eine starke Gegnerin. Ihr Tennisstil brachte Carmen in Rage, sie haßte es, gegen sie zu spielen, und ihre wachsende Unzufriedenheit ließ sich nicht unterdrücken.

Der Hallenboden bei Damenturnieren bestand meist aus einem über Holz gespannten Teppichbelag. Dieser schnelle Belag war für Carmen vorteilhaft. Wenn sie nicht gerade an Grippe, Krämpfen oder Desinteresse litt, gewann Carmen auf Teppich gewöhnlich. Vermasselte sie ihren ersten Aufschlag, konnte ihr das das Leben sauer machen, denn sie mußte ihren ersten Aufschlag herunterziehen, damit sie ans Netz laufen konnte. Gegen eine Grundlinienspielerin von Raineys Kaliber war der erste Aufschlag entscheidend. Kam Carmen nicht ans Netz, würde sie nicht gewinnen.

Ihr Aufschlag glich einer Rakete. Carmen hatte einen so guten Tag, daß sie Rainey in zwei Sätzen niederwalzte.

Nach dem Match analysierten Rainey, ihr Trainer und ihre Mutter die Niederlage. Mrs. Rogers verzeichnete jeden Punkt in der Tabelle, damit Rainey ihn nachher studieren konnte.

Rainey nutzte jede Niederlage. Sie trainierte stundenlang, um den Winkel ihres Rückhand-Cross zu verbessern. Sie würde nie einen vernichtenden Aufschlag haben, versuchte aber, sich den mit der größten Präzision anzueignen, der auf Dauer ohnehin tödlicher war. Rainey glaubte, daß die Zeit für sie arbeitete. Mit ihrer disziplinierten Persönlichkeit und ihrer Spielweise würde sie die Carmens der Welt schon aushungern, wenn nicht in diesem Jahr, dann im nächsten.

Triumphierend trank Carmen ein wohlverdientes Bier. Ein tragbares Tonbandgerät plärrte im Hintergrund. Sie hob die Bierflasche.

«Auf Dallas.»

«Auf die ordinärste aller Städte», prostete Harriet zurück.

«Ich weiß nicht warum, aber da fällt mir wieder ein, was du mal zu mir gesagt hast, als ich diesen Gucci-Sessel kaufen wollte.»

«Dieses gräßliche Ding.»

«Du hast gesagt: ‹Geld ohne Geschmack ist wie Sex ohne Liebe.›»

«Wie gescheit von mir.» Harriet küßte Carmen auf die Wange. Jemand klopfte an die Tür.

«Wer ist da?»

«Miguel.»

Carmen grummelte und stand auf, um ihren Bruder hereinzulassen.

«Migueletta, mein Tiger.»

«Wo warst du? Ich dachte, du kämst zur Pressekonferenz.»

«Geschäfte.»

«Ich war stinksauer auf Martin Kuzirian. Ich hätte dich gern dabeigehabt. Er hat die blödesten Fragen gestellt.» Martin Kuzirian, Sportreporter für eine große Zeitung auf Long Island, schrieb eine im ganzen Land nachgedruckte Kolumne. Also ein ganz großer Typ in der Welt des Sports.

«Sportreporter bilden die niedrigste Stufe im Journalismus», kommentierte Miguel und nahm einen Schluck aus der Bierflasche. «Wenn sie Sportler sein könnten, wären sie's. Wenn sie schreiben könnten, täten sie's. Kurz, sie können nichts von beidem.»

Carmen boxte ihren Bruder auf den Bizep. «Stimmt!»

Miguel warf einen Blick auf Carmens Kommode. «Was, du läßt deinen Schmuck so offen herumliegen?» Er drehte sich zu Harriet um. «Wie kannst du das zulassen?»

«Miguel», entgegnete Harriet kühl, «ich bin nicht ihre Mutter.»

Mit seiner rechten fegte er die Armreifen, Halsketten, Ringe und Ohrringe in seine linke Hand. «Von jetzt an halte ich den Schmuck unter Verschluß. Bei jedem Turnier deponiere ich ihn in einem Hotelsafe. Wenn du ein Stück tragen willst, dann fragst du danach.»

«Das ist zu umständlich.»

«Weniger Umstand, als beklaut zu werden.»

«Ich bin versichert.»

Er schüttelte den Kopf. «Kleine Schwester, warum sich

Ärger einhandeln? Und wann hat eine Versicherung je ihre Verpflichtung voll erfüllt?»

«Da hat er recht», pflichtete Harriet ihm bei, obwohl sie diese Situation merkwürdigerweise abstoßend fand.

«Da, siehst du's? Die hübsche Señorita Rawls hat gesunden Menschenverstand.»

«Und ich nicht?» brauste Carmen auf.

«Im Tennis bist ein Geschenk Gottes. Du hast nichts weiter zu tun, als zu spielen. Den Rest machen wir schon.» Seine Geste bezog Harriet mit ein, und das fand sie nun nicht mehr nur merkwürdig abstoßend, sondern absolut widerwärtig.

Falls Miguels Einmischung in ihr Geschäftsleben Carmen Sorgen machte, so ließ sie es sich nicht anmerken. Solange sie Geld hatte, wenn sie es wollte, kümmerte sie sich nicht viel um die Details. Die Macht, Dinge zu kaufen, faszinierte sie. Geld ersetzte ihr den Verlust von Heimatgefühl und sozialer Stabilität. Was waren schon Wurzeln im Vergleich zu diesem besten aller Volkswagen, dem Porsche? Der Dollar war wichtiger als die Tat.

Der moderne Profisport entlohnt Spieler für ihre Funktion, nicht für Charakter. Verantwortung wird da eng definiert: eine Sache besser machen als irgendwer sonst. An emotionale, soziale oder politische Verantwortung wird nicht im Traum gedacht. Den Sport trifft hier kein Tadel. Sport ist nur ein Symbol für die Spaltung des Lebens, eine Spaltung, die mit der industriellen Revolution begann, die im Kampf um materielle Güter offenbar jeden gegen jeden ausspielt. Geistige, emotionale und politische Belange bleiben bei dieser gewalttätigen Jagd nach Dingen auf der Strecke.

Gewinne und werde ein Gott. Verliere und werde vergessen. Carmen und Miguel besaßen keine Widerstandskraft gegen die Versuchungen von Geld und Ruhm. Woher auch? Sie hatten nie eine Alternative erfahren. So sehr Theresa und Arturo Semana ihre Kinder auch liebten, hatten sie sich doch nie darum bemüht, ihnen andere Werte mitzugeben als die des äußerlichen Aufstiegs. Vielleicht weil sie in den dreißiger Jahren jung gewesen waren und sich nur zu gut an die Depression in Buenos Aires erinnerten, gelangten sie selbst über materielle Ziele nie hinaus.

Wie der Mond, so hat jede Generation ihre dunkle Seite. Man ist zwar in eine Zeit hineingeboren und macht eigene Erfahrungen, trägt aber auch die Essenz der Erfahrungen seiner Eltern in sich. Carmen und Miguel waren eindeutig Sprößlinge ihrer Eltern. Gewinnen war alles, was zählte.

Welche Fehler Lavinia auch haben mochte, arbeitsscheu war sie nicht. Sie bombardierte ihre Leute mit Anweisungen und erwartete Gehorsam. Hätten ihre Leute einmal genau hingeschaut, wären sie dahintergekommen, daß Lavinia sich selbst härter antrieb als alle anderen. Wie einst als Spielerin verlangte Lavinia jetzt als Geschäftsfrau Perfektion.

Lavinia rief Betty Bainbridge an, die Frau von Jensen Bainbridge, Chef des Pharmakonzerns Clark & Clark. Obwohl nun Anfang Sechzig, war Betty noch immer eine gute Clubspielerin. Die beiden Frauen kannten das Tennis noch aus der Zeit, als Männer in weißen Flanellhosen spielten.

«Hallo», antwortete eine Stimme aus dem fernen Westchester im Staate New York.

«Betty, hier ist Lavinia.»

«Vinnie! In welchem Rattenloch steckst du denn gerade?»

«In Dallas.»

«Armes Schätzchen. Ich hatte zwei Schwestern, wie du weißt. Eine ist tot, und die andere lebt in Dallas. Wie schön, deine Stimme zu hören.»

«Was macht deine Gesundheit?»

«Gerade vergangene Woche habe ich mich gründlich untersuchen lassen. Keine weiteren Probleme. Ich hasse diese verdammten Untersuchungen noch immer, Vinnie. Ich war öfter in den Steigbügeln als Prinzessin Anne.»

Lavinia lachte. «Und was macht Jensens Gesundheit?»

«Es geht ihm gut.»

«Ich hörte so ein Gerücht, daß er sich zur Ruhe setzen will.»

«Gewinnen war alles . . .

. . . was zählte.» Wer vorwärtskommen will, der muß eben am Ball bleiben. Und das nicht nur beim Tennis.

Schweigend atmete Betty tief ein. Sie antwortete in gemessenem Tempo.

«Weißt du, er liebt die Macht.»

«Wer tut das nicht?» fragte Lavinia.

Betty wartete, dann sagte sie: «Lavinia, wir werden alle nicht jünger. Er ist acht Jahre älter als ich. Wir haben in diesen letzten Jahren zu viele Freunde sterben sehen. Ich möchte, daß er kürzer tritt.»

«Ja, er arbeitet zuviel.»

«Du solltest selbst kürzer treten. In einem Sonnenuntergang liegt mehr Schönheit als in der Macht, Vin.»

«So weit bin ich noch nicht.»

«Ich gebe während der Meisterschaft eine Party.» Betty wechselte das Thema. «27. März? Abendkleidung.»

«Trage ich sowieso am liebsten.»

«Dummchen. Danke für deinen Anruf. Ich freue mich darauf, dich zu sehen.»

«Am 27. Tschüs.»

«Tschüs.» Betty legte den Hörer auf.

Lavinia kritzelte geistesabwesend auf ihrem Notizblock. Betty hatte ihr alles erzählt, was sie wissen mußte, ohne ein Firmengeheimnis zu verraten. Das Beziehungsnetz der alten Mädchen hatte sich wieder mal bewährt.

Susan Reillys Haus in Pacific Heights, San Francisco, war das Ergebnis jahrelanger Arbeit, doch da sie wenig Zeit hier verbrachte, war es ihr fremd geworden. Die Zimmer waren angemessen möbliert. Es war ihr ständiger Ruheplatz, aber noch kein wirkliches Heim. Susan nahm sich diese Woche frei, während die Tour nach Texas ging.

Craig und Lisa Reilly wohnten in Marin County. Susan sah ihre Tochter so viel und ihren Mann so wenig wie möglich. Wann immer sie von Regenbogenblättern interviewt wurde, wurden die Fotos im Haus in Marin County aufgenommen.

Sie preßte den Hörer ans Ohr. «Das ist kalifornisches Gesetz. Hmhm.» Pause. «Finde das heraus. Ich bin bis zum 22. März hier, danach bin ich bei den Meisterschaften in New York.» Pause. «Gut, Jerry, bis später, danke.»

Alicia platzte ins Schlafzimmer. «Wer war das?»

«Ach, niemand.» Ein Anflug von Gereiztheit zeichnete sich auf Susans Gesicht ab. «Telefonitis. Das kennst du doch an mir.»

Alicia wußte freilich, daß Susan imstande war, zu jeder Tages- und Nachtzeit in alle Welt zu telefonieren. Dieser Anruf roch nicht nach Telefonitis. «Es war doch nicht Happy Straker, oder?»

«Nein. Ich habe Happy heute morgen nichts zu sagen.» Sie rieb ihre Hände. Die Druckerschwärze der Morgenzeitung beschmierte ihre Finger.

«Ich glaube, Harry liebt dich noch immer.»

«Nach all diesen Jahren? Ach was.» Sie zog die Sportseite hervor.

«Warum hat sie wohl nicht eine andere gefunden?»

«Sieh sie dir doch an.»

«Susan, das ist herzlos. Du hast sie geliebt.»

«Ich habe Happy nie geliebt. Daß ich mit ihr zusammen war, war ein Gnadenakt meinerseits. Ich konnte nicht in diese traurigen Hundeaugen sehen. Sie hat mir leid getan. Es war ein Fehler.»

«Hm-m-m.» Alicia starrte aus dem Fenster. Sie hatten einen umwerfenden Blick auf die Bucht und Alcatraz.

«Bringst du mir bitte noch eine Kanne Kaffee?« Susan sah nicht von der Zeitung hoch.

Alicia eilte in die Küche und zur Kaffeemaschine. Sie hatte viele Plexiglasdosen mit den verschiedensten exotischen Kaffeebohnen gefüllt und war stolz auf ihr Gebräu. In einem Netz von Bedürfnissen gefangen, den eigenen und denen von Susan, nahm Alicia kaum wahr, wie eng ihr Leben wurde. Sie konzentrierte sich immer weniger auf das eigene Tennisspiel und immer mehr auf Susans Bedürfnisse.

Susan akzeptierte die amerikanische Definition von Arbeit. Das hieß, daß Susans Arbeit von Bedeutung war und Alicias Arbeit, die Versorgung von Susan nicht. Ein verheirateter

Mann nimmt seine Frau vielleicht als selbstverständlich hin, allerdings weiß er irgendwo, daß sie einen Beitrag leistet. Für Susan jedoch war Frauenarbeit etwas so Fremdes, daß sie ihr nicht den geringsten Wert beimaß. Sie verbrachte ihr Leben damit, eine einzige isolierte Begabung zu perfektionieren. Ihre Eltern hatten sie weder zur Hausarbeit angehalten noch beigebracht, daß sie von Wichtigkeit war.

Vor lauter aufgehalster Schweißarbeit wurde Alicia unsichtbar. Wäre sie für sich eingetreten und hätte gesagt: Was ich für dich und für uns beide tue, ist wichtig, auch wenn ich keine Turniere gewinne, hätte Susan sie aus dem Zimmer geputzt. Warum tat Alicia diese Dinge denn? Hatte Susan etwa um eine Ehefrau gebeten? Alicia tat sie aus Liebe. Susan bestimmte, also brauchte sie nie zu begreifen, was jemand für sie tat. Forderte eine Person Gleichberechtigung, vor allem eine Geliebte, setzte Susan der Beziehung ein Ende, ohne lange zu fackeln. Sie konnte niemand den gleichen Status zugestehen. In dieser Hinsicht hatte sie mit vielen Männern Ähnlichkeit. Wenn eine Ehe in die Brüche ging, konnte die Frau fordern, daß ihr früherer Mann für sie verantwortlich war. Wenn Alicia den Laufpaß erhielt, würde sie leer ausgehen, bis auf ihren Schmuck und die Kleidung, die Susan ihr in Momenten wohlüberlegter Großzügigkeit gekauft hatte. Das Haus, das sie geputzt, die Sekretärin, die sie angeheuert, und die Haushilfe, die sie angeleitet hatte, würden in Susans Besitz bleiben. Alicia gab mit jedem Atemzug ein Stück Leben weg und wußte es nicht. Susan bezahlte die Rechnungen und wollte kein Geld zurück, nicht weil sie großzügig war, sondern weil sie wollte, daß alles nach ihrer Nase ging. Solange sie ihr Konto prüfen konnte und wußte, daß es fetter war als das von Alicia, fühlte sie sich mächtig.

Alicia summte vor sich hin, als das Kaffeearoma die Küche erfüllte. Wenn sie spürte, daß Susan Schwielen auf der Seele hatte, verriet sie es nie, aber Alicia verriet überhaupt sehr wenig. Der einzige Hinweis auf ihr heimliches Leben war ihr inbrünstiges Lesen im Neuen Testament.

6

Madison Square Garden ist eine gute Arena für Spieler wie für Zuschauer, und solche Stadien sind selten. Harriet schlängelte sich durch die Menge, ein ansehnliches Publikum für einen Eröffnungsabend, und setzte sich neben Miguel, der heute abend blendend aussah. Er hatte das Geld von Dennis Parrys Amalgamated Interstate Banks erhalten und fühlte sich der ganzen Welt überlegen. Harriet winkte Ricky und Jane oben in der Pressekabine zu; Ricky streckte ihr die Zunge raus. Die beste (und die recht gute) Gesellschaft war zahlreich vertreten. Ein Typ in Harriets Loge hatte so viele Pillen eingeworfen, daß er sich, hätte man ihn geschüttelt, wie eine Babyrassel angehört hätte.
Rainey Rogers war im ersten Match. Sie stolzierte auf den Platz wie ein ausgebildetes Paradegirl. Lavinia Sibley Archer, die schon wieder in einem anderen gelben Kleid glänzte, hielt die Eröffnungsrede. Sie brachte sie in weniger als zehn Minuten hinter sich, phänomenal für Lavinia.

Harriet sah sich im allgemeinen nur Carmens Spiele an. Man konnte das Tennis mehr als satt bekommen, selbst wenn es auf diesem Spitzenniveau gespielt wurde. Mitten im Match verduftete sie, denn Miguel versuchte, bei einem Sponsor mit seiner Allwissenheit Eindruck zu schinden. Sich das noch einmal anzuhören, schaffte sie nicht.

Harriet trat in den Umkleideraum.

«Hast du den Steuerberater angerufen?» fragte Carmen zwischen ihren Lockerungsübungen.

«Ja.»

«Ich finde es unglaublich, daß sie schon wieder eine Steuerprüfung bei mir machen. Ich kann von Glück sagen, daß dein

Staat und meiner mir überhaupt noch etwas übriglassen.» Carmen war geladen, doch das war vor einem Match nichts Neues.

«Das Passahfest ist Mitte April. Vielleicht können wir den Todesengel dazu bringen, mal für die Gegenseite zu arbeiten. Laß uns diesmal die Erstgeborenen vergessen und uns auf die Finanzbeamten konzentrieren.»

«Ja.» Carmen ließ ihr Knie kreisen. «Weißt du, was Ricky mir heute erzählt hat? Er sagt, Bill Tilden hat sein Geld mit Theaterinszenierungen verschleudert, damit er darin die Hauptrolle spielen konnte. Außerdem vergaß er, sich die Zähne zu putzen. Es gibt Leute, die schwören, daß er sich nie die Zähne putzte.» Sie massierte ihre Schulter. «Ist das nicht verrückt? Er war der größte Tennisspieler der Welt, wollte aber etwas anderes sein.»

«Da besteht doch ein Zusammenhang. Er wollte im Rampenlicht stehen, ob auf dem Platz oder auf der Bühne. Er hatte Talent für das eine, aber nicht für das andere. So was kommt oft vor.»

«Meinst du die ganzen Baseballstars, die bei ABC als Kommentatoren auftreten und sich dann zwei Sendungen lang halten?» Carmen grunzte.

«Es ist eine harte Umstellung. Wenn du erst mal all diese künstliche Aufmerksamkeit hast, was nicht heißt, daß du sie nicht verdient hättest, lebt es sich schwer ohne.»

«Meinst du das ganz generell oder denkst du da an jemanden bestimmten?»

Harriet dachte darüber nach. «Beides, schätze ich.»

«Ich trete noch längst nicht ab», erklärte Carmen rasch und nachdrücklich.

«Das habe ich auch nie gesagt.»

«Du kannst noch bis an dein Lebensende unterrichten.»

Harriet seufzte. Manchmal machte das Herumtouren sogar Carmen mürbe, die ewige Zigeunerin. «Diese Diskussion hatten wir bereits.»

Carmen schnaubte. «Ich habe heute Seth Quintard samt Athletes Unlimited gefeuert.»

Diese Neuigkeit traf Harriet überraschend. «Warum?»

«Miguel hat mir erklärt, daß sie mein Geld so lange zurückhalten, um darauf Zinsen zu kassieren. Und, woran ich nie gedacht habe, ich bin für sie nur eine von vielen.»

«Wohl kaum. Du bist die beste Spielerin der Welt.»

Dies quittierte Carmen mit einem Lächeln. «Jedenfalls nimmt Miguel die Sache in die Hand. Bei ihm werde immer ich Nummer eins sein.»

Beunruhigt sagte Harriet nur: «Ja.» Sie griff nach einem eselohrigen Kartenspiel und teilte sich geistesabwesend die Karten für eine Partie Solitaire zu.

Nachdem sie eine Runde lang zugeschaut hatte, hielt Carmen das Schweigen nicht mehr aus. «Was denkst du?»

Wie immer, wenn Harriet beunruhigt war, flüchtete sie sich in einen Scherz. «Ach, ich habe mich nur eben mal aufgeregt.» Sie schob die Karten zusammen und mischte neu. «Die Löhne sinken, Preise und Arbeitslosigkeit steigen. Ich kann keine marmeladegefüllten Krapfen mehr auftreiben. Die Tankstellen verschenken keine Gläser mehr. Die Telefonvermittlung versucht, Gespräche abzulauschen, entdeckt aber, daß der Staat bereits drinhängt.»

Carmen, deren gute Laune wiederhergestellt war, lachte. Sie liebte Harriet, wenn sie sie zum Lachen brachte.

Rainey Rogers' Spielweise kannte Miguel so genau wie seine eigene. Im Analysieren von Stärken und Schwächen anderer war er exzellent. Rainey hatte keine auffallenden Schwächen. Wenn auch nicht gerade die Schnellste, so war sie doch spritzig. Wenn auch nicht die Kräftigste, so war sie doch zäh. Ihre einzige echte Schwäche war ihre Tendenz, nicht ans Netz zu gehen; mit einer Spur von Ballscheu zwinkerte sie einmal zu oft, wenn die Bälle auf sie abgefeuert wurden. Nicht daß sie sich am Netz verzettelte, aber im allgemeinen nützte sie nicht mit Macht einen Vorteil aus, indem sie für einen Ball nach vorn spurtete. Sie zog es vor, von der Grundlinie aus auf den langsamen Tod hinzuarbeiten.

Miguel blieb in seiner Feldrandloge, denn er wollte Seth

Quintard meiden. Doch Seth stapfte herein, setzte sich neben ihn und wartete kalt das Ende von Raineys Match ab. Ihre Spiele schienen immer ewig zu dauern, aber irgendwann nahmen sie doch ein Ende.

Rainey hatte kaum über das Netz gereicht, um ihrer besiegten Gegnerin die Hand zu schütteln, als Seth schon loslegte. «Mr. Semana, ich habe Grund zu der Annahme, daß Sie Ihre Schwester dazu bewegt haben, ihre Beziehung mit Athletes Unlimited zu beenden.»

Miguel heuchelte Überraschung: «Ich stehe meiner Schwester sehr nahe, gewiß, aber sie trifft ihre Entscheidungen selbst.»

Seth lehnte sich hinüber. «Sie macht einen großen Fehler. Wir wissen, was jede andere Sportlerin für Werbeverträge bekommt. Niemand kann ihre Leistungen unter Wert einkaufen, weil wir auf den Cent genau wissen, welchen Marktwert jede hat.»

«Sicher.» Miguel nickte.

«Sie gehört zu uns.»

«Sie ist anderer Meinung.»

«Hören Sie, Miguel, lassen Sie den Quatsch. Sie haben ihr erzählt, daß wir ihr Honorar investieren und die Auszahlung um die Drei- oder Vier-Monats-Frist solcher Anlagen verzögern.»

Miguel schätzte es nicht, wenn jemand Tacheles redete. «Es gibt da allerdings einige Verzögerung bei der Auszahlung, Mr. Quintard.»

«Selbst wenn das stimmte, und ich sage nicht, daß es so ist, können wir für Ihre Schwester mehr tun als sonst wer in diesem Geschäft.»

«Vielleicht, aber von jetzt an manage ich ihre finanziellen und vertraglichen Angelegenheiten.»

Wütend über den Provisionsverlust explodierte Seth Quintard: «Ich weiß zwar nicht, wie man die brüderliche Entsprechung zu einem Gigolo nennt, Semana, aber das sind Sie, verflucht noch mal.»

Miguels Gesicht loderte vor Zorn. Er packte Seth bei der Krawatte. «Raus hier.»

Unbeeindruckt fuhr Seth Quintard fort: «Und im übrigen, Sie

Pomadenheini, ich weiß Bescheid über das Kokain in den Schlägergriffen.» Ohne Quintards Schlips loszulassen, sprang Miguel auf und zog Seth mit hoch. Er schleifte ihn hinaus und stieß ihn die Treppe der Loge runter.

Seth rieb sich den Nacken. Er rappelte sich auf und krächzte: «Dafür werden Sie bezahlen. Und wenn es mich zehn verdammte Jahre kostet, das werden Sie mir blechen.»

Miguel hatte ihm bereits den Rücken gekehrt und ging davon. Erstaunlicherweise hatten nur wenige das unerquickliche Schauspiel beobachtet. Die, die es taten, waren naive Fans, die annahmen, zwei Typen hätten ein bißchen zuviel getrunken.

Miguel stürmte an den Sicherheitsposten vorbei nach draußen. Woher, in Gottes Namen, wußte Seth von dem Kokain?

Miguel war ein Gelegenheitsschmuggler. Er konnte leicht an erstklassiges Koks herankommen, wenn er zu Hause war. Er bohrte Schlägergriffe auf und brachte den Stoff durch den Zoll. Wenn er Carmen begleitete, wurde er nie durchsucht. Er machte es sich nicht zur Gewohnheit; es war ein gelegentlicher Nebenerwerb. Miguel wußte immer, wen er kontaktierte, wenn die richtigen Kunden drauf aus waren. Aber er hatte nicht den Ehrgeiz, ein Berufsdealer zu werden. Tatsächlich hatte er nur zwei feste Kunden.

Einer seiner Kunden, Ronnie Baldwin, ein gutaussehender Tennisspieler, füllte das Koks in eine Gelatinekapsel und führte sie sich in den Hintern ein. Den ersten Satz spielte er ziemlich redlich, während seine Körperwärme die Kapsel zum Schmelzen brachte. Im zweiten und teilweise dritten Satz spielte er wie ein Wahnsinniger. Wenn sein Spiel über vier oder fünf Sätze ging, saß er natürlich in der Patsche, deshalb hatte er für Notfälle immer etwas Koks in einem Becher auf der Seitenbank.

Dann ging Miguel ein Licht auf. Baldwin, dieses Schwein, gehörte zum Stall von Athletes Unlimited. Er mußte gesungen haben. Die Gründe dafür konnte sich Miguel nicht zusammenreimen. Zum Teufel, er hatte diesem Typen einen Gefallen getan, indem er ihm solch erstklassigen Stoff beschaffte. Jemand mußte ihn in die Mangel genommen haben. Er war als Spieler auf dem absteigenden Ast. Vielleicht war ihm ein Vertrag geplatzt und er brauchte einen Sündenbock.

Von Miguels anderer Kundin konnte Seth es nicht herausbekommen haben. Sie war eine Dame der New Yorker Gesellschaft von tadelloser Herkunft. Solche Leute kannte Seth nicht.

Miguel bekam das Flattern. Er wußte, Seth würde Carmen keine Kokssache anhängen; sie wußte ja von nichts. Er konnte auch Miguel die Kokssache nicht anhängen, ohne das Herren-Tennis in Gefahr zu bringen. Wenn Seth auf Rache erpicht war, mußte er sich etwas einfallen lassen. Und da er Carmens Verträge geprüft hatte, fürchtete er, daß es Seth an Einfällen nicht mangeln würde.

In der Wohnung eines Freundes hoch über dem Central Park lauschte Susan ihrem Anwalt. Sie hatte ihr Match mühelos gewonnen, was sie in gute Laune versetzte. Er versetzte sie in noch bessere Laune.

«Du bist ja noch so spät im Büro. Ich dachte, nach Sonnenuntergang sind in San Francisco alle auf Parties.»

«Immer nur Arbeit und kein Vergnügen macht Jerry zur trüben Tasse», erklärte Jerry Hammer. «Ich habe in deiner Sache nachgeforscht. In manchen Städten, in denen du spielst, ist Homosexualität strafbar. Eine Ausländerin mit einer Aufenthaltserlaubnis muß sich sowohl an die Gesetze des Staates halten, in dem sie wohnt, als auch an die Bundesgesetze.»

«Und was bedeutet das?»

«Es bedeutet, wenn deine Freundin bei einer homosexuellen Handlung in – sagen wir – New Hampshire ertappt und ihre Homosexualität den Gesetzeshütern bekannt wird, wäre es denkbar, daß sie nach Argentinien abgeschoben wird. Natürlich ist Homosexualität auch dort nicht wohlgelitten. Sie sind in diesem Punkt ganz übel. Sie sitzt in der Klemme.»

«Sie sitzt nur in der Klemme, wenn man es erfährt. Gibt es eine Möglichkeit, um eine Auseinandersetzung herumzukommen, falls» – Susan stockte – «falls es sie unglücklich treffen sollte?»

«Sie könnte juristisch Einspruch erheben, aber ihre Chancen, in diesem Land zu bleiben, wären ernstlich gefährdet.»

«Das ist ja schlimm.» Susan triefte vor Betroffenheit.

«Susan, ich helfe ihr gern heraus, wenn das Dilemma eintreffen sollte. Ist sie eine enge Freundin?»

«Eine alte Freundin.»

«Sag ihr, sie soll vorsichtig sein», riet Jerry.

«Das werde ich tun. Danke. Jerry. Ich weiß deinen Rat sehr zu schätzen.» Susan machte eine Pause. «Möchtest du einen Schläger mit Autogramm für Tiffany? Ich werde ihn gleich morgen zur Post geben.»

«Sie ist sicher ganz aus dem Häuschen», sagte Jerry. «Bis demnächst also, wenn du wieder zu Hause bist.»

«Nochmals danke schön.»

«Wiedersehen.»

«Auf Wiedersehen.»

Jane und Ricky hatten einen Krach, in dessen Verlauf er die Frauenbewegung als Altersheim für Pfadfinderinnen bezeichnete und sie ihm erklärte, daß Männer nur alt, aber nicht erwachsen werden. Jane rief Harriet an. «Wenn's gewittert, gehen die Gewitterhexen einkaufen.»

Harriet, die wohlweislich nicht nach den Details fragte, verabredete sich mit ihr um halb zwei an der Ecke 57. Straße und Fifth Avenue.

Jane begrüßte sie: «Er ist ein solches Arschloch.»

«Und du bist natürlich die Unschuld vom Lande.»

«Sei bloß nicht so vernünftig. Ich kann's nicht ausstehen, wenn du vernünftig bist. Er wird langsam wie die Spieler, weißt du. Diese Leute nehmen nie Klopapier. Alle küssen ihnen den Arsch!» Jane hob die Hand. «Sag bloß nichts. Was können wir machen?»

«Wir können uns zum Beispiel 23 Möglichkeiten ausdenken, unsere Uteruswände zu tapezieren.»

Jetzt hatte Jane Mühe, an ihrer schlechten Laune festzuhalten. «Na, ich jedenfalls will Geld ausgeben. Hier, mal sehen, was wir da haben.» Jane zog einen ganzen Fächer von Kreditkarten aus ihrer Tasche. «American Express, wir reisen nie ohne sie. Master-Card, Visa, Playboy. Er ist so beschissen. Sears und Roebuck, nicht zu gebrauchen. Saks Fifth Avenue, prima. Magnin – falsche Küste, Garfinckel, nee. Aha! B. Altman. Unsere Komfortables-kaufen-Karte. Und hier der Schlager, Bloomingdale! Laß uns erst mal Tiffany ansteuern. Wir haben da ein Konto.»

«All dieses bunte Plastik erinnert mich an die Bonbontheken im Kino. Solche Karten sind Jujube-Drops für Erwachsene.»

«Samstagmorgen im *Ritz*.» Jane wirbelte durch Tiffanys Drehtüren. Harriet kreiste gleich zweimal herum. Jane zog sie heraus. «Wetten, daß mir mehr Süßigkeiten einfallen als dir?»

«Ich wette, das schaffst du nicht.»

«Also, worum wetten wir?« Janes Laune hob sich augenblicklich.

«Eine Tiffany-Anstecknadel.»

«Los, du bist dran, Rawls. Da ist so ein goldener Knoten, den ich ums Verrecken gern hätte.»

«Ich will den goldenen Würfel, und wehe, du zählst die Piepen.»

«Fertig?»

«Fertig.»

Jane leierte die Naschereien ihrer Kinderzeit herunter: «Almond Cluster, Almond Joy, Baby Ruth, Malted Milk Balls, Butterfinger, Butternut, – mampf. Charleston Chew – Mann, hab ich das Zeug gemocht. Hershey's Kisses. Fifth Avenue Bar, Clark Bar, Big Ben Jellies, Mary Jane, Milky Way, Payday.» Sie wurde langsamer. «Raisinets!»

«Mir fällt auf, daß du im Vorteil bist, weil du angefangen hast. Das ist wie der erste Aufschlag.»

«Das hättest du vorher sagen sollen. Du hast schließlich einen Mund.»

«Jane Fulton, du bist ein Pferdehändler. Jetzt bin ich dran. Auf wieviel hast du's gebracht? Ich habe fünfzehn gezählt. Zähl du für mich.»

Harriet schloß vor der Schreibwarenvitrine die Augen und stellte sich den Glastresen neben dem schmierigen Popcornautomaten in dem Kino ihrer Kindheit vor. «Also los. Tootsie Roll.»

«Wie konnte ich das bloß vergessen!»

«Jane, du störst meine Konzentration!»

«Entschuldige.»

«Na gut. Three Musketeers.»

Jane seufzte.

«Hörst du wohl auf? Ich habe erst zwei. Also, Sugar Daddy, Sugar Babies, Sugar Mama.»

«Harriet, das ist Beschiß.»

«O nein, ist es nicht. Das waren alles verschiedene Sorten.»

Jane stützte den Ellbogen auf die Schreibwarenvitrine und runzelte die Stirn. «Weißt du, ich habe dich ja immer respektiert, Harriet.»

«Halt den Mund, Jane. Ich verbiete dir, mich noch einmal zu unterbrechen. Zähl weiter! Snickers, Red Hot Dollars.»

Jane jaulte auf.

Harriet hielt ihr den Mund zu und fuhr fort: «North Pole, Nutty Crunch, Necco Wafers, Mr. Goodbar.»

Jane biß Harriet in die Hand, damit sie losließ. «Das ist ein Romantitel.» Jane wischte sich über den Mund.

«Das ist ein Schokoriegel, und das weißt du. Baffle Bars und Bit-O-Honey, Black Crows, Pearson's Coffee Nips, Diamond Drops, Whirligigs und Jube Jels. Wie viele sind das?»

«Achtzehn.» Jane sprang auf. «Milk Maid. Sechzehn. Eagle Bar und Póppycock. Wir stehen gleich! Ich muß mir noch eins einfallen lassen. Ich hab's! M & M's.»

«Also fehlen mir zwei zum Gewinnen.»

«Wenn mir nicht noch mehr einfällt.»

Harriet stützte das Kinn in die Hand. «Liberty Mints, Sour Balls und Horehound Drops.»

«Horehound Drops. Furchtbar.» Jane grübelte nach. «Also gut. Virginia Nut Roll.»

«Chunky.»

«Das hast du schon gesagt.»

«Jane, das hab ich nicht.»

«Hast du wohl.»

«Verdammt noch mal, kein Wunder, daß Ricky stinksauer wurde. Also gut, du Klugscheißer. Krackel Bar.» Sie stieß die Luft aus. «Oranges Slices.»

«Safe-T-Pops!» brüllte Jane. Die Leute im Geschäft taten, als hörten sie nichts. Der Mann hinter der Schreibwarenvitrine, mit einem älteren Kunden beschäftigt, der zwischen blaßblauem und knallrosa Papier schwankte, irgnorierte versnobt die beiden Frauen.

«Fruit n' Nut Bar und Starlight Mints.»

«Jujubes.» Jane lächelte.

«Unfair. Damit habe ich das ganze ins Rollen gebracht.»

«Du hast es aber nicht gesagt, als wir loslegten.»

«Du bist ein hinterfotziges Schwein.»

«Ißt du etwa mit diesem Mund?»

«Wir alle wissen schon wen.»

«Ach, Harriet, müssen wir denn in sexuelle Anzüglichkeiten abgleiten? Entweder fallen dir noch mehr Süßigkeiten ein oder nicht.»

«Wie ist der Stand?»

Jane rollte naiv mit den Augen. «Ich hab's vergessen.»

«Ich nicht.» Harriet zählte die Striche in ihrem kleinen Adreßbuch zusammen. «Du hast 22, und ich habe 26.»

«Bist du eine Streberin.» Jane konzentrierte sich. «Pom-Poms, warte, dräng mich doch nicht. Merrimints.»

«York Peppermint Patties.» Harriet war wie Ming, der Gnadenlose.

Jane dachte nach. Sie dachte angestrengt nach. Sie umkreiste einmal die Schreibwarenvitrine. «Du gewinnst.»

«Gut! Ich nehme diese Anstecknadel auf der Stelle mit. Ich danke dir sehr.»

Jane murrte, als die Dame hinter der Vitrine Harriet die heißbegehrte Nadel gab. «Ich bitte um eine Schweigeminute im Gedenken an mein dahinscheidendes Geld.»

Eine Flut von Federn und Tulpen ergoß sich über den unteren Raum des noblen Restaurants. Howard Dominick präsentierte ein neues Tomahawk-Sortiment: Pocahontas. Dosen mit Talkumpuder, geformt wie Indianerzelte, stiegen aus den Tulpen und Federn empor. Darüber schwebten kleine Pocahontas-Parfumproben, jede Probe an einem kleinen gelben Luftballon. Intimpuder mit derselben Duftnote war dezent in einer Ecke ausgestellt. Der mit seinem neuen Sortiment nicht zufriedene Howard dekorierte eine ganze Wand mit anderen Tomahawk-Produkten. Der Nagellack «Autumn Plum» glänzte mit dem Lippenstift «Mocha Maid» um die Wette.

Lavinia trug Gelb. Solange sie sich nicht rührte, hätte sie als überdimensionale Tulpe durchgehen können. Die Skulptur aus Eis, ein großer Tomahawk, schmolz langsam dahin.

Howard warf jedes Jahr während der Meisterschaften in New York eine riesige Party. Auch wenn das Turnier in Washington, D. C., hinsichtlich der Spielergebnisse der Höhepunkt der Turnierrunde war, galt es in geschäftlicher Hinsicht nur als kleiner Fisch. In New York tätigte Howard seine Abschlüsse, leitete seinen Firmenzweig und beeindruckte oder bedrückte seine Konkurrenz. Natürlich lud er sie zu jeder Party ein.

Miguels weiße Zähne blitzten unter seinem pechschwarzen Bart hervor. Tatiana Mandelstam, Herrscherin über die stärkste Konkurrenz von Tomahawk, hörte ihm mit verzückter Aufmerksamkeit zu.

«Señora, wie machen Sie das nur? Sie haben das Geheimnis ewiger Jugend entdeckt.»

Die ältere Lady schüttelte den Kopf. Sie war Bewunderung gewöhnt. «Ganz und gar nicht, Mr. Semana. Ich praktiziere nur, was ich predige – Bewegung, gutes Essen und gewissenhafteste Anwendung meiner Kosmetika.»

«Wenn dem so ist, werde ich Ihre Zaubertränke kistenweise kaufen.»

«Diesen Herbst bringe ich ein Kosmetiksortiment für Männer heraus.» Ihre dunklen Augen strahlten.

«Ich bin im rechten Moment geboren.» Er reichte zum Tablett eines Kellners hinüber, ergriff ein Glas Champagner und bot es der Herrscherin an. «Warum auch Tomahawk den ganzen Spaß überlassen?»

Lässig setzte sie das Glas an die Lippen und lächelte. Sie war interessiert.

«Tomahawk kann nach Belieben über die Mädchen verfügen. Jugend, Gesundheit, Frische. Aber keine von ihnen wird mit einem speziellen Sortiment identifiziert. Rainey Rogers repräsentiert zum Beispiel nicht Pocahontas.»

Tatiana hörte zu. Sie kannte die Branche, und – noch wichtiger – sie kannte ihren Kundenkreis. «Reden Sie weiter.»

«Wäre es nicht wunderbar, wenn meine Schwester Carmen ein neues Sportparfum repräsentierte, das aus Ihrer Produktion käme?»

Tatiana schien sich das zu überlegen, dann sah sie direkt in Miguels hübsches Gesicht. «Wunderbar für Ihre Schwester, aber nicht für uns.»

Perplex lächelte Miguel noch immer.

Sie fuhr fort: «Sehen Sie, Carmen hat nicht das richtige Image für uns.»

«Aber sie ist jung und die Verkörperung von Gesundheit. Kleine Mädchen und Teenager schicken ihr bergeweise Fanpost.»

«In bezug auf Tennis zweifellos.» Sie setzte ihren leeren Kelch auf dem Tablett eines anderen Kellners ab. «Tennis und Glamour sind einander widersprechende Geschäfte, mein guter Mann. Ihre vollkommene Schwester mag die Verkörperung von Gesundheit sein, aber sie ist nicht die Verkörperung von Weiblichkeit. Tatiana-Kosmetik proklamiert die Frau als das unergründliche Mysterium. Sie könnten Carmen die Fingernägel anmalen, ihr das Haar färben, die Locken herausziehen oder drinlassen, ihr den besten Maskenbildner New Yorks schicken und ihr schmeichelhafte Kleider anziehen . . .» Sie hielt inne. Miguel hing ihr an den Lippen. «Und sie sähe noch immer wie ein kesser Vater aus.» Damit wandte sich Tatiana distinguiert ab, um sich mit einem anderen Bauern zu unterhalten, ihre Smaragde und Diamanten funkelten im Licht. Nicht umsonst nannte man sie die Herrscherin.

Gary Shorter verbreitete Munterkeit wie andere Tripper. Rainey hatte in zwanzig Minuten gegen Susan Reilly anzutreten – eine schwere Partie. Rainey hörte sich seine Ratschläge an: Halte Susan innen, direkt in der Mitte, und dann treibst du sie mit einem scharfen kurzen Cross weit aus dem Platz hinaus. Da Susan weite Winkel von Rainey erwartete, konnte sie nach Garys Schätzung Susans Spielrhythmus knacken. Rainey hatte Susan schon früher auf dem Platz gegenübergestanden und wußte, daß nichts Susans Spielrhythmus knacken konnte, wenn sie in der richtigen Verfassung war. Falls sie in der falschen Verfassung war, würden sie bereits die Ansagen der Linienrichter fertigmachen. Wie alle Spielerinnen haßte es Susan, sich für einen Punkt die Seele aus dem Leib zu ackern und dann erleben zu müssen, wie so eine fette Kröte in einer Tomahawk-Jacke den Ball entschied.

«Tief. Placier die Augschlagsreturns tief. Selbst beim zweiten Aufschlag ist sie mörderisch.» Gary tätschelte seinem Schützling die Schulter.

«Ich spiele jetzt seit fünf Jahren gegen sie», fauchte Rainey. Bloß weil sie achtzehn war, behandelte sie jeder wie ein Kind. Auf dem Platz war sie eine Veteranin; Gary Shorter konnte sich den Schmus schenken. Ihre Mutter glaubte jedoch, daß er ihr Spiel verbesserte.

Rainey war bewundernswert, aber nicht liebenswert. Sie war nicht arrogant, erwartete aber, daß es nach ihrer Nase ging. Sie befahl nie etwas, wiederholte allerdings ihre Forderungen so oft, bis sie erfüllt wurden. Ihre Mutter machte die Schmutzarbeit; sie war keine bestechliche, ausbeuterische Kuh. Sie liebte Rainey und lebte, wie viele Mütter, durch ihre Tochter. Daß sie ihr Kind in die enge, von Konkurrenz zerfressene Tenniswelt drängte, konnte nur bedeuten, daß sie entweder von der Existenz einer größeren Welt nichts wußte oder aber von jener Welt enttäuscht war.

Tomahawk warb mit Rainey öfter als mit anderen Mädchen,

weil sie anerkannt war, und weil sie heterosexuell war. Tatiana Mandelstam hatte auf ihre überspannte Weise recht. Rainey war keine große Schönheit, aber als ganz normale Frau zu propagieren. Howard Dominick beabsichtigte, Rainey einen Vertrag als Modell für eine Teenager-Kosmetikserie anzubieten, die noch in den Labors von Clark & Clark entwickelt wurde und in etwa einem Jahr auf den Markt kommen würde.

Rainey tat für Geld alles, und doch war sie nicht habgierig. Ihre Familie war groß, und sie hatte die Opfer, die ihre Eltern, Schwestern und ihr Bruder ihretwegen auf sich genommen hatten, noch in lebhafter Erinnerung. Selbst wenn sie dabei draufging – sie würde sie dafür entschädigen, indem sie die größte Tennisspielerin der Welt wurde. Sie würde den Grand Slam gewinnen. Nicht dieses Jahr, aber bald. Sie wußte, daß sie es schaffen konnte, selbst wenn es nur vier Spielerinnen und Spieler je gelungen war. Sie konnten nicht ihre Motivation gehabt haben oder ihre Schuldgefühle.

Rainey stand in dem Ruf, kalt und reserviert zu sein. Sie war nichts von beidem. Sie war zielstrebig und hatte für oberflächliche Freundschaften keine Zeit.

Sie fürchtete die Lesbierinnen auf den Turnierreisen; sie hielt sie für nicht gesund. Sie beobachtete ihre flüchtigen Romanzen, ihre nackte Angst, daß man dahinterkommen könnte, ihre Trennungen. Manchmal stanken die Umkleideräume förmlich vor dumpfen Gefühlen. Rainey wollte nichts von alldem. Sie haßte es, wenn gleichsam automatisch angenommen wurde, sie sei wohl ebenfalls lesbisch, und in einem verborgenen Winkel ihrer Seele haßte sie die Lesbierinnen für ihre Verlogenheit. Warum etwas sein, wofür man sich schämte?

Was ihre eigene seelische Gesundheit betraf, so war sie gescheit genug, sich auf das von Seth Quintard geschaffene Image einzulassen und sich als das nette Mädchen von nebenan zu geben. Page Bartlett Campbell köderte den Markt als Amerikas süßes Herzchen, also war Rainey die junge Dame. Auch das haßte sie. Daß sie in *Seventeen* gewesen war, ärgerte sie. Sie wäre lieber in *Vogue* gewesen.

Ihr stand eine sagenhafte Zukunft bevor. Ihre Hand lag fest auf dem Schaltknüppel des Lebens, glaubte Rainey.

Harriet, Ricky und Jane quetschten sich in die TV-Kabine. In fünfzehn Minuten würden die beiden Einzelspiele und die beiden Doppel des Abends beginnen.

«Howard Dominick ist so niveaulos. Er hat sämtliche Tulpen und Federn von dem Empfang gestern in den Clubraum der Gäste hinaufverfrachtet. Man braucht eine Machete, um zur Bar zu kommen.» Jane kochte.

«Ich komme einfach nicht über den Anblick von Tatiana Mandelstam hinweg. Eine lebende Legende.» Ricky spielte mit dem Gastgeschenk der gestrigen Party, einem Tomahawk an einem Schlüsselanhänger.

«Eine lebende Schlange. Sie ist zwei Jahre älter als Gott», bemerkte Harriet.

«Möchte wissen, was sie zu Miguel gesagt hat. Hast du sein Gesicht gesehen?« fragte Jane.

Harriet schüttelte den Kopf. «Nein, Miguel redet eigentlich nie über das, was wer zu wem oder ihm gesagt hat, wenn ich es mir recht überlege.»

«Carmen hat gestern abend deine alte Selbstmordtaktik angewendet: kurzer Lob und Spurt ans Netz. Trixie Wescott war so verdattert, daß sie den Return verpatzte.» Ricky warf Jane den Schlüsselanhänger zu.

«Wie alt ist Trixie?»

«Dreizehn. Harriet, ich dachte, solche Fakten seien in deinem Herzen eingraviert.»

Ricky bemerkter die goldene Würfelnadel an Harriets Mantelrevers. «Sehr schick. Ich habe alles über dem filmreifen Bonbonkampf gehört.»

«Bei Tiffany sind sie noch nicht drüber hinweg.» Jane rieb ihren Puls. «Diese verdammten Kopfschmerzen. Ich kriege sie einfach nicht los.»

«Möchtest du ein B.C.?» Harriet suchte in ihrer Tasche nach dem Wunderpulver.

«Nein. Erstens sieht dieses Zeug wie Kokain aus, und zweitens schmeckt es hundsmiserabel.»

«Es hilft.»

Jane brummte vor sich hin und machte sich dann auf die Suche nach Aspirintabletten.

«Wer wird deiner Meinung nach gewinnen?»

Ricky lehnte sich in seinem Sessel zurück. «Rainey müßte eigentlich gewinnen. Natürlich kann Susan da draußen brutal werden, aber Rainey Rogers ist so methodisch. Sie ist für Mrs. Reilly die härteste aller Gegnerinnen.»

Harriet blickte in das höhlenhaft wirkende Stadion hinab. Seth Quintard schlängelte sich durch die Menge. Miguel, bereits in seiner Loge, folgte ihm mit einem Blick schlechtverhohlener Verachtung. «Seth kümmert es nicht, wer gewinnt, nicht wahr?»

«Nein», antwortete Ricky.

Da Athletes Unilimited sowohl Rainey Rogers als auch Susan Reilly unter Vertrag hatte, konnte Seth nichts verlieren.

«Ist dir je der Gedanke gekommen, daß man irgendwann eines Tages, sagen wir im Falle einer horrenden Vertragssumme, ausgesetzt für Spieler X, wobei Athletes Unilimited Spieler X und Spieler Y repräsentiert, Spieler Y überreden könnte, das Match von vornherein aufzustecken?»

«Dieser Gedanke ist mir durchaus gekommen.» Ricky seufzte. «Aber ich hoffe, das ist noch nicht passiert, und wahrscheinlich, hoffe ich, es wird nie passieren.»

«‹Morgen wählt die Liga der Tennisspielerinnen ihren Vorstand›«, las Ricky laut im Programm.

Harriet kicherte: «Das wird was werden.»

Jane kam wieder in die Kabine gefegt. «Ich hätte nie gedacht, daß ich es noch einmal erleben würde, wie der Madison Square Garden mit Intimpuder berieselt wurde. Howard ist schon ein rühriger Knabe. Überall sind Berge von Pocahontas.» Sie nahm Ricky den Kaffee aus der Hand, schluckte zwei Aspirin und trank.

Ricky nahm Jane mit besorgter Miene den Kaffee ab. Er legte ihr die Hand auf die Stirn.

«Meine Temperatur ist normal. Es sind bloß elend lange dauernde Kopfschmerzen, Schatz.»

Lavinia erblühte bei der jährlichen Ligaversammlung zu voller Pracht. Sie saß vor den zusammengetrommelten Spielerinnen. Siggy Wayne, Vorsitzender des vergangenen Jahres, saß zu ihrer Rechten, Rainey Rogers zu ihrer Linken. Rainey wurde nicht etwa gewählt, weil sie beliebt war. Sie wurde gewählt, weil Lavinia es so wollte.

Die Spielerinnenliga war ein Marionettentheater, gelenkt durch freundliche Empfehlungen von Lavinia Sibley Archer. Sie wollte auf gar keinen Fall eine Gewerkschaft entstehen sehen, also hörte sich das Management einmal im Jahr Beschwerden und Vorschläge an. Eine Kandidatinnenliste wurde den Spielerinnen vorgelegt, obwohl Nominierungen auch direkt auf der Versammlung erfolgen konnten, falls sich jemand traute.

Siggy verlas den Rechenschaftsbericht. Natürlich sei das Versicherungskonzept der Liga das beste. Die Liga – was in diesem Fall Siggy bedeutete – sei dabei, ein Rentenkonzept auszuarbeiten. Er berichtete auch, daß auf den Wunsch der Mitglieder hin eine weitere Masseuse angestellt werden würde. Dies fand Beifall. Diese Mädchen sind so einfach zu manipulieren, dachte Siggy. Wir zahlen der Masseuse einen Hungerlohn und übernehmen ihre Reisekosten. Jede Spielerin hat weiterhin 25 Dollar für eine Ganzkörpermassage zu bezahlen.

Die Liga sammelte Mitgliedsbeiträge und bestritt Auslagen aus diesen Beiträgen. Siggy berichtete, die Finanzlage sei solide.

Die Liga, der Hunderte von hoffnungsvollen Profis angehörten, existierte eher zum Wohl der Spitzenspielerinnen als zu dem des Fußvolks. Wenngleich die 40 besten Spielerinnen das Herz und die Seele des Tennissports waren, wurde mit ihnen kurzer Prozeß gemacht. Lavinia fand, daß es im Tennis lediglich auf die Stars ankam. Wenn eine Spielerin sich nicht zu solchen Höhen aufschwingen konnte, sollte sie eben dankbar in deren Windschatten folgen.

Höflicher Applaus begrüßte Lavinia. Sie ging aufs Podium, breitete ihre Notizen aus und begann. Zwar variierten ihre Reden von Jahr zu Jahr, doch ihr Tenor war stets derselbe: Hört auf mich.

«Letztes Jahr zahlten 45 Millionen Amerikaner Eintritt, um ein Baseballstadion besuchen zu können. Die jährliche Besucherzahl bei sämtlichen Tennisturnieren, der Damen wie Herren, beträgt ganze anderthalb Millionen. Sogar Wimbledon zieht in zwei Wochen lediglich 318 000 Besucher an. Tennis ist für einen Veranstalter kein gutes Geschäft. Aus diesem Grunde sind wir in höchstem Maße auf lokale Sponsoren angewiesen, und hinsichtlich des Preisgeldes natürlich auf Tomahawk. Siggy ist es zu verdanken», – sie nickte ihm zu – «daß die Presse unsere Besucherzahlen steigerte, aber trotzdem muß euch klar sein, daß wir nie in der Lage sein werden, ein Stadion so zu füllen wie ein Baseballteam. 50 000 Leute können sich die Dodgers ansehen. Eine derartige Masse bekommen wir nur während der letzten Woche der offenen amerikanischen Meisterschaften herein, wenn wir mit den Herren zusammen spielen. Außerdem zieht ein Einzelsport einfach nicht die Anzahl von Fans an wie Mannschaftssport.

Ohne Stars geht ein Veranstalter pleite. Das Preisgeld macht nur die Hälfte der Kosten aus. Der Veranstalter muß die Sportstätte mieten, Strom und Heizkosten für diese Stätte tragen, die Kosten für Telefon, Werbung, Druck und Verkauf der Eintrittskarten. Er muß belegte Brote und Getränke in den Umkleidekabinen zur Verfügung stellen sowie den Clubraum für eure Angehörigen und Freunde. Neben dem Preisgeld muß der Veranstalter 150 000 Dollar lockermachen, um ein einfaches Mittelklasseturnier, einen Wettkampf mit 32 Spielerinnen auf die Beine zu stellen. Und sofern überhaupt Geld dabei verdient wird, geschieht dies nur am Abend des Halbfinales und des Finales.» Sie holte tief Luft. «Ihr seht also, daß Sponsoren im Tennis der Damen von absoluter Wichtigkeit sind. Wir müssen ihren Bedürfnissen Rechnung tragen, denn ohne sie wird niemand ein Turnier veranstalten, und wir alle hier wären arbeitslos. Ich weiß, daß es manchmal ermüdend ist, sich bei Turnieren mit Sponsoren zu unterhalten, aber das ist eure Pflicht. Wir können nicht davon ausgehen, daß Tomahawk uns ewig fördert. Wir müssen ihnen zumindest auf halbem Weg entgegenkommen.»

Dann dankte sie allen, prophezeite ein gutes Jahr und gab zu verstehen, daß Rainey Rogers gewählt werden sollte. Hätte sie Klartext geredet, hätte sie nicht deutlicher sein können: Der Sponsor gibt den Ton an. Ihr tanzt.

«Verdammt, Lavinia hätte uns Rainey glatt in den Rachen gerammt.» Carmen tobte in ihrem Hotelzimmer.

«Rainey ist Amerikanerin», sagte Harriet.

«Und hetero!»

«Das auch.»

«Sie gibt mir nie eine Chance. Was ich haben sollte, ist mehr . . .» Carmen kam nicht auf das Wort.

«Macht.»

«Ja!»

«Eigentlich solltest du die ganze Liga anführen, aber ich glaube, es ist ein Segen, daß du es nicht mußt.»

«Wie meinst du das?» Carmen strich sich mit den Fingern durch die Locken.

«Möchtest du denn wirklich Vorstand der Liga sein und dir von jeder die läppischen Beschwerden anhören, mal ganz abgesehen von Lavinias Ansichten zu allem und jedem? Und Lavinia hat vielleicht Ansichten. So brauchst du dich um nichts zu kümmern als um Tennis. Und da du den Grand Slam gewinnen wirst, können sie sich alle zum Teufel scheren. Stimmt's?»

«Stimmt.» Carmen wurde merklich heiterer. «Wie fändest du jetzt ein Geschenk?»

«Das ist doch meine Schwäche! Spitze.»

Die impulsiv großzügige Carmen überschüttete ihre Geliebten mit Geschenken. Sie kaufte der einen Frau einen Corvette und einer anderen einen schokoladebraunen Mercedes. Außerdem setzte sie ihre Geliebten auf die Gehaltsliste, indem sie sich Berufstitel für sie ausdachte: Sekretärin, Trainerin – sogar Managerin, bis Athletes Unilimited aufkreuzte. Da jetzt Miguel diesen Titel ergattert hatte, mußte sie sich schon mehr einfallen lassen. Anfangs wollte Harriet keine Angestellte sein. Selbst nach einer erschöpfenden Predigt von Carmens Steuerberater wollte Harriet noch immer nicht angestellt werden. Das Problem war gelöst, als sie als Geschäftspartnerinnen eine kleine Maklerfirma gründeten. Harriet nahm diese Firma tatsächlich ernst, aber Carmen brachte sie davon ab. Es wurmte sie nie, Geld für ihre Geliebten auszugeben – oder besser gesagt, es wurmte sie erst, sie auszuhalten, wenn die Affäre zu Ende war. Dann schwor sie Stein und Bein, ihre letzte Geliebte sei nur auf das Geld ausgewesen, und doch marschierte sie davon und sorgte dafür, daß sich alles wiederholte.

So jung soviel Geld zu haben, ist kein Segen. Alle sagen ja. Anwälte, Steuerberater, Schmarotzer – sie alle sagen ja, weil sie aufs Geld aus sind. Aber Harriet sagte nicht immer ja, und das ärgerte Carmen zwar, gab ihr jedoch manchmal auch zu denken.

«Also, was wünschst du dir?»

Harriet stützte ihr Kinn in die Hand. «Ich möchte im *Elephant and Castle* essen.»

«Ist das alles?» Carmen umarmte sie.

Als sie später am Abend ins Bett krochen, fand Harriet ein herrliches Paar einkarätiger Diamantohrringe unter ihrem Kissen. Carmen konnte schon atemberaubend sein.

In derselben Nacht lagen Ricky und Jane unter weniger glücklichen Umständen im Bett.

«Ich muß zurück und Tests machen lassen.» Jane knipste mit der Fernbedienung den Fernseher aus.

«Vielleicht ist es nur die Nebenhöhle, Schatz.»

«Hoffentlich.»

Ricky legte ihr den Arm um die Schultern. «Ich komme mit. Wir können beide ohnehin eine freie Woche gebrauchen. Warten bringt nichts. Wir fahren gleich nach dem Finale heim.»

«Gut.»

Jane weinte nicht. Da gab es nichts zu weinen. Noch hatte sie keine schlechte Nachricht bekommen. Vor zwei Jahren hatte sie Knochenkrebs im Kiefer gehabt. Damals stand sie eine neue Behandlungsmethode durch. Die Ärzte spritzten ihr eine Flüssigkeit in den Kiefer, und dann saß sie unter einem Punktbestrahlungsapparat, der «Wunderschüsse» auf ihren befallenen Kiefer abfeuerte. Die Ärzte, nicht Jane, nannten diese Behandlung «Wunderschüsse». Sie verlor kaum Haare und mußte sich nicht erbrechen, aber die Behandlung machte sie ziemlich müde. Sie bekam dreimal je zwölf Behandlungen. Am Ende dieser Serie erklärte man sie für geheilt.

Jane erzählte niemandem außer Ricky von der Krankheit. Sie wußte, daß niemand frei war von Vorurteilen und Ängsten vor Krebs. Einem Arbeitgeber hätte sie zu allerletzt davon erzählt. Sie wollte nicht als Risikomitarbeiter betrachtet werden.

Routinemäßig ging sie zu Nachuntersuchungen. Die letzte war völlig einwandfrei gewesen. Doch diese ständigen Kopfschmerzen beunruhigten sie. Die Angst, daß die Krankheit wiederkommt, ist eine Angst, die nur Krebsopfer verstehen. Sie versuchte, sich keine Sorgen zu machen, aber sie überfielen sie. Vielleicht hatte es mit den Kopfschmerzen gar nichts auf sich, doch sie wußte, angesichts ihrer Vorgeschichte würde sie sich einer Reihe widerwärtiger Tests unterziehen müssen. Zum zweitenmal in ihrem Leben empfand sie den eigenen Körper als Feind.

Eine weiße Schachtel Balkan Sobranie-Zigaretten aus feinstem Yenidje-Tabak lag auf Miguels Schoß. Er hatte bereits fünf davon gepafft. Miguel hatte 20 000 Dollar auf dieses Spiel gewettet, und natürlich wußte seine Schwester nichts davon.

Carmen und Rainey Rogers hatten je einen Satz gewonnen, und Carmen hatte ihr gerade den Aufschlag abgenommen. Es stand jetzt vier zu drei für Rogers. Teppich war zwar Carmens Belag, doch Raineys Rückhand kam peitschend. In ihrer Entschlossenheit war sie nicht zu irritieren. Wenn Carmen beim ersten Aufschlag nach vorn lief, antwortete Rainey mit einem harten Passierschlag die Linie entlang.

Carmen war kraftvoller. Sie war schneller. Heute hielt sie ihren Spielaufbau nicht besonders flexibel. Carmen ändertre ihre Taktik nur ungern, obwohl sie das konnte, wenn sie mußte. Rainey scheuchte sie an der Grundlinie von einer Seite zur anderen. Carmen hielt sich im Hinterfeld, um die haarscharf placierten Passierbälle zu vermeiden, aber das Grundlinienduell war Raineys Spiel. Carmen war auf roten Ascheplätzen groß geworden. Sie konnte im hinteren Feld physisch gewinnen; das Grundlinienspiel langweilte sie total. Das Problem bei Carmen lag heute in ihrem Kopf, nicht auf dem Platz. Bei ihrem Temperament spiegelte das eine ziemlich oft das andere wider.

Rogers gewann mit jedem Ballwechsel an Selbstsicherheit. Carmen gab nicht auf, hatte allerdings keinen Spaß. Carmen war eine Frau, die dauernd das eigene Stimmungsbarometer ablas. Das Aushalten von Unannehmlichkeiten oder Leiden um eines großen Zieles willen war ihr fremd, vor allem emotional. Manchmal konnte sie auf dem Tennisplatz ihre spontanen Wünsche zurückstellen, war sie aber nicht auf dem Platz, wollte sie, wenn sie etwas wollte, dies hier und jetzt. Es kümmerte sie nicht, wieviel es kostete, es kümmerte sie nicht, wem sie dabei auf die Zehen stieg. Nicht daß sie absichtlich über jemanden hinwegstampfte, aber Carmen sprang erst und schaute erst dann, wohin. Bis jetzt war sie immer auf ihren Füßen gelandet.

Rainey war im Begriff, all das zu ändern, selbst als Carmen einen weiteren Aufschlag schmetterte, einen Aufschlag, der von Raineys Schläger abprallte. Die Achtzehnjährige hatte sich täglich sechs Stunden darauf gedrillt, Carmens Aufschlag zu parieren. Sie lenkte Carmen gegen sie zurück wie ein erfahrerer Judoka, der einen größeren Mann fällt. Mit wachsender Frustration schwankte Carmen, ob sie wie der Teufel auf den Ball dreschen oder hinten bleiben und die Langeweile durchstehen sollte. So gewann man kein Tennismatch.

Rainey blies ihr mit 6:4 im dritten Satz die Lichter aus. Harriet spendete höflichen Beifall. Miguel zündete sich eine neue Zigarette an und lächelte dünn. Was waren schon 20 000 Dollar? Das Bekleidungssortiment würde ihm Millionen einbringen! Lavinia, Howard und ein Rudel Fotografen fielen auf den Platz ein. Den Kopf in ein Handtuch gewickelt, ging Carmen ihren privaten Gedanken nach und riß sich zusammen.

Als sie schließlich allein in der Dusche stand, weinte sie. Warum ins Finale kommen, um dann zu verlieren? «Ich werde den Slam gewinnen», schwor sie sich. «Ich muß an meinem ersten Aufschlag arbeiten. Ich muß an meinen zweiten Aufschlag arbeiten. Ich werde an allem arbeiten. Ich will diesen Slam gewinnen. Danach kann mich niemand mehr abschreiben!» Sie wollte schon auf die Wand einschlagen und überlegte es sich dann anders. Keine Verletzungen. Nicht jetzt.

Das French Open würde in der letzten Maiwoche bis zur ersten Juniwoche stattfinden. Es wurde auf Asche gespielt, zermürbender roter Asche – ein so mörderischer Belag, daß er selbst einen stahlharten Mann wie Guillermo Vilas schaffte. Ein vierstündiges Match war auf Aschebelag an der Tagesordnung. Krämpfe kamen wie Fliegen. Spieler mußten ihr Match drangeben, wie sie Geliebte drangaben. Das French Open, die Spezialität von Page Bartlett Campbell, würde das am schwersten zu gewinnende Turnier werden. Rainey wartete im Hintergrund. Wenn Page versagte – auf Asche kaum vorstellbar –, wäre Rainey auf der Stelle da, ein Barrakuda, der Blut witterte. Irgendwie, irgendwie mußte Carmen mehr Geduld entwickeln und sich auf eine langsamere Gangart einstellen, auf die endlosen Punkte und das French selbst. In Anbetracht der beleidigenden Art der Pariser wunderte sich Carmen, wieso eigentlich nicht mehr von ihnen in ihren Betten von wütenden Amerikanern ermordet worden waren.

«Ich muß es gewinnen. Ich will es gewinnen. Ich werde es gewinnen!» flüsterte Carmen vor sich hin. Wenn sie das French gewann, würde sie niemand von den drei anderen Siegen abhalten, das wußte sie. Rasen war ihr bester Belag. Beim US Open machten sie den Belag langsamer, um längere Kämpfe aus dem Spiel der Herren herauszuholen. Für die Damen war das ein Desaster, aber wenn Carmen das French gewänne, wäre das Open immer noch schneller als diese Ascheschicht. Sie würde das US Open, Wimbledon und das Australian Open auf Rasen spielen und den Grand Slam gewinnen.

Während sie sich ein Glas kalten Weißweins schmecken ließ, besprach sich Susan mit Martin Kuzirian, einem Reporter und langjährigen Bekannten. Sie hatte ihm im Laufe der Jahre Exklusivinterviews gegeben, ihn mit anderen Leuten im Sport zusammengebracht und sich ganz besonders bemüht, ihn sich warmzuhalten. Für die, die sie mochten, war dies eine symbiotische Beziehung, für die, die sie nicht mochten, eine parasitäre.

Mit gefräßigem Lächeln sagte Martin: «Tolle Aussicht.»

«Ja, die Simpsons wissen zu leben.»

«Wo sind sie eigentlich?»

«In Tortola. Sie kommen erst im April zurück.»

«Kann ich ihnen nicht verdenken. Nach einer Weile schafft einen das Wetter, und wenn dich das Wetter nicht fertigmacht, dann tun es bestimmt die Leute.»

«Dafür siehst du aber noch gut aus.»

«Das Leben ist ganz nett zu mir.» Er lächelte.

«Ich habe eine Geschichte für dich.»

«Susan, du bist eine ständige Quelle der Inspiration. Vielleicht werde ich mal wieder befördert, obwohl mir eine Gehaltserhöhung lieber wäre.»

«Geht das nicht Hand in Hand?»

«Heute nicht mehr. Hast du noch nichts davon gehört? Wir haben eine tragfähige Wirtschaft. Die Inflation hält sie über Wasser.»

Susan drapierte ihren Arm über die Lehne des avantgardistischen Sofas; die Simpsons waren sehr *au courant*. «Die Geschichte ist, daß Carmen Semana und Harriet Thorn Rawls im nächsten Monat heiraten.»

«Was?» Er blickte ungläubig drein.

»Ja, sie werden heiraten. Ich habe es von Carmen selbst. Sie hat mich zur Hochzeit eingeladen.»

«Warum in aller Welt würden sie so etwas machen?»

«Genau das habe ich auch gesagt. Wenn Leute drei Jahre

zusammenleben, ist das doch ein prima Ergebnis. Was soll schon dieser ganze Hokuspokus vor einem Mann in einer Kutte?»

«Ich erinnere mich dumpf, daß du es auch mal getan hast», stichelte Martin.

«Da war ich noch jung.»

«So jung nun auch wieder nicht.»

«Martin, wenigstens habe ich mir einen Mann zum Heiraten ausgesucht.»

Er lächelte und sagte dann: «Also noch immer glücklich verheiratet mit Craig?»

«Natürlich.»

«Warum gibst du mir diese Geschichte? Ich dachte, du und Carmen wäret Freundinnen.»

«Wir waren Freundinnen, bis sie Harriet kennenlernte. In Wahrheit stand sie auf mich. Ich glaube, sie hatte sich in mich verliebt, als sie sechzehn war, das arme Ding.»

Martin bemühte sich, nicht zu lachen. Hielt Susan ihn etwa für so blöde? «Ja, Kinder machen so ihre Phasen durch.»

«Ich erzähl dir das, weil ich weiß, daß du die Geschichte nicht unproportional aufbläst. Wenn diese beiden Naivlinge es durchblicken lassen und die Klatschgeier sich darauf stürzen, könnte das uns allen schaden.» «Und du glaubst nicht, daß eine einzelne Geschichte über zwei Frauen dem Damentennis schadet?»

«Sie wird ein bißchen Staub aufwirbeln, aber das Damentennis ist zu bedeutend, als daß sie ihm schaden könnte.»

«Ja.» Er rieb sich das Kinn.

«Carmen ist ein Esel. Ich habe ihr gesagt, daß sie nicht heiraten soll, aber ich habe ihr auch mal gesagt, daß sie mit dieser Lehrerin nie eine Liebesgeschichte anfangen soll.»

«Durch Schaden wird man klug.»

«Wenn du Carmen fragst, ob sie heiratet, wird sie natürlich lügen. Das ist keine Geschichte, es sei denn, du erwischst sie auf frischer Tat.» Susan hatte alles wohl durchdacht. Die Hochzeitsfeier war ein völliges Hirngespinst, das Kuzirians Gier nach einer großen Geschichte entflammen sollte. «Die Person, an die du dich halten solltest, ist Harriet. Oh, ich würde sie nicht fragen, ob sie heiratet. Das ist zu weit hergeholt. Ich würde sie nur fragen, ob sie eine Lesbe ist.»

«Warum?»

«Sie ist ein noch größerer Esel als Carmen.»

«Was meinst du damit genau?»

«Ich meine, daß Harriet nicht lügen könnte, selbst wenn ihr Leben davon abhinge.»

Martin wieherte nervös. Diese Geschichte konnte einen großen Karrieresprung bedeuten. Pech, daß Leute dabei zu Schaden kamen, aber so ist es eben im Leben.

«Irgendeine Idee, wie man sie festnageln könnte?«

«Nimm sie auf einer Pressekonferenz beiseite. Sie hängt viel bei Ricky Cooper und Jane Fulton herum. Sie sind die einzigen Leute, die was mit ihr zu tun haben wollen.»

«Warum haßt du sie eigentlich? Ich bin neugierig.»

«Ich hasse sie nicht.»

Martin war gescheit genug, sie nicht zu bedrängen. «Was ist eine günstige Zeit, sie mir vorzuknöpfen?»

«In Hilton Head. Das Turnier dort fängt am 6. April an. Die Atmosphäre ist entspannt, locker, die Leute schlendern herum. Übrigens, die beste Art, Harriet zu provozieren, ist, sie in Carmens Beisein abzufangen und Carmen irgendwie zu attackieren. Harriet hat keinen Funken Verstand, wenn's um ihre Geliebte geht.»

«M-m-m.»

«Albern, nicht?»

«Die Liebe?»

Sie schnappte: «Ich würde es nicht so bezeichnen. Ich glaube nicht, daß Frauen sich wirklich lieben können. Ich verstehe die Lesbierinnen nicht. Ich verurteile sie nicht; ich verstehe sie bloß nicht, das ist alles.»

«Natürlich.» Martin stand auf, um zu gehen.

Als Susan die Tür schloß, lächelte sie. Was machte es schon, daß sie die Geschichte über eine Hochzeit erfunden hatte. Kuzirian brauchte es ja nicht zu erfahren. Er mußte lediglich genug motiviert sein, um Carmen und Harriet zu provozieren.

Susan konnte sich den wahren Grund, weshalb sie höllisch scharf drauf war, Carmen zu vernichten, nicht eingestehen. Carmen war die einzige Spielerin, die ihre Leistungen in den Schatten stellen konnte. Carmen war die einzige Spielerin, die den Grand Slam gewinnen konnte. Bei der Gefährdung ihrer Aufenthaltserlaubnis und dem weltweiten Aufruhr über ihr Lesbischsein sollte sie es mal versuchen, sich auf Tennis zu konzentrieren!

Susan war nicht stolz auf sich. Unter diesem Aspekt sah sie es nicht. Sie handelte unter dem Aspekt des Überlebens. Sie kämpfte um sich selbst, um ihre Leistungen. Sie hatte sich mit ihrem ganzen Sein dem Tennis verschrieben, und sie konnte den Gedanken nicht ertragen, daß es womöglich vorbei wäre, daß sie älter würde, daß sie vielleicht bald vergessen wäre. Wer sie war, wußte sie nur, wenn sie den Applaus hörte. Wie konnte sie dies aufgeben? Wie konnte sie beiseite treten zugunsten einer, die noch vor wenigen Jahren ein Kind mit gebrochenen Englischkenntnissen gewesen war? Wie Susan es sah, war Carmen sprunghaft, überemotional und simpel gewesen, als Susan sie unter ihre Fittiche nahm. Sie hatte dieser jungen Spielerin geholfen, ihre Größe zu erreichen. Als Geliebte, nun, da war Carmen ein Fehler gewesen.

7

Das Flugzeug hob ab. LaGuardia fiel unter ihnen zurück und glich rasch einer Spielzeugszenerie. Lavinia Sibley Archer und Siggy Wayne saßen in der Economy-Klasse nebeneinander. Siggy trug eine Tupfenkrawatte zum teuren blauen Nadelstreifenanzug. Der Mann war einfach hoffnungslos. Seth Quintard wartete mit geöffnetem Aktenkoffer auf seinen Jim Beam on the Rocks. Es war ein klarer Tag. Die Tomahawk-Turnierrunde war vorbei, aber Lavinia, Spielleiterin der Damentennisliga, konnte an jedem Turnier ihrer Wahl teilnehmen. April und Mai, zwischen den Tomahawk-Turnieren und dem French Open, waren eine lasche Zeit. Seit drei Jahren bereits warben Siggy und Lavinia um Sponsoren für Einzelveranstaltungen. Hilton Head wurde von Bekleidungsfabrikanten gesponsert.

Die beiden arrangierten auch die Nachwuchs-Turnierrunde, die in Mittelstädten stattfand und aus der die nächste Generation von Tennisstars hervorging. Die Nachwuchs-Turniere waren für alle ein gutes Training, für junge Spielerinnen, Schieds- und Linienrichter.

Lavinia und Siggy hatten gute Gründe, auf ihre Leistungen stolz zu sein, aber im Augenblick kabbelten sie sich wegen des Nachwuchs-Turniers.

«Dieses blonde Mädchen – es lohnt sich, die aufzubauen.» Siggy fand die Kleine niedlich.

«Es würde sich entschieden mehr lohnen, wenn sie am Netz spielen könnte», konterte Lavinia, der ewige Profi.

«Das kommt mit der Zeit noch. Sie sieht großartig aus. Die Presse wird sie ins Herz schließen. Sie ist vierzehn.»

«Trixie Wescott ist dreizehn.»

«Trixie Wescott ist potthäßlich«, sagte Siggy grob. «Wir brauchen mehr hübsche Mädchen, Lavinia.»

«Wenn hübsche Mädchen keine Tennisturniere gewinnen, kann ich nichts daran ändern.»

Siggy blies ihr seinen Atem in den Nacken. «Manchmal braucht ein Kind lediglich Schützenhilfe, einen Schuß Selbstvertrauen. Wir müssen vier künftige Stars auswählen. Wenn wir uns verschätzt haben, was macht das schon? Die Kinder, die gewinnen, bekommen ihren fairen Anteil an Publizität. Wir müssen unser Material besser aussuchen.»

«Na gut, sie wird eine von den vier sein. Wen hast du sonst noch im Auge?»

«Das schwarze Mädchen.»

«Annalise? Sie hält sich gut auf dem Platz. Noch eine beidhändige Rückhand. Ein gefährlicher Schlag. Sie hat die Anlagen, zweifellos hat sie die Anlagen.»

«Wir brauchen einen schwarzen Star. Überleg mal, Lavinia. Ein ganz neues Publikum, die schwarze Mittelklasse.»

«Ja.» Jede Nacht betete Lavinia um eine neue Althea Gibson. «Siggy, ich bin ziemlich müde. Laß uns nach dem Abendessen weiterreden.»

«Na gut.» Siggy glitt in seinen Sitz zurück. Soweit er sich erinnern konnte, war Lavinia nie zu müde gewesen, um Geschäftliches zu besprechen.

Frauen, die aus Pappagallo-Schuhen heraus- und in solche von Geoffrey Beene hereingewachsen sind, mögen Orte wie Hilton Head. Die Apartmenthäuser sind neu, die hohen Decken lassen sie geräumig erscheinen, Bepflanzung sorgt für Privatsphäre, und auf der Insel wimmelt es von Vögeln und Fahrrädern. Die natur- und lärmgeschützte Umgebung hilft diesen Frauen und ihren leinenbehosten Männern, sich einigen Augenblicken gequälter Verzückung hinzugeben. Selbst wenn die Paare mittleren Alters es nicht genossen, zwischen niedrigen Fächerpalmen herumzuwandern – zu Hause in New Jersey würden sie schwören, es sei wundervoll gewesen.

Hilton Head bot den perfekten Rahmen für ein Damentennisturnier. Die meistverkauften Artikel waren Sonnenschirme,

Sonnenblenden und alkoholische Getränke. Hilton Head war fraglos das Land der trinkfesten Generation; beim Wein jagte man Trugbildern nach. Und wenn das danebenging, begnügte man sich mit einer Partie im Doppel oder vielleicht einer Runde Golf. Abends ergingen sich die Paare auf den Promenaden und genossen die Ruhe. Und dann gab es da noch für solche, die mit Sandflöhen Bekanntschaft machen wollten, das Meer.

Carmen trainierte. Eine kleine Menge in den unvermeidlichen Lacoste-Hemden versammelte sich ringsum. Carmen schlug den Ball hinter ihrem Rücken. Sie oohten. Sie nahm einen mörderischen Schlag halbvolley. Sie aahten. Sie schmetterte einen Überkopfball. Sie lachten. Carmens Ansporn lag darin, eine Schau abziehen zu können und dafür noch bezahlt zu werden. Ihre Zeit war knapp wie die einer Tänzerin, der Applaus bestärkte sie, und die Zukunft existierte nicht, außer als Verlängerung der Gegenwart. Die Wahrheit würde sich später bemerkbar machen wie Arthritis. Carmen bezahlte andere dafür, daß sie die Alltagspflichten für die erledigten; das Tennis ließ ihr kaum eine andere Möglichkeit. Wenn sie ein Glas Orangensaft wollte, pflückte, verschiffte und preßte jemand anders die Orange. Carmen preßte das Leben aus und glaubte, der Saft werde ewig fließen.

Heute war sie selig, mit ihrem Bruder trainieren zu können. Auch er war selig. Das imitierte Bekleidungssortiment verkaufte sich. Sein Partner in Hongkong überschlug sich vor Tüchtigkeit. Da sein Kompagnon sich nicht den Kopf zerbrechen mußte über staatliche Intervention, Gewerkschaftsbestimmungen oder moralische Fragen, fiel es ihm leicht, tüchtig zu sein. Dennis Parry hatte seine 50 000 Dollar. Die nächste Rate war erst in einigen Monaten fällig. Er wußte, daß der Mann in Hongkong von dem Gewinn etwas abschöpfte, doch das scherte Miguel nicht. Er hatte bereits 100 000 Dollar vom ursprünglichen Kredit beiseite geschafft. Das Leben war herrlich.

«Ich habe heute mit Baby Jesus telefoniert.» Carmen rieb sich mit dem Leinenschuh die Wade. «Ein neuer Roman, natürlich. *Katalysator*. In diesem geht's um heimliche Liebesaffären.»

Seit ihrer Ankunft in South Carolina war Carmen ständig vergnügt. Sie erklärte sich sogar zu einem Spaziergang mit Harriet bereit.

«Und was hatte Baby sonst noch zu sagen?»

«Sie wünscht sich frisches Hühnerfleisch, frische Katzenminze und eine lebende Maus zum Geburtstag.»

«Ihr Geburtstag ist erst am 14. Juli.»

«Ich weiß, aber sie ist da ganz wie ihre Mutter. Sie gibt ihre Bestellungen frühzeitig auf.» Eine Gestalt schloß die Tür zu einem Apartment. «Ach Scheiße, da ist Miguel.»

«Duck dich hinter den Busch.» Harriet zog Carmen hinunter. «Komm, laß uns den Weg zurückgehen, den wir gekommen sind.»

«Gute Idee.» Carmen zwickte sie.

«Habt ihr euch gestritten, Miguel und du?»

«Nein. Außerdem hätte ich dir das erzählt. Ich erzähle dir doch alles. Er hat mich etwas genervt, weil er mich drängte, Ricky um Sendezeit zu bitten.»

«Was?»

«Kommentare zu Spielen, weißt du. Miguel meint, es würde größere Verträge einbringen.»

«Vermutlich würde es das, aber du kannst dich bei Ricky nicht einfach so anschmeißen.»

«Das habe ich auch gesagt. Er hat geschmollt und geschnaubt, sich schließlich aber wieder eingekriegt. Er hat auch gesagt, ich müßte mir eine neue Frisur zulegen.»

«Herrje.» Harriet ging weiter. «Offenbar hat sich Susan beruhigt.»

«Ja, ich glaube, daß sie mich ins Gesicht geschlagen hat, muß sie furchtbar geärgert haben.»

«Ich halte Susan für eine manische Blufferin.»

«Jedenfalls hat sie eindeutig ein Rad ab. Das legt sich wieder.»

«Na, ich würde ihr noch immer am liebsten maßgefertigte Betonstiefel verpassen», sagte Harriet.

Carmen legte einen Arm um Harriets Taille. «Du bist schrecklich.»

Das war Martin Kuzirians großer Moment. Er hatte die beiden aus einiger Entfernung beschattet. Als sie kehrtmachten, war er weit genug weg, um ihre Aufmerksamkeit nicht auf sich zu lenken. Er bezog vor einem kleinen Andenkenladen Posten. Carmens Geste war ein Akt schlichter Zuneigung. Es mußte nichts Sexuelles dahinterstecken.

«Hallo.» Martin begrüßte sie, sobald er ihre Gesichter deutlich sehen konnte.

Carmen ließ den Arm sinken. «Hallo.»

«Großes Match heute.»

«Danke. Hab ich Sie nicht im Interviewzelt gesehen?» Sie wußte genau, wer er war.

Geschmeichelt, daß sie von ihm Notiz genommen hatte, sagte er zurückhaltend: «Ja, ich bin beim *The Long Island Chronicle*.»

Carmen ging weiter, und er hielt mit ihr Schritt.

Harriet stellten sich die Haare.

«Die Zeiten haben sich geändert. Es herrscht heutzutage doch so ein tabufreies Klima. Ich begreife nicht, warum Sie beide nicht Farbe bekennen und locker damit umgehen. Alle wissen doch, daß Sie sich lieben und heiraten wollen.» Ohne Vorwarnung schlug er zu.

Harriet erstickte fast vor Lachen. «Sie haben wohl eine Meise.»

Carmen rückte ihm auf die Pelle. «Verziehen Sie sich.»

«Sie streiten also ab, daß Sie lesbisch sind?»

Harriet stellte sich vor Carmen. «Lassen Sie sie in Ruhe.»

«Ach ja, die Löwenmutter verteidigt ihr Junges.»

«Sie Scheißkerl.» Harriet versetzte ihm einen Schlag in die Magengrube. Er taumelte zurück.

«Schatz!» Carmen hielt Harriet mit beiden Armen fest. Wenn Harriet wütend wurde, hatte selbst Carmen beide Hände voll mit ihr zu tun.

«Wenn Sie keine Lesben sind, warum regen Sie sich dann so auf?» Kuzirian ließ nicht locker.

«Lassen Sie sie in Frieden.»

«Harriet, schämen Sie sich etwa, weil Sie Carmen lieben?»

«Hauen Sie ab, Sie Dreckskerl. Ja, ich liebe sie. Ich bin verdammt stolz darauf, daß ich sie liebe» – sie stockte und versuchte, die Sache noch hinzubiegen – «aber das heißt nicht, daß Carmen lesbisch ist, nur weil ich es bin.»

Schweißgebadet zog Carmen Harriet fort. «Komm, vergiß es.»

«Ich denk nicht dran.» Sie drehte sich zu Kuzirian um. «Lassen Sie sie bloß in Ruhe.»

Er legte den Rückwärtsgang ein. «Okay, okay.» Er hatte, was er brauchte, um seine Geschichte in Gang zu bringen. Die Zeit würde ihm schon alles weitere liefern.

Carmen schleifte Harriet zum Apartment zurück. Sie drückte Harriet eine Coca-Cola in die Hand. Harriet hätte das Glas am liebsten zerschmettert, überlegte es sich aber und trank dann einen Schluck. Sie kam langsam wieder auf den Boden. Es folgte eine Tirade so gemeiner Flüche, daß Carmen nur den zahmsten behielt: «Ich wünsche ihm die Krätze an den Hals, dem Arschloch, dem elenden.» Den Flüchen und Folterdrohungen folgte eine gewisse Stille, die von Ausbrüchen wie «Ficker, Scheißer, Verdammter» unterbrochen wurde. Schließlich schwieg sie.

Carmen war totenbleich.

Harriet seufzte. «Ich hab's verpfuscht. Ich glaube, ich habe uns ein Schlamassel eingebrockt.»

«Er wird nichts darüber schreiben. Du hast ihm Feuer unterm Arsch gemacht.»

«Nein. Ich habe diesem Arschloch gegeben, was es wollte. Ich habe ihm gesagt, daß ich lesbisch bin. Besser, du denkst lange und gründlich darüber nach, wie du mit der Sache umgehen willst.»

«Dahin wird es nicht kommen.» Carmen konnte sich mit Problemen nicht theoretisch auseinandersetzen. Schon gar nicht mit künftigen.

«Ich glaube doch.»

Rickeys und Janes hübsches weißes Schindelhaus lag mitten im Herzen von Princeton. Da es gleich nach dem Bürgerkrieg gebaut war, war alles darin nach menschlichen Maßen eingerichtet – nichts war exakt, und doch wirkte alles exakt. Unebene, im Laufe der Zeit glattgetretene Kieferndielen glänzten in der Farbe des Sirups, den Ricky gerade über die Pfannkuchen goß. Singend machte er an diesem Morgen das Frühstück.

Jane blätterte *Portfolio* durch, eine Zeitschrift, die sich hauptsächlich mit Malerei befaßte. «He, Schatz, in Philadelphia gibt es im Sommer eine Rosa Bonheur-Ausstellung. Sie wird sonst nirgendwo in den Vereinigten Staaten gezeigt. Da müssen wir unbedingt hin.»

«Klingt gut.» Er überschlug die ersten Seiten und vertiefte sich in die Sportseiten. Plötzlich stand er auf, setzte sich und stand wieder auf. «Jesus, Maria und Josef.»

Beunruhigt fragte Jane: «Was ist los?»

«Sieh dir das an.»

Jane stellte sich neben ihn und las. «Heiliger Bimbam.»

«Kuzirian ist ein Schwein.» Rickys Hände begannen zu zittern.

«Er schreibt nicht, daß Carmen eine Lesbierin ist, nur ihre ‹Freundin, mit der sie in einem Haus in Cazenovia zusammen lebt, Harriet Rawls, Dozentin für Religion am Cazenovia College›. Er sagt nicht direkt, daß Carmen lesbisch ist.»

«Muß er ja auch nicht.»

Das Telefon läutete. Jane nahm den Hörer ab. «Hallo, Frank.» Pause. «Ich denke überhaupt nicht dran.» Sie warf den Hörer auf die Gabel.

«Was wollte dein Chefredakteur?»

«Er will, daß ich wegen der Geschichte nach Hilton Head fliege.»

«Kaum legt jemand einen Köder aus, schon sammeln sich die Schakale.»

«Ich rufe Harriet und Carmen an.» Sie wählte ihre Nummer. «Verdammt.» Sie wählte noch mal. «Niemand zu Hause. Sie müssen auf dem Tennisplatz sein. Ricky, was können wir tun?»

«Warten, bis wir mit ihnen geredet haben.» Er strich sich mit den Fingern durchs graue Haar. «Diese Sache könnte sie auseinanderbringen.»

Jane fragte verblüfft: «Hältst du Carmen denn für einen Feigling?»

«Nein, aber sie ist jung. Sie hat nur Harriet, und im Moment ist Harriet die Ursache des Problems.»

Jane runzelte die Brauen. «Nicht im entferntesten. Die Ursache des Problems ist eine Schlange im Tennissport. Dies ist von einem Insider gekommen. Von wem nur?»

Ricky setzte sich. «Wer haßt Carmen am meisten?»

«Es ist zu absurd.» Jane verbannte das Gesicht, das ihr in den Kopf kam, aus ihren Gedanken.

«An wen denkst du?»

«Susan Reilly.»

«Das ist zu absurd.» Ricky spießte seinen Pfannkuchen auf.

«Weibliche Intuition, Schatz.»

«So ziemlich das einzige, was wir tun können, ist, Artikel zu schreiben, in denen wir das Recht auf eine Privatsphäre verteidigen.»

«An der Oberfläche, ja. Manchmal macht mich unser Beruf krank. Martin Kuzirian nennt sich Journalist.» Jane schob ihr Essen auf dem Teller herum. «Wenn ich still abwarte wie ein Ameisenlöwe, wird die schuldige Ameise schon früher oder später in die Falle tappen.»

«Und in der Zwischenzeit, Ameisenlöwe, kommt es mir so vor, als räumten wir auf der ‹Titanic› die Liegestühle um.»

In seliger Unwissenheit trat Carmen zu ihrem Match auf dem Tennisplatz an. Da die Apartmenthäuser nahe bei den Plätzen lagen, konnte sie auf den Umkleideraum verzichten, sich in ihrem Zimmer anziehen und auf den Platz laufen. Bei der Ankündigung ihres Namens erfolgte kräftiger Applaus; hier und da wurde gekichert, aber das bemerkte sie nicht. Trixie Wescott, mit Schleifchen geschmückt, sah Carmen nicht ins Gesicht, doch auch das war nicht ungewöhnlich. Die meisten Spielerinnen wollten einer Gegnerin nicht ins Gesicht sehen, nicht so unmittelbar vor dem Versuch, sie fertigzumachen. Wie üblich leitete Miranda Nexata das Ganze.

Beim Aufwärmen bemerkte Harriet, daß man sie musterte. Sie redete sich ein, daß natürlich ihre überirdische Schönheit diese verschämten wie auch direkten Blicke anzog. Nur gab es da das Problem, daß Harriet keine überirdische Schönheit war. Dann fragte sie sich, ob sie etwa die Symptome von Beulenpest aufwies. Harriet saß da und fragte sich, was zum Teufel eigentlich los war.

Siggy Wayne sah seine sämtlichen Felle davonschwimmen. In Alarmstimmung, aber kühl, verschwendete Lavinia Sibley Archer kostbare Energien auf ihn.

«Chrysler. Jetzt geht der Chrysler-Vertrag den Bach runter.»

«Siggy, reiß dich zusammen. Du benimmst dich wie ein Jammerlappen.»

«Das glaubst du wohl nicht, daß die Sponsoren uns deshalb abblitzen lassen? Wen soll ich jetzt aufreißen? Eine Lastwagen-Firma?»

«Halt's Maul und laß mich nachdenken.» Lavinia befleißigte sich selten solch drastischer Umgangssprache.

Siggy hielt das Maul. Lavinia stapfte durchs Zimmer. Sie hängte ein Bitte-Nicht-Stören-Schild an die Bürotür. Wie lange man das respektieren würde, wußte sie nicht. Die Spielerinnen vielleicht eine Weile, aber mit der Presse war das eine andere Sache.

Unfähig, länger als zwei Minuten still zu sein, redete Siggy weiter: «Carmen muß öffentlich dementieren, daß sie Lesbierin ist.»

«Daran dachte ich auch schon. Sie wird lügen, weil sie muß. Außerdem ist mir noch keine Lesbierin untergekommen, die bereitwillig erklärt, daß sie eine ist. Carmen ist da keine Ausnahme. Sie wird uns unsere Pressekonferenz geben.»

«Worüber müssen wir uns sonst noch den Kopf zerbrechen?

Die Sponsoren sind der Sport, Lavinia. Mag sein, daß die Fans kommen, weil sie Tennis lieben, aber die Sponsoren nicht. Oh, warum muß uns das ausgerechnet jetzt passieren? Ich sollte nächste Woche den Vertrag mit Chrysler unterzeichnen.»

«Das meine ich ja.»

«Hm.» Sie sah ihn prüfend an, als läge er unter einem Mikroskop. «Du hättest Wimbledon nie gewonnen, Siggy.»

«Ich bin nicht sportlich.»

«Was ich damit sagen will, ist, daß du einen kühlen Kopf bewahren mußt. Je schlimmer die Situation, desto kühler mußt du werden. Konzentration, Siggy, Konzentration.»

«Hier geht's nicht um ein beschissenes Wimbledon. Hier geht's ums Geschäft!»

«Ich verbitte mir solche Ausdrücke in meiner Gegenwart.»

«Entschuldige, da ist mir der Gaul durchgegangen.»

«Ich glaube, wir können diese Lesbensache unter Kontrolle halten. Wir müssen Carmen dazu bringen, alles auf Harriet abzuwälzen. Ich werde mit ihr reden, und ich werde dafür sorgen, daß Seth Quintard mit ihr spricht.»

«Du vergißt, sie hat Seth gefeuert. Miguel hatte da seine Finger im Spiel, darauf kannst du Gift nehmen.»

«Also, wird Harriet die Schuld auf sich nehmen?» Lavinia legte ihren Finger an die Nase, tippte einmal daran und erklärte: «Ja. Sie liebt Carmen. Sie kann untertauchen und sich irgendwo einen ruhigen Job suchen.»

Siggy sah sie entgeistert an. «Einen Job? Die Frau ist College-Dozentin. Nach diesem Skandal würde sie nicht mal im Herzen von San Francisco eingestellt.»

«Sie kann immer noch als Sekretärin arbeiten», meinte Lavinia naserümpfend.

«Eine Sekretärin mit einem Doktor in Philosophie? Die Frau wird für den Rest ihres Lebens gebrandmarkt sein, Lavinia.»

«Sie kann der Schwulenbewegung beitreten und sie führen.» Lavinia trommelte mit den Fingerspitzen gegeneinander.

«Die Gehälter für Märtyrer sind lausig.»

«Was ist denn in dich gefahren?» forschte Lavinia scharf.

«Es klingt vielleicht grausam, aber . . .» Seine Stimme versickerte.

«Du bist doch derjenige, der wegen der Sponsoren jammert.»

«Ich weiß.»

«Ich jedenfalls werde Harriet Rawls keine Tränen nachweinen. Da sie dumm genug war, die Wahrheit zu sagen, hat sie sich den Rest selbst zuzuschreiben. Wir schieben die Schuld auf sie. Was mit einer Homosexuellen passiert, geht mich nichts an – und dich auch nicht. Sie nimmt die Schuld auf sich!»

«Du verlangst eine Menge.»

«Ich muß gar nichts verlangen. Carmen Semana wird das schon besorgen. Tennis bedeutet ihr mehr als Harriet. So gut solltest du Tennisprofis kennen. Zuerst opfern sie ihre Mütter und Väter, dann ihre Ehemänner und Ehefrauen, und anschließend kommen ihre Kinder dran.»

«Hast du das etwa auch getan?» Ausnahmsweise war Siggy einmal schockiert.

«Ich habe erst nach meiner Karriere geheiratet. Damals waren noch andere Zeiten.»

«Ich rufe Chrysler an und versuche, die Wogen zu glätten. Du rufst Howard Dominick an.»

«Nein, Siggy. Laß die Sache laufen. Womöglich passiert gar nichts. Es besteht kein Grund, die Aufmerksamkeit darauf zu lenken, indem wir unverhältnismäßig reagieren. Wenn sie uns anrufen, werden wir darüber sprechen. Wenn nicht, benehmen wir uns, als sei fast nichts geschehen. Denk dran, es ist Harriet, die auf dem elektrischen Stuhl sitzt, nicht Carmen oder das Damentennis.»

«Na gut.»

«Warum schaust du dir nicht das Match an und siehst, wie es läuft?» Und noch ehe er genickt hatte, erklärte sie: «Wir hatten damals keine Homosexuellen, als ich Wettkämpfe bestritt.»

«Lavinia, das kannst du doch wohl nicht glauben.»

«Wenn wir sie hatten, sagten sie jedenfalls nicht, daß sie es waren. Das läuft aufs gleiche raus.»

Carmen schüttelte Trixie die Hand. Sie hatte die Dreizehnjährige ohne große Mühe besiegt. Siggy Wayne stand am Platz. Er packte sie beim Arm, als sie davontrottete.

«Komm mit. Keine Pressekonferenz heute. Ich bringe dich zu deinem Apartment.»

Harriet beobachtete dies und nahm an, er werde Carmen zum Pressezelt bringen. Sie beschloß, noch vor ihnen zum Apartment zurückzugehen.

«Hast du heute Martin Kuzirians Kolumne gelesen?» fragte Siggy Carmen.

«Nein, allerdings lese ich seine Kolumne nie.»

Siggy fischte den Zeitungsausschnitt aus seiner Tasche. Während sie zum Apartment zurückgingen, las Carmen, und er hielt ihr die Leute vom Leib. Lavinia hatte ihm nicht aufgetragen, Carmen zu begleiten, aber er hielt es für klug.

Carmens Ausdruck wechselte von schlichter Interesselosigkeit zu Wut. Sie knüllte den Zeitungsausschnitt zusammen und gab ihn Siggy zurück. Er steckte das Knäuel wieder in seine Tasche.

«Drecksack!»

«Noch ist nicht alles verloren. Wir können das hindrehen.»

Carmen hörte ihn nicht. Sie beging eben in Gedanken den perfekten Mord.

«Dies muß nicht unbedingt einen Skandal bedeuten.»

«Was?»

Diese Kinder, dachte Siggy. Luftikusse, alle miteinander. «Ich sagte, es muß nicht unbedingt eine Katastrophe werden.» Sie waren beim Apartment angelangt. «Laß uns reingehen und es durchsprechen.»

Carmen suchte in der Schlägerhülle nach dem Schlüssel. Sie konnte ihn nicht finden. Sie klopfte zweimal an die Tür. Harriet rief von drinnen: «Wer ist da?»

«Ich – und Siggy.»

Harriet öffnete die Tür. Siggy war der letzte, den sie zu sehen wünschte, jetzt noch sonst wann. Der kurze Spaziergang, den sie und Carmen gestern unternommen hatten, war die einzige

Zeit gewesen, die sie zusammen verbrachten, vom Schlafen einmal abgesehen.

«Lies das.» Siggy drückte Harriet das Zeitungsknäuel in die Hand. Er ließ sich unaufgefordert nieder. Carmen fand ihre Zigaretten und steckte sich eine an.

Harriet las den galligen Artikel zu Ende und gab ihn Siggy in besserem Zustand, als sie ihn bekommen hatte, zurück. «Der Preis des Ruhms.»

«Solange ihn Carmen nicht bezahlen muß.» Feingefühl war nicht Siggys Sache. «Denk an ihren Ruf in Argentinien.»

«Was soll das heißen?» brauste Carmen auf.

«Das heißt, daß du das alles abstreiten mußt, und Harriet muß verschwinden. Bis Gras darüber gewachsen ist, natürlich.»

«Siggy, ich denke, du solltest jetzt besser gehen. Carmen und ich müssen miteinander reden.»

«Hier geht's ums Geschäft, Harriet. Ich glaube, das begreifst du nicht.»

«Ich begreife, daß du Carmen und mich als Paar nicht respektierst. Hätten wir zwei Kinder, einen Kombi und drei Goldhamster, würdest du dich nicht im Traum in unserem Wohnzimmer breitmachen, nachdem solch eine Bombe auf uns niedergegangen ist. Bitte, geh.»

«Oh.» Er stand auf und ging zur Tür. Bevor er sie öffnete, sagte er zu Carmen: «Ruf mich an, wenn ihr beide geredet habt. Wir müssen beschließen, was du der Presse sagst. Sie werden dich nicht in Ruhe lassen, das ist mal sicher.» Er verließ sie mit dem Eindruck, diejenige mit den schlechten Manieren sei Harriet.

Das Telefon läutete. Carmen nahm den Anruf entgegen, hörte zu, antwortete einsilbig und legte dann auf.

«Noch mehr schlechte Nachrichten?» fragte Harriet mit erstickter Stimme.

«George Gibson, mein Anwalt. Er macht sich Sorgen um meine Aufenthaltserlaubnis.»

«In dem Artikel stand, daß ich lesbisch bin, nicht du.»

Carmen starrte ins Leere und sagte: «Würdest du mich lieben, wenn ich nicht Tennis spielte?»

«Ja. Ich habe dich von dem Tag an geliebt, als ich dich kennenlernte, und ich werde dich lieben, bis ich sterbe. Mir ist egal, was du tust, solange du in den Spiegel blicken und stolz auf dich sein kannst. Ist das nicht das Wesentliche?»

«Du fährst nicht heim. Scheiß auf Siggy.»

«Ich finde, wir hatten genug Aufregung für einen Tag. Laß uns eine Partie Rommé spielen. Wir können uns später mit meinem brandneuen öffentlichen Lesbentum beschäftigen.»

«Hätte ich nur zugelassen, daß du den Schnüffler grün und blau prügelst», sagte Carmen.

«Dann hätte er mich eine Kommunistin genannt, eine Kinderschänderin, eine Rauschgiftsüchtige. Gibt's sonst noch was im Lexikon des Entarteten? In seinem kleinen Hirn rangiert Homosexualität wahrscheinlich auf derselben Stufe.»

«Ich verstehe das nicht. Ich versuche, es mir klarzumachen, aber ich schaff's nicht. Wir tun niemandem was. Wir arbeiten. Wir zahlen unsere Steuern. Trotzdem sind wir Kriminelle? Ich kapiere das nicht.»

«Ich auch nicht.» Harriet mischte die Karten.

Ein Unglück kommt selten allein, und Miguel bekam das zu spüren. Als er zum Apartment zurückschlenderte, begegnete er Schmettie Kittridge. Normalerweise war sie mehr als freundlich, aber heute ahnte er gleich, daß etwas nicht stimmte. Als er sie zur Rede stellte, erfuhr er die schlechten Nachrichten. Kaum in seinem Zimmer angelangt, las er die Kolumne. Es war eine einzige Katastrophe.

Miguel ging auf und ab. Er mußte die Sache seiner Schwester ins Lot bringen, aber wie? Wenn ein Skandal größeren Ausmaßes losbrach, würde sich die Modekollektion nicht verkaufen lassen. Miguel und die ahnungslose Carmen würden auf 600 000 Dollar Schulden sitzenbleiben. Wenn es ganz schlimm kam, konnte sie ihre Verträge verlieren. Man ließ sie vielleicht nicht sofort fallen, sondern erneuerte einfach nicht. Er wußte nicht, ob er für neue sorgen konnte. Womöglich würde niemand mehr mit Carmen in Verbindung gebracht werden.

Schließlich nahm er den Hörer auf. «Migueletta, komm rüber. Wir müssen miteinander reden.»

«Ich ruhe mich gerade aus.»

«Komm sofort her.»

Carmen wollte, daß Harriet mitkam, aber Harriet wußte, daß dies eine Sache ausschließlich zwischen Bruder und Schwester war. Ängstlich öffnete Carmen die Tür zum Apartment ihres Bruders. Eine Bö stob in die herumliegenden Blätter.

«Ist das wahr?»

«Ja», sagte sie.

Miguel seufzte. «Ich denke, ich hab's immer gewußt. Ich begreife es nicht. Ich weiß nicht, ob du so geboren bist, oder ob es eine Krankheit ist wie Alkoholismus, aber eines weiß ich genau: Es kann dich ein verdammtes Vermögen kosten.»

Carmen begann zu weinen. Miguel legte den Arm um sie. Er würde ihr nicht erzählen, wie schlimm es wirklich werden konnte. Vielleicht ließen sich die Kastanien ja noch aus dem Feuer holen.

«Was soll ich bloß tun?»

«Lügen.»

«Jesus, Miguel!» Sie schluchzte.

«Alle anderen tun's auch. Sei nicht dumm.»

«Und was wird mit Harriet?»

«Ich weiß nicht.» Er strich über den Schnurrbart. «Ich könnte sie zum Beispiel heiraten. Wenn sie gut genug für dich ist, sollte sie auch gut genug für mich sein.» Er versuchte zu lachen.

Carmen war verblüfft. Sein Vorschlag hatte etwas Bizarres und psychologisch Hintergründiges.

«Wozu sollte das gut sein?»

«Es würde erklären, warum ihr beide unterwegs ein Zimmer teilt und in Cazenovia zusammenwohnt – sie konnte schließlich nicht öffentlich bei mir schlafen. Jetzt, da Kuzirian sie beschuldigt, Lesbierin zu sein, sagen wir ihnen die Wahrheit.»

«Sie hat ihm erzählt, daß sie mich liebt.» Carmen wies mit einigem Stolz darauf hin.

«Das war ein Fehler.»

«Du hättest dabei sein sollen. Es ist nicht so, wie du glaubst. Sie hat nie darüber gesprochen.»

Miguel hob die Hand, um diesen Schwall abzublocken. «Das glaube ich gern. Wir können sagen, daß er eine Geschichte zu basteln versucht, die es überhaupt nicht gibt. Sie liebt dich als Freundin und künftige Schwägerin. Wir werden es so hindrehen, daß er der Gelackte ist.»

«Ich weiß nicht.»

«Denk drüber nach. Wir müssen unbedingt etwas tun.»

Die Büros der Konzernführung von Tomahawk in einem Wolkenkratzer Manhattans lagen so hoch, daß die Angestellten behaupteten, sie litten unter Nasenbluten. Howard Dominick raufte sich das schütter werdende Haar, ein untrügliches Zeichen für erheblichen Kummer, da er gewöhnlich mit seinen verbliebenen Strähnen höchst sorgfältig umging.

«Ich sagte noch zu Lavinia, daß mit diesen Mädchen etwas geschehen muß.»

Ruth, seine altbewährte Sekretärin, nickte zustimmend.

«Tomahawk kann sich das nicht leisten. Was werden unsere Kunden denken? Werden sie jetzt unsere Verkäuferinnen komisch ansehen? Sie werden denken, wir unterstützen so was wie einen lesbischen Harem. Außerdem» – er senkte die Stimme – «haben wir soviel Geld reingesteckt, um mit dem Damentennis identifiziert zu werden – wie kommen wir da jetzt wieder heraus?»

«Vielleicht ist das alles ja gar nicht so schlimm», sagte Ruth beschwichtigend.

«Ich sehe schon die Post, die wir kriegen werden, ganz zu schweigen von dem, was der Alte dazu sagen wird.» Beim Gedanken an Jensen Bainbridge schauderte ihn. «Es wird heißen, die Tennisspielerinnen sind allesamt schwul.» Er raufte sich wieder das Haar.

Ruth versuchte, etwas Humor in die Sache zu bringen, und sagte: «Die Frage ist doch vor allem, sind sie kesse Väter? Wenn die Mädchen feminin aussehen, können wir noch mal davonkommen.»

«Zum Teufel, selbst die Heteros sehen wie kesse Väter aus.» Howard vergrub den Kopf in seinen Händen.

Susan Reilly trug ihre Heterosexualität so knallig zur Schau, daß Alicia Brinker sich nicht gewundert hätte, wenn Susan mit Diaphragmen als Ohrringe dahergekommen wäre. Craig und Lisa wohnten bei ihr in Hilton Head, während sich Alicia zu einer Spielerin, die sich gerade im Nachwuchs-Turnier qualifiziert hatte, verkrümelt hatte. Susan, die sich zu so etwas wie sexueller Treue nie verpflichtet fühlte, trieb es jede Nacht mit Craig. Jeder dritte Satz aus ihrem Mund begann mit «mein Mann» oder «meine Tochter». Alicia las in ihrem Neuen Testament. Darin schien es keine Antwort zu geben, die sich auf das beziehen ließ, was in ihr vorging. Sie wußte, daß die Person, die sie liebte, etwas unsäglich Niederträchtiges getan hatte. Noch hatte Alicia nicht zwei und zwei zusammengezählt, doch das war nur eine Sache der Zeit. Sie war gut im Rechnen.

Anfangs glaubte sie nicht, daß Martin Kuzirians Artikel auf Susan zurückzuführen sei. Egoisten laufen nicht herum und reden über andere Leute. Susan würde Carmen nicht verpfeifen. Und außerdem, wenn die Leute das Damenprofitennis erst einmal für ein Lesbennest hielten, wäre Susan dann nicht auch in Gefahr? Langsam ging Alicia auf, daß ein guter Angriff Susans beste Verteidigung war. Das lenkte die Aufmerksamkeit von ihr selbst ab. Vielleicht stimmte es ja wirklich, daß Dunkellesben die Homosexualität am heftigsten attackierten. Alicia verdrängte diese Gedanken. Es konnte einfach nicht wahr sein. Dennoch fühlte sie, wie es ihr eiskalt den Rücken runterlief.

Sie schloß die Augen, öffnete die Bibel, legte den Finger blindlings auf eine Seite und las den folgenden Absatz:

> Siehe, die Schiffe, ob sie wohl so groß sind, und von starken Winden getrieben werden, werden sie doch gelenkt mit einem kleinen Ruder, wo der hin will, der es regieret.
>
> Also ist auch die Zunge ein klein Glied, und richtet große Dinge an. Siehe, ein klein Feuer, welch einen Wald zündet's an.

Alicia las den Absatz zum zweitenmal. Sie klappte die Bibel zu und fühlte sich noch elender.

Sie hätte sich nicht elender fühlen können als Carmen und Harriet, die Kuzirians Enthüllung noch immer nicht überwunden hatten. Nachdem sie 24 Stunden hatte verstreichen lassen, hielt Lavinia die Zeit für ihren Auftritt in Carmens Apartment für gekommen. In Anbetracht der Umstände verhielt sich Lavinia bewundernswert. Sie unterdrückte ihre Abneigung gegen Harriet und besprach die Angelegenheit mit beiden. Sie hatte Grips genug zu wissen, daß es sie nicht weiterbrachte, wenn sie Carmen gegen Harriet ausspielte. Wenn man ihre Grundprämisse akzeptierte, war ihre Argumentation völlig logisch: die Leute wollen die Wahrheit nicht wissen und brauchen sie auch nicht zu wissen. Eine Tennisspielerin ist eine Entertainerin, deren Arbeit darin beruht, dem Publikum ein paar Stunden Unterhaltung zu bieten und sie von den Sorgen des Lebens abzulenken.

Lavinia ging es nicht um Schuld. Sie sprach für das Damentennis, wie sie es sah. Harriet respektierte Lavinia widerwillig. Lavinia stellte nichts über ihren Beruf und war zu Kompromissen mehr als geneigt, wenn sie diesem Beruf förderlich waren. Harriet sträubte sich allerdings, als Lavinia verlangte, daß sie verschwände, daß Carmen alle Gerüchte, sie sei lesbisch, vehement bestreiten, schnell einen Freund finden und eine Story darüber in der Zeitschrift *People* lancieren solle. Lavinia war mit einem der Redakteure gut befreundet.

Lavinia knöpfte sich Harriet vor. «Du bist älter, Harriet. Du weißt, daß Carmen noch fünf Jahre vor sich hat, ohne Verletzungen. Ihre Karriere ist kurz. Was opferst du schon? Ihr beide könnt in aller Ruhe zu Hause zusammensein. Das Leben unterwegs ist aufreibend. Gönn dir eine wohlverdiente Ruhepause, Harriet. Carmen kann tun, was immer sie will, wenn sie nicht mehr aktiv ist. Dann kann sie viel offener leben, falls ihr euer Leben so seht, aber jetzt muß sie einzig und allein an Tennis denken. Ich weiß, daß euch eine Pressekonferenz vielleicht anwidert, doch das Leben ist nicht immer so, wie ihr es gern hättet, und die Leute sind nicht immer so, wie wir sie gern hätten. Amerika ist für einen Lesbenskandal im Damentennis noch nicht aufgeschlossen genug. Und die Sponsoren auch nicht. Hier geht es um mehr als nur um euch beide. Versuch, das Gesamte zu betrachten.» Sie schwieg für einen Moment. «Ich will es einmal so ausdrücken: Du hast eine andere Perspektive, Harriet, deshalb hältst du den Sport vielleicht für nicht besonders wichtig, aber zwölfjährige Mädchen blicken zu Carmen auf. Du willst doch nicht, daß sie glauben, sie sei lesbisch, oder?»

Harriet fand diese Predigt so bodenlos und jeder Antwort unwürdig, daß sie zuhörte, ohne den Mund aufzumachen. Lavinia deutete das als Zustimmung. Nach einigen weiteren wohlgesetzten Worten ging sie, nicht ohne einen gewissen Stil.

Als Lavinia fort war, zündete sich Carmen eine Zigarette an. Harriet war ungewöhnlich schweigsam. Das bedrückte Carmen.

«Was denkst du?»

«Was?» Harriet fuhr zusammen.

«Ich sagte, was denkst du?»

«Ich versuche, das, was die Leute sagen, gegen mein Gefühl abzuwägen und dann all das gegen das abzuwägen, was für dich richtig ist.»

«Ich bin keine Lügnerin.» Carmen stieß eine Rauchwolke aus wie ein Drache.

«Nein, das bist du nicht.»

«Alle fordern, daß ich lüge.»

Harriet rang darum, nicht zu beten, daß ihre Geliebte sich als die Frau erwies, die sie sich wünschte. Sie betete statt dessen um die Fähigkeit, Carmen zu lieben, was immer sie auch tun würde.

«Ich will keine Märtyrerin sein», fauchte Carmen.

«Sie verlangen von mir, daß ich das Märtyrertum der Liebe auf mich nehme, nicht von dir.»

Carmen lief auf und ab. «Ja, ja. Sicher schieben sie es dir zu. Alle schieben es dir zu.»

«Ich bin eine gute Zielscheibe. Ich habe die Wahrheit gesagt, und damit bin ich der Bösewicht.»

«Miguel sagt, es hat mit der Werbung zu tun.»

«Ach?»

«Er sagt, daß wir mit Lügen über Produkte bombardiert werden. Du kaufst einen Schneebesen, weißt du, der bis in alle Ewigkeit halten wird, aber nach einer Woche auseinanderfällt. Er sagt, dadurch werden alle Amerikaner zu Lügnern. Niemand würde irgendwem oder irgendwas glauben, das irgendwer sagt.»

«Vielleicht hat er recht. Wir sind nicht mehr das, was wir mal waren, als ich ein kleines Mädchen war.» Harriet erinnerte sich noch an die Zeit, als niemand die Türen verschloß.

«Warum passiert das gerade mir?» Carmen war bestürzt.

«Verdammt, wenn ich's wüßte. Ich versuche noch immer, dahinterzukommen, warum ich geboren bin. Im Moment wär's besser für dich, ich wäre nicht geboren.»

Carmen drückte ihre Zigarette aus. «Du kriegst zu wenig Sauerstoff.»

«Was willst du tun?»

«Weglaufen.»

«Das kannst du nicht!»

«Was möchtest denn du, daß ich tue?»

«Diese Entscheidung kann ich nicht treffen. Es ist dein Leben.»

«Nein, es ist dein Leben.» Carmen lief weiter im Zimmer herum.

«Schatz, es ist unser Leben, aber es ist dein Gewissen und deine Karriere. Ich werde dich lieben, egal was du tust.»

«Auch wenn ich lüge?»

«Wenn ich aufhörte, mit Leuten zu reden oder sie zu mögen, weil sie lügen, hätte ich vermutlich nur noch eine Freundin, Baby Jesus. Nein, ich hätte auch noch Jane Fulton. Es gibt ein paar wenige Menschen da draußen, die nicht der Seifenblasen-Beliebtheit nachjagen.»

«Ich fühle mich so winzig. Hältst du mich für einen Feigling?»

«Nein, ich glaube, du bist hin und her gerissen, und du hast Angst. Du bist menschlich. Du siehst nicht winzig aus. Ich habe nicht gesagt, daß ich dich liebe, weil ich eine Heldin oder Superwoman bin. Sondern weil ich nicht mit mir leben könnte, wenn meine Beziehungen zu anderen Menschen auf Unwahrheiten basieren. Nicht gerade auf richtigen Lügen, aber auf Unwahrheiten. Ich glaube noch immer, daß ein Mensch nur so viel taugt wie sein Wort. Wenn ein Mensch in einer Sache lügt, wird er früher oder später auch in anderen Dingen lügen. Ich konnte meine Überzeugungen nicht verraten. Als ich Kuzirian anbellte, wußte ich es nicht, aber vielleicht ist mein ganzes Leben auf diesen Moment zugelaufen. Ich bin, was ich bin.»

Carmen brach in Tränen aus. «Ich will nicht rumgeschubst werden wie ein Stück Fleisch. Ich will ich selbst sein! Ich hasse das alles. Ich fühle mich so in der Falle, aber du kannst nicht so viel verlieren wie ich. Ich kann Millionen von Dollar verlieren!»

Harriet spürte, wie ihr das Blut ins Gesicht schoß. «Was macht es für einen Unterschied, ob es um dreitausend oder um drei Millionen Dollar geht? Wird Schmerz denn am Kontostand gemessen? Nichts ist nichts, und wenn dies alles vorbei ist, werde ich nichts haben. Keine Arbeit, nichts.»

«Ich werde für dich sorgen.»

«Wie lange wohl?»

«Was meinst du damit?»

«Ich meine, daß du nicht allein sein kannst, Schatz. Wenn ich in Cazenovia untertauchen muß und du neun Monate im Jahr unterwegs bist – wie lange wird es wohl dauern, bis du eine neue Geliebte hast? Eine Weile kannst du es vertuschen, indem du sie als deine Trainerin oder deine Managerin oder deine Sekretärin ausgibst. Aber wie lange wird es dauern, bis du sie in unser Haus mitbringen möchtest?»

Dies traf, denn tief in ihrem Herzen wußte Carmen, daß es stimmte. Sie explodierte.

«Das ist nicht wahr. Ich liebe dich. Und was denn soll all dieser Wahrheitsscheiß? Ich kann mehr Gutes bewirken, indem ich die beste Tennisspielerin der Welt bin, als daß ich den Leuten die Wahrheit über mich oder das Lesbischsein erzähle. Ich bin eine, zu der man aufsieht. Ich bin Nummer eins. Ich bin ein

Vorbild. Lavinia hat recht, was diese zwölfjährigen Mädchen angeht. Sie brauchen Heldinnen.»

«Ist es denn so unvorstellbar, daß dich die Leute vielleicht einfach nur für das gern haben, was du bist? Ob du nun Lesbe bist oder nicht, du bist noch immer Nummer eins. Das kann dir niemand nehmen.»

«Niemand sonst läßt es darauf ankommen. Warum dann ich? Sag mir das! Und wenn es stimmt, was du sagst, warum halten sich die Schwulen dann immer noch versteckt? Amerika hat 240 Millionen Menschen, nicht? Wie viele herausragende Leute kannst du nennen, die die Wahrheit über sich erzählt haben? Die Amerikaner sind solche Feiglinge, daß sie Quentin Crisp importieren, damit er die Dreckarbeit für sie erledigt!»

Harriet sagte nichts. Carmen fuhr fort: «Dies hier ist ein argentinischer Import, der sich um sich selbst kümmert. Und obendrein habe ich aus dem gelernt, was Billie Jean King passiert ist.»

«Ja, ich auch.» Harriet war wütender als je in ihrem Leben, aber eiskalt. «Ich habe gelernt, daß Frauenarbeit nicht zählt. Ich habe gelernt, daß die Frau, die sich wie ein Mann verhält, die Frau, die Männerarbeit leistet, die wichtige Person ist. Die Frau, die für andere sorgt, die ihre Karriere hintenanstellt, wird als Nutte oder als Parasit oder als Trottel betrachtet. Ich habe gelernt, daß in Beziehungen zwischen Frauen vermutlich keinerlei emotionale, soziale oder finanzielle Verantwortung hineinspielen soll. Lesbische Flüchtigkeit. Ich habe gelernt, daß die einzige Beziehung, die zählt, die zwischen Mann und Frau ist. Leider sieht es so aus, als würden die Schwulen diese Einstellung noch stützen, denn sie lassen die Medien in dieser ganzen traurigen Angelegenheit ungeschoren davonkommen. Ich habe gelernt, daß die Schwulen selbst ihre schlimmsten Feinde sind. Jede Lesbe und jede Tunte da draußen glaubt, daß sie unerkannt bleiben wird. Sie wird die Ausnahme sein. Wir halten nicht zusammen. Der Schlachtruf der verängstigten Homosexuellen lautet: Was ich mit meinem Leben mache, ist meine Sache, niemand braucht es zu wissen. Und ich habe noch etwas gelernt.

Ich habe all diese Jahre gebraucht, es zu lernen, Carmen, aber jetzt, da ich es weiß, werde ich es nie mehr vergessen. Ich habe gelernt, daß du in dem Maße krank bist, wie du dich versteckst.»

Lavinia entschied, daß Carmen ihr Halbfinalmatch spielen und wie gewöhnlich anschließend ins Pressezelt gehen sollte. Falls Reporter auf die lila Fährte zu sprechen kommen wollten, dann sollten sie's eben. Sie sprach sich gegen Siggys Idee einer gesonderten Pressekonferenz aus, denn dadurch würde das Problem nur aufgebauscht.

Carmen lag fast die ganze Nacht unruhig wach. Seit ihrer Auseinandersetzung hatten sie das Thema fallengelassen. Es tat zu weh.

Als sie am nächsten Morgen aufstanden, sagte Carmen nicht, was sie zu tun gedachte. Harriet fragte sich, ob Carmen eigentlich wisse, was sie tun würde.

Miguel war nirgendwo zu sehen, und das war unter den gegebenen Umständen eine Erleichterung. Die Menge füllte die improvisierten Tribünen. Die Sonne flimmerte. Harriet saß allein in der Spielerloge. Ihr gegenüber saßen gelassen die Reillys – Vater, Mutter und Kind, eine idyllische Familienszene. Nur die heiligen drei Könige fehlten. Susan strahlte, als Reporter diese herzerwärmende – oder eher wurmende – Szene registrierten. Happy Straker, die sich jetzt mit Carmen auf dem Platz warmlief, tauschte mit Susan ein heimliches Lächeln aus. Happy kam Harriet langsam wie ein Quasimodo vor – ewig läutete sie die Glocken für Susan.

Carmen glitt über den Platz, ihre Vorhand, dieser brutal schnelle Schlag, kam souverän. Beim Rückhandausschwung hielt sie den Schlägerkopf fast waagrecht. Ihre Volleys waren so fließend, daß sie jeder Traineranweisung widersprachen. Carmens Volleys war eine Klasse für sich. Sie wirkte selbstbewußt wie die Spielerin, die sie war, doch als Harriet sie zur Grundlinie zurückgehen sah, wußte sie, daß sich Carmen heute nicht so fühlte, wie sie wirkte. Ihr erster Aufschlag war lang. Das war das erste Zeichen dafür, daß sie fahrig spielen würde, obwohl sie großartig wirkte.

Als Carmen gegen Happy Straker antrat, hoffte Harriet das Beste und machte sich zugleich auf das Schlimmste gefaßt. Sollte das Schlimmste eintreten, würde Carmen zappeln, sich winden, drehen und wenden, ausbrechen und davonrennen, wenn sie konnte. Harriet konnte ihren eigenen Kampf führen, aber nicht den von Carmen, weder auf dem Platz noch außerhalb.

Happy spielte gut. Bei Carmen ging nichts zusammen. Sie war fast übereifrig. Sie überlief Bälle, ihre Aufschläge kamen zu hoch, sie verfehlte die Linie um Zentimeter – alles ins Aus. Doch selbst an einem schlechten Tag bekam Happy von Carmen nichts geschenkt. Das Match ging über drei Sätze, von Susan und ihrer Brut mit Spannung verfolgt, von Alicia Brinker hoch oben auf der Tribüne mit weniger Spannung. Carmen verlor es mit 7:5 im dritten Satz.

Lavinia, Siggy, Seth Quintard und Howard Dominick saßen im kleinen Pressezelt. Sie waren so unauffällig wie Polarbären. Hinter den Mikrofonen versprühte Happy den Charme eines Idi Amin. Im Drang, ihren Sieg zu schildern, schmolz ihre Sprödigkeit dahin, und sie sang eine Hymne der Eigenliebe. Da niemand sonst Happy liebte, verdiente sie ihren Augenblick an der Sonne.

Nach Happys Auftritt nahm Carmen hinter den Mikros Platz. Die Fragen konzentrierten sich auf Tennis. Warum sie verloren habe? Keine Sportlerin glaubt je, daß sie ein Match wirklich verloren hat. Sie findet unendlich viele Gründe, warum es gekommen ist, wie es kam. Es passiert nie, weil eine andere Spielerin besser ist, auch wenn Carmen es schaffte zu sagen: «Heute war Happy besser.» Mehr ist nie drin. Wenn sie keine Ausflüchte für sich hat, wenn sie wirklich glaubt, jemand anders sei besser, wird sie verlieren, das ist so sicher wie das Amen in der Kirche. Die Verteidigungsmechanismen des Egos sind gut entwickelt; aber für jeden, der nicht mitspielt, peinlich durchschaubar.

Carmens Verteidigungsmechanismen waren heute in höchster Alarmbereitschaft. Martin Kuzirian lauerte in der fünften Reihe. Harriet schlüpfte auf einen Sitz ganz hinten. Auf ihr Herz wurde eingeschlagen wie auf Vulkans Amboß.

Die höfliche Fassade zerbröckelte, als Martin rief: «Sind Sie lesbisch?»

«Nein», log Carmen. Vom Kopf her hielt sie dies für keine allzu große Unwahrheit. Sie stufte sich technisch als bisexuell ein. Hätte er sie gefragt, ob sie bisexuell sei, hätte sie ja gesagt. Vor Jahren hatte sie einmal einen Freund gehabt, also hielt sie's mit der Semantik.

«Warum leben Sie dann mit einer erklärten Lesbierin zusammen?» bohrte Martin weiter. Die anderen Reporter, die für eine Offensive zu schüchtern oder zu sensibel waren, hörten zu. Sie würden ihre Geschichte bekommen, während Lob wie Tadel Martin allein traf.

«Weil sie meine Freundin ist. Sie können mit einem Hund zusammen leben und trotzdem keiner sein.» Das war nicht sehr glücklich formuliert. Trotz ihrer Bräune wirkte Carmens Gesicht wie Reispapier.

Die Worte waren wie Sargnägel. Harriet kämpfte mit den Tränen. Verdammt, sie würde vor diesen Aasgeiern nicht weinen.

Ein anderer Reporter fragte: «Stimmt es, daß Sie in Cazenovia zusammen ein Haus besitzen?»

«Ja, außerdem habe ich Apartmenthäuser in San Diego und Immobilien in Houston.»

Eine winzige Frau, frisch von der Journalistenschule, mit Kassettenrecorder bewaffnet, fragte: «Aber dort leben Sie nicht?»

«Ich habe ein Apartment in einem meiner Häuser in San Diego. Ich verbringe viel Zeit dort, aber Cazenovia ist mein Zuhause.»

«Also warum leben Sie mit Harriet Rawls zusammen?» feuerte Martin.

«Weil ich sie mag. Weil sie lustig ist. Weil sie nicht ist wie Sie.»

Das ging über seinen Horizont. «Aber Sie sind keine Lesbierin?»

Der wütenden Carmen fiel eine Masche ein, die Harriet mal gebraucht hatte: «Sind Sie etwa die Alternative?»

Lavinia wechselte die Beinstellung. Siggy erbleichte. Noch hatte sie den Bogen nicht total überspannt. Die Reporter lachten. Sie mochten Martin nicht. Mitzuerleben, wie jemand ihn als Idioten hinstellte, war mindestens so gut wie die Geschichte selbst. Rotangelaufen, aber von sich selbst überzeugt, setzte er sich.

Carmen sagte: «Gibt es noch weitere Fragen?»

«Welche Auswirkungen wird dies für Sie in Argentinien haben?» wollte ein Reporter wissen.

«Ich weiß es nicht», kam die ehrliche Antwort. «Ich habe nichts Falsches getan.»

Sie verstummten. Carmen stand auf und ging. Harriet schlüpfte seitlich aus dem Zelt, gerade im rechten Moment, um diesem verdammten Martin Kuzirian und einem Kollegen über den Weg zu laufen. Aufgeblasen vor Wichtigkeit attackierte er sie: «Sind Sie wirklich vom anderen Ufer, Harriet?»

«Ich dachte immer, ich wäre vom Mond.»

8

Carmen spielte beim Turnier kein Doppel. Sie und Harriet packten, um nach Amelia Island zu fahren. Sie würden dort einen Tag eher als alle anderen ankommen, und das würde ihnen etwas Zeit geben. Sie packte schweigend, und Harriet ebenfalls. Es gab nicht viel zu sagen. Harriet wußte, daß Carmen sich miserabel fühlte. Und sie wußte auch, daß Carmen Angst hatte. An der Oberfläche lebte Carmen für die Liebe, aber darunter lag der Wunsch, die Schlägerverträge, die Modeverträge, die vielen lukrativen Nebeneinnahmen ihres Berufs nicht zu verlieren, die mehr einbrachten als die Turniere selbst. Carmen lebte auf großem Fuß und wollte nicht kürzer treten müssen.

Seth rief an, um sie fairerweise zu warnen. Schieb Harriet ab oder versteck sie auf dem Speicher. Warum diese Probe aufs Exempel machen? Das Gewitter würde rasch vorbei sein.

Carmen schämte sich. Sie hatte das Gefühl, Harriet zu verraten, wenngleich sie diesen Gedanken so weit wie möglich verdrängte. Harriet würde für Lesben zum lebenden Denkmal werden, wie die Überlebenden von Konzentrationslagern. Carmen hatte ein schlechtes Gewissen, ohne daß Harriet ein Wort sagte. Ach, scheiß auf Harriets Stolz. Es gab ein paar wichtigere Dinge.

«Du mußt Miguel anrufen.»

«Soll ich ihm nicht vorschlagen, daß er heute hierbleibt und morgen runterkommt? Wir haben keine Zeit für uns allein gehabt.»

«Wir werden jetzt eine Menge Zeit für uns allein haben.» Harriet hängte ein Kleid auf. Sieben Jahre alt und viel getragen, aber es hielt noch immer.

Carmen wählte. Das Gespräch war kurz. Sie legte auf. «Er kommt morgen.»

Harriet wollte Carmen umarmen, aber Carmen hatte sich von allen und jedem abgewendet. Pack die Koffer. Fahr zum nächsten Turnier. Gewinn das nächste Turnier. Die Dinge werden sich selbst erledigen. Miguels Vorschlag hatte sie verletzt. Je näher ihr der Schmerz rückte, desto schneller rannte Carmen.

Amelia Island ist ein weiterer synthetischer Erholungsort. Es gibt schlimmere Orte als Jacksonville, aber wenn man da ist, fallen einem keine ein. Die Insel ist mit den immer gleichen Apartmentanlagen gesprenkelt, die aus Gipsplatten, Glasplatten und Plastik zusammengehauen sind. Jede Apartmentanlage hat einen Swimmingpool, und außerdem gibt es immer das Meer. Auf den Atlantik ist Verlaß. Er ist nie auf Tour, obwohl es die Hälfte der Bevölkerung Amerikas anscheinend ist. Den Mücken gefällt die Atmosphäre und den Leuten aus Michigan, Wisconsin und anderen kalten Gegenden ebenfalls.

Das Innere ihres Apartments war eine Erleichterung, nach dem Avokadogrün und Gold des letzten. Diesmal war es in Dunkelblau und Seegrün gehalten. Die Innendekorateure stellten sich auf die friedlichen Fünfziger ein. Harriet ging zum Klo und fragte sich, was sie als erstes umbringen würde – die Lesbensache oder schlechter Geschmack. Sie kam zu dem Schluß, daß ihr schlechter Geschmack mehr auf den Geist ging.

Carmen fuhr zum Supermarkt und sorgte für Vorräte. Sie kaufte gern Lebensmittel ein. Als sie die Tüten hereintrug, war Harriet am Telefon.

«Hallo», rief Carmen, nachdem Harriet aufgelegt hatte. «Ich mache heute abend Spareribs. Wie hungrig bist du?»

«Nicht sehr.» Harriet hielt den Kopf hoch, sah aber angespannt aus.

«Was ist los?»

«Ich habe mit Dr. Speicher gesprochen, erinnerst du dich an ihn?»

«Der Leiter des religionswissenschaftlichen Instituts. Warum hast du mit ihm geredet?»

«Ich wollte herausfinden, wie schlimm es wirklich ist.»

«Ja?»

«Er kann mich nicht wieder einstellen. Schlagen Sie es sich aus dem Kopf, daß Sie noch einmal irgendwo Dozentin werden.»

«Hör auf, dir darüber Sorgen zu machen! Ich verdiene genug Geld, um das ganze verdammte Institut zu kaufen. Und ich kapiere das nicht. Sie wußten, daß du lesbisch bist, als du dort gearbeitet hast.»

«Na ja, ich lebte in einem Versteck mit offener Tür. Ich habe nie gesagt, daß ich lesbisch bin, aber ich habe auch nie gesagt, daß ich es nicht bin. Jetzt habe ich es gesagt.»

«Vergiß es.»

«Freiwillig nicht zu arbeiten, um mit dir herumzuziehen, ist eine Sache. Nicht arbeiten zu können ist eine andere.»

«Ich sagte doch, vergiß es. Ich zahle die Rechnungen ohnehin. Es hat sich nichts geändert.»

Harriet war verletzt. «Du hast mich gebeten, mit dir zu reisen, Carmen. Ich habe dich nie darum gebeten, meine Rechnungen zu bezahlen, aber wer um Himmels willen kann es sich schon leisten, dir um die Welt zu folgen? Es bedrückt mich, daß ich jetzt keine Arbeit mehr bekommen kann.»

«Wenn ich den Grand Slam gewinne, wird sich keine von uns je mehr über Geld Sorgen zu machen brauchen.»

«Das ist dein Leben, nicht meins.» Harriet lächelte traurig.

Dieser Gedanke störte Carmen. Ihr Leben war das Leben ihrer Geliebten. Ihre Geliebten hatten sie immer begleitet, jede hatte sich den besonderen Anforderungen von Carmens Beruf gefügt. Dafür bestritt sie die Kosten. Eine von ihrem Leben getrennte Existenz erschien ihr unmöglich. . . . und irgendwie als Verrat. «Wenn ich unterwegs bin, kannst du ja was Neues lernen. Etwas, wobei das Lesbischsein keine Rolle spielt. Mach dir darüber keine Sorgen.»

Harriet sagte mit aufgesetzter Fröhlichkeit: «Ich denke, ich könnte für die Telefonstimme vorsprechen, die sagt: ‹Beim nächsten Ton ist es vierzehn Uhr.›»

Carmen schleppte ihren Körper über die ersten Runden des Amelia Island-Turniers. Reporter schwirrten herum; einige fielen ihr lästig. Ricky verscheuchte sie, so gut er konnte. Carmen und Harriet verließen mitten in der Nacht ihr Apartment und zogen zu Ricky und Jane. Niemand würde es wagen, sich dort mit ihnen anzulegen.

Carmen spielte jeden Tag Golf. Sie spielte Boggle, Scrabble, Karten und Dart, wenn sie nicht Golf spielte. Sie absolvierte ihr Tennistraining, spielte ihr Match und malträtierte anschließend den Rasen. Ricky begleitete sie oft. Er spielte gern eine Runde Golf.

Jane und Harriet verbrachten die ganze Zeit miteinander, die Jane nicht arbeitete. Die einzigen Spielerinnen, die Harriet noch grüßend zunickten, waren die beiden verheirateten und Schmettie Kittredge. Die anderen, lesbisch und voller Angst oder hetero und konfus oder tragisch asexuell, legten den Rückwärtsgang ein, sobald Harriet in Sicht kam. Harriet bedauerte sie wegen ihrer Feigheit; noch mehr allerdings bedauerte sie Carmen. Carmen rannte vornehmlich vor sich selbst davon. Es gab Augenblicke, da konnte sie Harriet nicht ins Gesicht sehen. Harriet verstand Carmens Dilemma. Carmen hoffte, alles werde vorbeigehen.

Harriet fühlte sich hilflos und war hilflos. Sie wußte, ihr stand die unerquickliche Erfahrung bevor, mitanzusehen, wie ihre Geliebte mit achtzig Sachen gegen eine Wand raste. Die Frage war nur, wo und wie? Manche Menschen können rennen, bis sie vierzig sind. Manche schütten sich mit Whisky voll. Manche geben auf und sterben. Dann schon besser ein Aufprall und ein so verdammt harter Aufprall, daß du dich änderst, und zwar zum Besseren, dachte Harriet, aber das mitanzusehen war hart. Außerdem bestand noch die beängstigende Möglichkeit, daß Carmen eines Tages ganz schlicht aufprallte und sonst gar nichts geschah.

«Nochmals danke, daß ihr uns bei euch unterkriechen laßt», sagte Harriet, als sie und Jane sich unter einem Sonnenschirm am Strand niederließen.

«Noch ist die Woche nicht vorbei. Ihr kriegt am Ende die Rechnung, oder wir machen einen Kuhhandel.» Jane legte sich die Finger an die Schläfen.

«Na, das wäre eine Idee.» Harriet sah sie an. «Wieder Kopfschmerzen?»

Jane ignorierte die Frage, starrte in den Himmel und sagte: «Rawls, was wirst du tun?»

«Leben.»

«Das steht nicht zur Debatte. Wahrscheinlich bist du unsterblich.»

«Nektar und Ambrosia.»

«Das meine ich. Carmen trudelt über die Lesbensache hinweg. Sicher, die Tenniswelt hat sich schützend um sie geschart. Hast du Susan Reillys Presseerklärung gelesen?»

«Nein.» Harriet drehte sich um, so daß sie Jane im Liegen ansehen konnte.

«Sie hat gegen die Presse gewettert, die sich wie Bluthunde aufführe. Sie sagte, Carmen sei nicht homosexuell.» Harriet gab einen Brechlaut von sich. Jane zwickte sie mit Daumen und Zeigefinger in die Nase und fuhr fort: «Und sie sagte, daß man Leute nicht nach ihrem Umgang beurteilen solle. Schließlich sei sie, Susan Reilly, mit schwulen Männern befreundet.»

«Hat sie die Erklärung mit ‹Eure verlogene, beschissene Freundin› unterschrieben?»

«Kann sein, daß es Carmen hilft.»

«Ha! Es hält allen die Sache weiter vor Augen, und es hält allen Susan vor Augen, wo sie sowieso am liebsten ist, und noch dazu duftend wie eine Rose.»

«Da hast du allerdings recht, daran habe ich nicht gedacht.»

«Ich vermisse Baby Jesus unsäglich.»

«Sie ist in Cazenovia besser aufgehoben als unterwegs.»

«Ja. Was sickert denn so durch, Jane?» Sie schrieb Buchstaben in den Sand.

«Die amerikanischen Verleumdungsgesetze sind eine Sache. Britische Gesetze sind eine andere. Euch beiden wird man in England die Hölle heißmachen. Das sickert durch.»

Harriet seufzte. «Ich habe Carmen gesagt, daß ich deswegen nicht zum French Open und nach Wimbledon mitkomme, sondern zu Hause bleiben möchte. In unserer ersten Nacht hier packte sie das heulende Elend. Und wie. Ich kann sie nicht allein lassen.»

«Geh mit ihr, und sie wird genauso weinen.»

«Ich weiß, aber ich kann sie nicht im Stich lassen. Ich bin verdammt, wenn ich's tue, und verdammt, wenn ich's nicht tue.»

«Möglich.» Jane lächelte. «Harriet, ich kenne Carmen schon länger als du. Du kennst sie vielleicht intim, aber ich kenne ihre Lebensmuster. Sie braucht immer jemanden. Damit meine ich nicht, daß sie dich nicht liebt oder dich nicht braucht. Ich meine nur, daß sie einen Horror vor dem Alleinsein hat. Sie sollte mal ein Jahr allein leben, um zu beweisen, daß sie es kann. Vielleicht hilfst du ihr gar nicht damit, daß du gerannt kommst, wann immer sie ruft. Du kannst sie nicht jede Sekunde am Tag glücklich machen.»

Harriet blieb einige Minuten schweigend liegen. «Ja.»

«Ich sage dir nur, was ich sehe.»

«Wie kann ich sie bei den ersten beiden Turnieren des Grand Slam allein lassen? Sie werden sich auf sie stürzen, ob ich bei ihr bin oder nicht. Lieber stehe ich ihr bei und biege ab, was ich kann.»

«Abbiegen oder schlucken?»

«Das ist doch egal.»

«Harriet, ich bin deine Freundin, und ich sage dir, du bist ein Arschloch.»

«Weil ich gesagt habe, daß ich lesbisch bin?»

«Depp!» Jane rang die Hände. «Nein! Wenn du mitfährst, tust du ihr weh und dir auch, und wenn du hierbleibst, ist es dasselbe. Du kannst nicht gewinnen.»

«Zum Teufel, ich begreife mein Leben nicht.»

Jane stützte das Kinn in die Handflächen. «Ehrlich gesagt, ich glaube, ich begreife meins auch nicht. Ich will mal ganz offen sein. Carmen ist flatterhaft, vergnügungssüchtig, manchmal launisch. Sie langweilt sich sehr leicht und bekommt sehr leicht Angst. Sie reagiert auf diese Angst, indem sie wegläuft oder sie durch Hyperaktivität verdrängt. Sie rennt vor dem Lesbenproblem davon – bestärkt von 99 Prozent der Liga, ganz richtig –, und sie könnte dir davonlaufen. Laß dich durch diese zwei Tage der Ruhe nicht täuschen.»

«Mir! Ich bin die einzige Person, auf die sie sich verlassen kann.»

Jane zuckte mit erhobenen Handflächen die Achseln.

«Sie liebt mich.»

«Ich weiß, daß sie dich liebt, so sehr sie dazu in Anbetracht ihres Berufs und ihres Alters imstande ist.»

«Jane, was willst du von mir? Bisher ging es uns ziemlich gut, Carmen und mir. Das einzige Problem, das wir hatten, war meine Arbeit.»

«Gelöst zu ihren Gunsten. Angenommen, etwas geht nicht zu ihren Gunsten aus?»

«Ich habe Vertrauen zu Carmen. Ich liebe sie.»

Bei Amalgamated Banks las Dennis Parry den Kuzirian-Artikel mit mehr als nur Neugier. Schließlich hatten sie Carmen Semana 600 000 Dollar geliehen. Wenn die Gewinne ihrer Firma von ihrer Popularität abhingen, konnte der Kredit von Amalgamated gefährdet sein. Wer würde schon ihre Modekollektion tragen wollen?

Der Anruf eines ängstlichen Dennis Parry zog Miguel den Magen zusammen.

«Dennis, machen Sie sich keine Sorgen. Die nächste Rate ist in zwei Monaten fällig. Sie bekommen Ihre 75 000 Dollar pünktlich.»

Dennis war etwas beschwichtigt, als er auflegte.

Miguel zitterte. Würde sich der Skandal auf den nächsten Quartalsumsatz auswirken? Miguels Bank war nicht Amalgamated. Miguels Bank war seine Schwester.

In einem Golfwagen betrachtete Carmen den Sonnenuntergang, drehte sich zu Harriet um und sagte:

«Warum passiert das gerade mir?»

«Ich weiß es nicht.»

«Es ist nicht fair.»

«Nein.» Harriet sog die salzige Luft ein. «Die Sonnenuntergänge in Florida sind dramatisch. Sieh dir dieses Orange, Rosa und Violett an.»

«Ja.» Carmen berührte Harriets Arm. «Glaubst du, daß wir je wieder Spaß haben werden?»

«Ich glaube, daß alle Dinge vorübergehen. Auch das wird vorübergehen.»

«Hört sich an, als würde eine Nonne das sagen.»

«Ich bin keine Nonne.»

«Manchmal sehe ich dich an und frage mich, was du bist.»

Harriet wollte die Stimmung heben und sagte: «Stell dir vor, ich bin ein Engel mit Läusen auf den Flügeln.» Aber Carmen lachte nicht.

Zum Glück hatten Carmen und Harriet nach Amelia Island eine freie Woche, und sie fuhren nach Hause. Der Frühling flirtete mit Cazenovia. Da es so weit nördlich lag, blühten dort gerade erst die Krokusse. Überall in den Blumenbeeten um das hübsche Haus reckten Narzissen die Köpfe empor. Selbst Miguel war von der unter ihrer Schneedecke aufgetauchten Stadt bezaubert.

Carmen gab sich dem Fernsehen hin. Stundenlanges Fernsehen half ihr, sich zu entspannen und den drängenden Gedanken zu entfliehen. Bei ihrem Frühjahrsputz stürzte sich Harriet mit Leidenschaft auf den Mansardenschrank. Ohne es zu merken, begann auch sie, ihre Träume zu verdrängen.

In der Mansarde, wo es kühl und frisch war, stand ein riesiger Zedernholzschrank. Baby Jesus machte es sich auf einem Bord bequem, nachdem sie sich vergewissert hatte, daß sie auf Harriets geliebten Kaschmirpullovern lag.

Harriet liebte die Mansarde mit ihren Giebeln. Die sechs Kilometer lange Fläche des Cazenovia Sees lag spiegelglatt da. Vom Fenster aus konnte sie die Lichter in den Häusern am anderen Ufer sehen. Es ging die Legende, Hiawatha habe in diesem See gefischt. Eine von wütenden Einheimischen versenkte Dampffähre ruhte am einen Ende des Sees.

Baby Jesus warf einen Pullover zu Boden. Harriet hob ihn auf, faltete ihn zusammen und merkte zu ihrem Erstaunen, daß sie weinte. Die Katze sprang ihr auf die Schulter und versuchte, ihr das Gesicht zu lecken. Harriet wischte sich über die Augen und trat ans Giebelfenster.

Muß wohl von dieser Spannung kommen, dachte Harriet.

Ein gigantischer Nachtfalter saß reglos innen am Fenster. Seine Flügelspannweite betrug mindestens achtzehn Zentimeter. Flügel und Körper schimmerten in blassem Minzgrün, seine Schultern und sein Schwanz waren kastanienbraun umrandet. Auf jeder Seite pulsierte ein kastanienbrauner Tupfen, der wie das Yin-Yang-Symbol aussah. Die dicken Falterbeine waren tiefbraun, während seine Fühler wie gelbe Farne leuchteten. Seine irisierenden Augen glühten. Der Nachtfalter war fast sechs Wochen verfrüht, aber er war da.

Von der Kreatur fasziniert, bewegten sich Harriet und Baby Jesus nicht. Schließlich öffnete Harriet das kleine Fenster, und der Riesenfalter flatterte in die Dämmerung, auf der Suche nach Freiheit oder Vergessen.

Als die beiden die Treppe hinunterstapften, sah Carmen vom Fernseher auf.

«Ihr wart ja reichlich lange da oben.»

«Wenn Baby hilft, dauert die Arbeit doppelt so lange.»

«Ich habe gehört, daß sie an einem neuen Roman schreibt.» Baby hörte unbeeindruckt zu, als Carmen fortfuhr: «*Katapult,* ein Roman über Katzenkriege!»

«Baby, du hast mich an der Nase rumgeführt», sagte Harriet zu dem alten Tier, das blinzelte. «Du hast gesagt, du schreibst an *Katatonie*.»

Inzwischen von der Glotze abgelenkt, fragte Carmen: «Oh, worum geht es denn da?»

«Katatonie handelt davon, wie man Cocktails für Parties und gepflegte Zusammenkünfte mixt.»

Aufgekratzt schlug Carmen ihr auf den Rücken und forderte

sie zu einer Partie Rommé heraus. Genau in diesem Augenblick wurde Harriet etwas an ihrer Einstellung gegenüber Carmen bewußt. Sie sah in Carmen mit ihren schimmernden Muskeln und hervortretenden Venen nie eine Frau. Carmen enttäuschte sie nicht. Sie verhielt sich selten wie eine Frau. Sie war weder einfühlsam noch fürsorglich. All ihre Energie war auf ein Ziel außerhalb ihrer selbst gerichtet. Wenn es nach Carmen ging, trug sie Trainingsanzüge oder Jeans. Jetzt, da Lavinia auf einer feminineren Aufmachung bestand, konnte man Carmen dazu bringen, daß sie ein Kleid und Make-up trug, aber sie wirkte nie wirklich glücklich oder weiblich in solchem Aufzug. Sie sah aus wie ein verkleideter Junge. Und vielleicht ist das auch ganz in Ordnung so, dachte Harriet. Der Sport ist immer eine Männerdomäne gewesen. Wenn Frauen sich auf die Härte und das Konkurrenzdenken des Sports einlassen, ist es unvermeidlich, daß sie sich wie Männer verhalten. Carmen ist der einzige Mann, den ich je geliebt habe, dachte sie und mußte insgeheim lachen.

Und Harriet liebte Carmen wirklich. Ihre Spontaneität, ihre sorglose Attitüde und ihre Unbekümmertheit um das Morgen, ihre animalisch gute Gesundheit fand Harriet berauschend, denn sie war alles andere als sorglos. Das Anziehendste an Carmen war, daß sie, wenn sie liebte, mit nichts zurückhielt. Sie lachte für Harriet. Sie siegte für sie, oder jedenfalls sagte sie das. Harriet wurde zur wichtigen Triebkraft bei Carmens Streben nach Erfolg, sie schätzte und bewunderte Harriet. Bewunderung macht süchtig.

Und die Details des täglichen Lebens ebenso. Wie viele Löffel Zucker nahm sie im Kaffee? Mochte sie Coca-Cola oder Pepsie, Kartoffelchips oder Salzbrezeln? War sie eine Früh- oder Spätaufsteherin? Las sie gern die Zeitung beim Frühstück? Solche Details verführen die Menschen zu dem Glauben, sie würden einander kennen.

Dann taucht plötzlich eine Krise auf, und die Person, die man so gut zu kennen glaubte, kann einen höllisch überraschen. Ein stiller Mensch kann vor Zorn explodieren. Eine quicklebendige Person kann erstarren. Ein rechtschaffener Mensch kann absinken und abscheulich werden. Eine Person am Rande der Gesellschaft, ein Säufer vielleicht, kann edel und stark werden. Keine weiß es, bis es ihr passiert. Harriet wußte nicht, wie Carmen sich sonst noch verhalten konnte, aber sie wußte, sie würde es erleben.

Etwa 400 Kilometer südlich von Cazenovia standen Jane und Ricky in Princeton vor *ihrer* Krise. Die Tests stellten sich als positiv heraus. Jane hatte einen Gehirntumor. Die Ärzte erklärten, er sei inoperabel, aber mit Chemotherapie könne man vielleicht sein Wachstum aufhalten.

Jane kannte die Folgen von massiver Chemotherapie. Haarausfall, Erbrechen, räumliche Orientierungslosigkeit bei manchen und Gedächtnisschwund bei anderen. Manchmal schlug sie an, manchmal wirkte sie eine Zeitlang und manchmal wirkte sie überhaupt nicht. Sie haßte den Gedanken, das durchmachen zu müssen. Die Chancen waren gering, doch selbst eine vage Chance war besser als überhaupt keine.

Sie beschloß, sofort mit der Behandlung zu beginnen. Ihr Arzt sagte, sie könne wahrscheinlich zum French Open und Wimbledon fahren, solle aber die Therapie dort fortsetzen. Er machte alle Behandlungstermine in Frankreich und England für sie aus. Nach ihrer Rückkehr würde sie sich weiteren Tests und höchstwahrscheinlich weiterer Chemotherapie unterziehen.

Ricky und Jane beschlossen, niemandem etwas davon zu sagen, zumindest vorläufig nicht. Noch war zu vieles ungewiß und warum Freunde und Verwandte unnötig beunruhigen?

Als sie im Bett lagen, bettete sie ihren Kopf auf seine Brust. Er streichelte ihr herrliches Haar.

«Ich dachte immer, der Tod habe genau die gleiche Gestalt und Größe wie ich. Ein unsichtbares Seil ist um meine Taille geschlungen und das andere Ende um die Taille des Todes. Je jünger du bist, desto länger das Seil. Wenn der Tod mit einem Ruck daran reißt, kann ich voll auf der Nase liegen – verletzt, krank oder mit gebrochenem Herzen. Aber wenn ich standhaft am Seil ziehe, werde ich leben. Ich dachte immer, daß mit zunehmendem Alter die Distanz kleiner würde, bis der Tod und ich verschmelzen und einfach zusammen fortgehen.»

«Wir werden gemeinsam am Seil ziehen.» Ricky küßte ihr Haar, und Tränen liefen ihm über die Wangen.

9

Die Periphérique umschlingt Paris wie ein Asphaltschlauch. Die verschiedenen Abfahrten können einen in vergangene kulturelle Jahrhunderte versetzen oder ins Verkehrschaos oder in die Vorortsterilität, die vor keinem Land haltmacht. Das *Sofitel,* das offizielle Hotel der Teilnehmer am French Open, lag direkt an diesem Ring. Pendelbusse beförderten die Spieler und Spielerinnen zu den Trainingsplätzen und Spielen und zurück. Die Franzosen gaben vor, den männlichen und weiblichen Spielern gleiche Behandlung angedeihen zu lassen, aber in Wirklichkeit galt wie üblich die Regel: Männer zuerst.

Carmen und Harriet hatten sich in einem kleinen Hotel nicht weit vom *Sofitel* verkrochen. Sich in der Lobby durch die Menge der Spieler und Spielerinnen, Trainer, Reporter und Groupies zu schlagen, war schon normalerweise schlimm genug. In ihrer Situation mieden sie die Massen lieber, als sich hineinzustürzen.

Keine der beiden Frauen erwartete, daß die Presse sie in Ruhe ließe. Überraschenderweise war die französische Presse zurückhaltender als die englische. Harriet fürchtete England so sehr wie die Bewohner von London die Pest von 1666. Dort würde es kein Entrinnen geben. Sie verdrängte den Gedanken daran. Sie waren für zwei Wochen in Paris, also sollten sie das Beste daraus machen.

Für Harriet begann das Turnier, als sie unter einem dicken Kastanienbaum bei den Tennisplätzen saß. Auf ihrem Weg zum Training beobachteten zwei Spieler Carmens fließende Bewegung beim Ballwechsel mit Schmettie Kittridge. Der große amerikanische Spieler sagte: «Wer steht auf Mädchen, aber kriegt keinen stehen?» Sein Trainingspartner zuckte die Achseln. «Carmen Semana». Lachend gingen sie weiter.

Großartig, dachte Harriet, Asche ist ihr schlimmster Belag. Dies hat ihr gerade noch gefehlt. Harriet klappte ihr Buch zu, stand auf und winkte zu Carmen hinüber. Vielleicht sollte sie sich einmal nach Jane und Ricky umsehen.

Das Roland Garros Stadion war 1927 erbaut und nach einem Flieger benannt, der im Ersten Weltkrieg gefallen war. Die Rennbahn Longchamps lag nicht weit entfernt. Harriet stellte sich die Menschen vor, die im edwardschen Zeitalter dort umherschlenderten, eine Menge, die sich von den heutigen Besuchern der Rennbahnen oder Tennisturniere sehr unterschied. Von der berühmten französischen Eleganz war im Roland Garros Stadion nichts zu sehen, schon gar nicht auf dem Westflügel. Die Stammgäste des Ostflügels mit der Sonne im Rücken und dicker Brieftasche, entsprachen ihrem modischen Ruf schon eher.

Das French Open erinnerte Harriet an Forest Hills. Forest Hills war mittlerweile nicht mehr in Betrieb, aber zu seiner Zeit hatte es die Besucher genauso physisch umschlossen wie das Garros. Beide waren efeuberankt, von humaner Größe, so daß die Architektur niemanden erschlug, und beide lagen am Stadtrand – gut erreichbar, doch nicht erstickt von dem Polypen Beton. Harriet hoffte, daß die Franzosen nie eine solche Bauwut durchmachen würden wie die Amerikaner. Noch immer vermißte sie Forest Hills als Austragungsstätte der U. S. Open. Was machte es schon aus, daß die Umkleideräume dort unmöglich waren. Das Stadion war schön.

Auf dem Gelände gab es ein Gewächshaus, und Harriet schlenderte hinein. Hinter einer Kübelpalme verborgen saß Jane Fulton.

«Palmige Tage, Jane.»

«Hallo, wir sind gestern abend angekommen. Seit wann seid ihr hier?»

«Seit zwei Tagen. Sie will ein Gefühl für diesen Aschebelag kriegen, und Miguel will ein Gefühl für etwas anderes.»

Jane küßte Harriet auf die Wange. «Wie läuft es?»

«Mit alarmierender Regelmäßigkeit treffen haßerfüllte Briefe ein. Ich spurte zum Briefkasten, bevor sie es tut. Sie hat schon genug Aufregung gehabt, vor so einem Turnier. Wo ist Ricky?»

«Bringt seine Enten auf Vordermann.»

«Was?»

«Schaut, daß er alles in den Griff kriegt. Bei einem amerikanischen Turnier ist er schon schlecht genug. Schick ihn ins Ausland, und er ist ungeschickter als seine Großmutter.»

«Und wie geht es dir? Bevor ich meine Manieren ganz vergesse.» Harriet berührte eine pfirsichfarbene Rose.

«Einigermaßen. Immer noch lästige Kopfschmerzen.»

«Meine Nebenhöhlen sind angegriffen, aber deine sind ja anscheinend noch ramponierter. Geh zum Arzt.»

«Sie werden mich mit irgendeinem Medikament vollpumpen, das mich wachhalten soll, und ich schlafe auf der Stelle ein. Das ist bei mir immer so.»

Die beiden traten in den grauen Tag hinaus. «Hast du die Auslosung gesehen?»

«Noch bevor ich ausgepackt habe», antwortete Jane.

«Bei den Männern sind eine ausgemachte Sache.» Im Gegensatz zu den meisten Tennisbeobachtern war Harriet nicht ausschließlich Anhängerin des Spiels der Damen. Wahrscheinlich genoß sie das Spiel der Herren sogar mehr, weil sie da nicht für irgendwen zitterte; sie konnte sich entspannen.

«Von deiner Parteilichkeit mal abgesehen, würdest du nicht auch sagen, daß dies hier ganz nach einem Turnier für Page Bartlett Campbell aussieht?»

«Und Rainey Rogers, die Thronfolgerin, wartet schon im Hintergrund.» Harriet spürte einen Tropfen und hoffte, er käme von einem Vogel und nicht von einem Regenguß.

Jane schirmte die Augen ab und sah nach oben. «Wie könnte es auch anders sein – Regen.»

«Die Freuden eines Freiluftturniers.» Und sie rannten nach einem Unterschlupf.

Soviel Regen ergoß sich in diesen zwei Wochen auf das Roland Garros Stadion, daß es an das evakuierte Dünkirchen erinnerte.

Die Menge blieb zu Hause. Ein annehmbarer Tag brachte sie zurück, doch den Spielerinnen und Spielern war keine Ruhe gegönnt. Wenn der Regen vorbei und der Platz bespielbar war, gingen sie hinaus, rot bis an die Knie stolperten sie zurück. Die Innenschenkelmuskeln schmerzten vom Ausgleiten. Auf der Asche war es so verführerisch, in einen Ball hineinzurutschen, statt die Füße zu bewegen. Nach jedem dieser Wolkenbrüche gingen die Platzwarte hinaus und kümmerten sich ums Spielfeld.

So was wie ein leichtes Match gab es nicht, es sei denn, man wäre gegen einen Querschnittgelähmten angetreten. Selbst einen untalentierten Spieler zu besiegen dauerte seine Zeit. Ein Spieler, der sich auf Rasen oder Kunstrasen gnadenlos abservieren ließ, hielt im French Open zäh durch. Diese drittklassigen Spieler wurden förmlich zu Giftzwergen. Es war so erschöpfend, sie zu schlagen, daß sogar die Spitzenspieler sich halbtot fühlten.

Carmen war da keine Ausnahme. Ihr Temperament, das sich auf Langsames oder Langsame nicht einstellen konnte, lag mit ihrem Körper im Kampf. Ihr Knie schmerzte, ihr Körper, so stark er auch war, ächzte nach jedem Match. Sie schwitzte kaum, doch der Wechsel von Regen und Hitze trieb ihr die Schweißperlen auf die Stirn. Sie haßte Stirnbänder, trug aber eines.

Die ersten Spiele gingen an sie. Probleme – in Gestalt von Susan Reilly – erwarteten sie möglicherweise erst im Halbfinale. Nicht daß Carmens Viertelfinalmatch ein Spaziergang gewesen wäre. Justine Haverford, die englische Spielerin, war auf dieser Schmiere gut. Carmen hatte bei der Auslosung Pech, aber Page Bartlett Campbell traf im Halbfinale auf Rainey Rogers, beide gingen davon aus, daß sie das Finale erreichten, und daran bestand anscheinend wenig Zweifel. Harriet und Carmen waren erleichtert, daß sich Rainey auf der anderen Seite befand, denn ewig mit Rainey konfrontiert zu sein, hätte Carmen für Page im Finale mürbe machen können. Carmen würde all ihre Kraft für Page brauchen, gegen deren Kaltblütigkeit genauso schwer anzukämpfen war wie gegen ihr Spiel.

Page und Jeffrey Campbell, Lieblinge der europäischen wie

der amerikanischen Medien, ertrugen dies gern. Page genoß die öffentliche Aufmerksamkeit mehr, als sie zugab – freilich gab Page nie etwas zu. Die Vorzüge der Taktik, allgemein daherzuplaudern, ohne etwas von sich preiszugeben, waren Page wohlvertraut. Mit 27 blickte sie über ihre Schulter und beobachtete ein Heer von jungen Mädchen mit beidhändiger Rückhand, Zöpfen oder Pagenschnitt und fragwürdigen Umgangsformen. Page hielt auf Umgangsformen. Wenn diese Küken sie schon sklavisch imitierten, konnten sie ruhig auch ihre Umgangsformen imitieren.

Page blieb für Jeffrey immer ein Geheimnis, denn er hatte Mühe, unter die Oberfläche zu sehen. Doch Page hatte bereits im ersten Jahr ihrer Ehe begriffen, daß sie sich an einen ungewöhnlich aussehenden Mann mit gewöhnlichem Geist gebunden hatte. Sie war ehrgeiziger und intelligenter, zynischer. Zwar verbarg sie den Zynismus, hatte aber genug beobachtet, um zu wissen, daß das, was man sieht, nicht das ist, was man bekommt. Jeffrey machte sich ständig Sorgen: über sie, über seine Footballkarriere, über Geld. Page war kein Mensch, der vor dem Leben davonlief oder Verantwortung ablehnte, aber sie amüsierte sich gern. Sie konnte kaum jemanden kennenlernen, der nicht über Tennis redete. Sie sehnte sich nach der Gesellschaft aufregender Menschen. Kurz, sie heiratete einen Mann, der ihr nicht ebenbürtig war. Er war ehrlich, solide und anständig. Sie hatte es besser getroffen als 80 Prozent der Leute auf dieser Welt. Doch das war noch kein Ersatz für den Mangel an geistiger Stimulanz und Spontaneität. Page war ein bißchen einsam. Da ihre Ehe überall als die Liebe des Jahrhunderts gefeiert worden war, konnte sie natürlich mit niemandem über ihre Zweifel reden. Isoliert, wie man sowohl in der Welt des Tennis als auch in der des Football lebte, war sie nicht in der Lage, enge Freundschaften mit Menschen außerhalb des Sports zu schließen. Gerade jetzt wäre Jeffrey sehr verletzt gewesen, hätte sie Energien von ihm abgezogen. Ihre Terminpläne waren bereits vollgepackt genug, auch ohne daß sie neue Freundschaften, neue Verpflichtungen eingingen. Also konzentrierte sie sich auf ihr Spiel. Das French Open bedeutete für sie den Wiedereintritt in die Turnierrunde, und sie war entschlossen, es zu gewinnen.

Zu Carmens Glück war Justine Haverford auf dem Platz schwerfällig. Carmen bügelte sie mit 6:2, 6:3 nieder. Danach kam Susan Reilly. Hierfür mußte Carmen sich zusammenreißen. Was zwischen Rainey Rogers und Page passieren würde, blieb abzuwarten.

Je größer ein Turnier, desto genervter wurde Carmen. Kleinigkeiten gingen ihr auf den Geist. Der Ton von Harriets Stimme konnte sie vor Wut erzittern lassen. Der Verkehr brachte sie zur Raserei. Das Wetter verstärkte ihre Emotionen, nichts war schlimmer, als wenn ein Match mittendrin wegen Regen abgebrochen werden mußte, außer sie verlor das Match. Sie drehte psychisch auf und mußte dann plötzlich loslassen. Im Umkleideraum auf besseres Wetter zu warten, war wie das Warten auf die Guillotine.

Lavinia hatte zwar auf die europäischen Turniere keinen Einfluß, war aber überall sichtbar. Sie heftete sich Carmen an die Fersen und sorgte dafür, daß Carmen mit einer Vielzahl von Männern in Restaurants fotografiert wurde. Miguel folgte Harriet wie ein Schatten.

Eine kleine blaue Ader pochte über Lavinias Schläfe. Mit Mühe hatte sie Siggy Wayne und Seth Quintard aus dieser Besprechung hinausmanövriert. Seth war Carmen nun zwar dank Miguel mehr als gleichgültig, aber Athletes Unlimited wünschte keinen Ärger im Damentennis. Männern fehlt einfach das Feingefühl für eine solche Mission, dachte Lavinia. Niemand pries ihren Einfall als genial, aus dem einfachen Grund, weil das, was sie Carmen Semana nahelegen würde, absolut üblich war. Sie hatte dafür gesorgt.

Lavinia nahm einen Tennisschuh auf. Die Sohle glich einer Mondlandschaft. Man benutzte unterschiedliche Sohlenoberflächen für jeden Belag – Rasen, Asche, Teppich oder Kunstrasen. Soweit Lavinia wußte, plante niemand ein Turnier auf dem

Mond. Sie legte den Schuh seitlich auf den Boden, denn sie war abergläubisch; es bedeutete Unglück, wenn man einen Schuh auf einen Tisch oder Stuhl stellte, und heute brauchte sie Glück.

Ein Klopfen an der Tür ließ sie aufspringen. Mit müder Erhabenheit durchquerte sie das Zimmer. «Carmen».

Carmen schlüpfte herein und setzte sich Lavinia gegenüber. Der Schuh auf dem Boden entging ihr nicht, und so war es auch geplant.

«Möchtest du etwas trinken?»

«Nein, danke.» Carmens Haar war kürzer geschnitten als gewöhnlich.

«Wann hast du das gemacht?» Lavinia deutete auf Carmens Kopf.

«Gestern. Ich hatte das Föhnen satt. Nach dem Grand Slam lasse ich es wieder wachsen.»

«M-m-m.» Lavinia hielt Carmens Traum vom Grand Slam für total illusorisch. «Ich will gleich zur Sache kommen, Carmen. Dieser Lesbenskandal muß ein Ende haben.»

Carmen hörte schweigend zu.

Lavinia fuhr fort: «Mein linkes Ohr ist schon ganz geschwollen von den Telefongesprächen mit Turnierveranstaltern, Sponsoren und Howard Dominick, dem es bis oben steht. Wirklich, das Damentennis kann sich so etwas nicht leisten.»

«Ich auch nicht.»

«Miguel hat sein eigenes Vermächtnis hinterlassen. Du weißt natürlich, daß du den Jaguarhändler in Detroit auszahlen oder eine Gratiswerbung für ihn machen mußt.»

Carmen wand sich auf ihrem Stuhl. Sie wußte von nichts.

«Er bekam einen weißen Jaguar, Zwölfzylinder, im Austausch für deine Leistungen.»

«Ich habe ihn nie gesehen.»

«Er hat ihn nach Argentinien verschifft und wahrscheinlich gleich verhökert.»

Carmen stöhnte.

«Du sitzt in der Klemme. Ich weiß noch, was diese vier

großen Turniere bedeuten.» Wie sehr es das alte Mädchen liebte, in die Vergangenheit zurückzutauchen. Wie Schauspieler sind offenbar auch Sportler unfähig, über ihren Applaus hinwegzukommen. Vielleicht hatte Lavinia keine Zukunft, aber Carmen hatte noch eine, zumindest bis ihr Spiel langsam schlechter wurde. Lavinia packte sie bei dieser Zukunft – jedenfalls glaubte sie das. «Weißt du, ich mochte das French Open. Die meisten Amerikaner zwar nicht, aber ich mochte es immer und mag es auch heute noch. Es hat einfach eine Atmosphäre, findest du nicht?»

«Ja. Aber ich bin auch keine Amerikanerin.»

«Das ist nicht zu ändern.» Lavinia lächelte ihr würdevollstes Lächeln. «Wegen dieses Schlamassels könntest du glatt aus Amerika abgeschoben werden. Wenn du zugibst, homosexuell zu sein.»

«Ich glaube nicht, daß sich deine Regierung an mir vergreifen wird. Ich hab keine Angst», bluffte Carmen.

Lavinia sah ihren Schützling an. Homosexualität störte sie nur wenig. Was diese Mädchen miteinander trieben, überstieg ihre Phantasie. Es kam ihr wie Verschwendung vor. «Warum es drauf ankommen lassen?»

«Ich habe nicht gesagt, daß ich lesbisch bin.»

«Das wird deine Rettung sein. Es gibt da einen Ausweg. Du kannst deine Haut retten, etwas fürs Damentennis tun und obendrein die Sponsoren und Veranstalter glücklich machen.»

«Und zwar?»

«Zuerst mal, kannst du Harriet aufgeben?»

«Ich liebe Harriet.»

«Danach habe ich nicht gefragt.»

Carmen zuckte die Achseln. «Ich weiß nicht.»

«Ich kenne dich, seit du sechzehn bist, Carmen.»

Mit glühendem Gesicht antwortete die Spielerin: «Was soll das heißen?»

«Homosexuelle Beziehungen halten nicht. Ihr scheint eine Drehtür an eurem Schlafzimmer zu haben. Wenn du Harriet verläßt, findest du jemand anders.» Lavinia war fast beleidigend.

«Ich habe keine Drehtür an meinem Schlafzimmer!»

«Na, lang halten deine Beziehungen doch nicht, oder?»

«Harriet und ich sind seit drei Jahren zusammen.»

«Dann ist das Stadium des Kennenlernens vorbei. Du kannst nicht auf die nächste Stufe der Liebe schalten. Ich kenne keine Homosexuellen, die das können. Willst du etwa so dein Leben verbringen?»

«Lavinia, was ich tue, ist meine Sache.»

«Da irrst du dich. Was du tust, ist jedermanns Sache, meine ganz besonders. Meine Lösung für dieses Problem ist einfach. Du wirst heiraten.»

Carmen saß, wie vom Donner gerührt da. Sie griff hinüber und nahm einen Schluck von Lavinias allgegenwärtigem Wodka. «Nur weiter.»

«Andere tun das auch.» Diskret vermied Lavinia, Namen zu nennen.

«Hast du da jemanden bestimmten im Auge?» Carmens Stimme klang fremd.

«Ja. Einen amerikanischen Jungen. Das wird dir helfen, wenn es zu Hause je Schwierigkeiten gibt. Oh, nicht bloß wegen Homosexualität, obwohl eine Ehe das in Ordnung bringt; ich meine, politisch.»

Carmen hörte zu, als Lavinia ihr erklärte, wie instabil Argentinien sei. Amerikaner sind doch alle gleich, wenn es um Südamerika geht, dachte Carmen. Es fällt schwer, sie nicht zu hassen. «Wer ist dieser Mensch?»

«Der Sohn eines alten Freundes von mir. Er lebt in Los Angeles, wo er sich als Schauspieler durchschlägt. Er sieht entsetzlich gut aus und ist bestens erzogen. Er wird sich bei gesellschaftlichen Anlässen vollendet benehmen, und er ist ein netter Mensch.»

«Warum sollte er sich darauf einlassen? Ist er auch schwul?»

«Danach habe ich nicht gefragt. In seinem Beruf gibt es bekanntlich keine Sicherheit. Du wirst ein Haus kaufen und es unterhalten. Ihr werdet vor der Eheschließung notariell vereinbaren, daß er nicht an dein Geld heran kann, aber neben dem neuen Haus, das euch gemeinsam gehören wird, den laufenden Kosten und einem Auto für ihn wirst du ihm jährlich 60 000 Dollar zahlen, der Inflationsrate entsprechend zu erhöhen. Wenn du es bedenkst, ist das ein billiger Ausweg aus deinen Problemen.» Sie hielt inne. «Er hat für sein Alter einen guten Geschmack. Er wird dir helfen, ein wunderbares Haus einzurichten.»

Carmen fand, sie habe bereits ein wunderbares Haus, nur daß es ihr gemeinsam mit Harriet gehörte. Lavinia, unermüdlich in ihrem Einsatz fürs Tennis, bot Carmen eine perfekte Lösung an. Carmen war nicht so stark, wie sie glaubte. Ihre Karriere mußte Priorität haben. Das sagten ihr alle.

«Und wann lerne ich diesen Mann kennen?»

«In der ersten Woche nach deiner Rückkehr in die Staaten. Du wirst ihn mögen. Ich denke, ihr solltet planen, zu Weihnachten zu heiraten. Gleich nach dem Australian Open.»

Als Carmen schließlich Lavinia verließ, ging sie zu ihrem Hotel zurück. Sie wußte nicht, wann oder wie sie es Harriet sagen würde. Sie blieb an einer Ecke stehen, als ihr einfiel, daß sie nicht einmal nach seinem Namen gefragt hatte. Die Straßenlaterne umrahmte ihren Kopf wie ein ranziger Heiligenschein.

Susan Reilly mochte Asche genausowenig wie Carmen, glaubte aber, sie könne Carmen austricksen. Susan war dieser Ansicht bei all ihren Gegnerinnen. Und oft hatte sie recht.

Alicia ließ sich auf der Tribüne nieder. Craig und Lisa würden für Wimbledon rüberkommen, also hatte sie Susan bis zur letzten Juniwoche ganz für sich. Susan zog sich während eines großen Turniers ganz von der Welt zurück. Jeden wachen Augenblick widmete sie dem Austüfteln von Strategien und dem Studieren der Psyche ihrer Gegnerin, ihrem Körper, dem Wetter. Im Gegensatz zu den meisten Spielerinnen sah sie nicht fern; vielleicht bei kleineren Begegnungen, aber nicht bei einem Grand Slam-Turnier. Ihre Trance dauerte an, bis sie verloren oder gewonnen hatte.

Schon als Schulmädchen hatte sie den Sport geliebt. Zwar

haßte sie das Verlieren, aber sie liebte das Gewinnen. Sie ging vom College ab, weil die Damenturnierrunde zum richtigen Zeitpunkt für Susan gegründet wurde. Billie Jean King, Betty Stoye, Virginia Wade und andere nahmen die großen Risiken auf sich. Lavinia Sibley hielt die Fäden in der Hand; die Spielerinnen hielten sich zur Verfügung. Außer auf dem Tennisplatz nahm Susan nie ein Risiko auf sich. Es war nichts Schlimmes daran, aus der Arbeit anderer Kapital zu schlagen. Wir alle leben von der Arbeit der Toten und der lebenden älteren Generationen. Sie nahm an keiner Sitzung der Spielerinnenliga teil. Sie unterstützte keine Ferienlager für Kinder, sie unterrichtete nie in Camps oder Kursen. Susan tat nur, was für Susan gut war.

Leider war das Gewinnen mittlerweile für Susan nicht mehr gut. Sie haßte das Verlieren mehr, als sie das Gewinnen liebte. Was ihr in ihrer Jugend Selbstvertrauen und Freude geschenkt hatte, war für sie mit dreißig ein Kampf gegen den Wahnsinn geworden. Mit ihrer ganzen Willenskraft war sie auf Sieg aus. Sie mußte sich beweisen, daß sie noch einmal gewinnen konnte. Mit jedem weiteren Jahr verringerte sich ihre Chance, den Grand Slam zu gewinnen. Jedes weitere Jahr zehrte an ihr.

Sogar ihre Liebesaffären verloren an Reiz. In ihren Zwanzigern liebte und verließ sie ihre Gefährtinnen. Das tat sie noch immer, doch in ihren Zwanzigern hatte sie Wonnen, Schauer, Höhe- und Tiefpunkte erfahren. Auch wenn sie noch immer regelmäßig Orgasmen hatte, wurde sie immer gereizter über jede Störung in ihrem Leben und unterdrückte das heimliche Entsetzen darüber, daß niemand sie verstand. Sie litt unter geistiger Anorexie.

Der bedeckte Himmel hing so tief, daß es schien, als durchbohre ihn der Stacheldrahtzaun, der das Stadion umgab. Susan ging auf dem Platz in Position. Dies war das erste Turnier im Grand Slam. Wenn sie Carmen jetzt stoppen konnte, wäre sie befriedigt. Gewiß, sie wollte den Grand Slam gewinnen, aber sie war besessen von dem Wunsch, Carmen zu stoppen. Da sie die Niederlage haßte, erniedrigte sich Susan noch mehr, indem sie Carmen zu ihrer Feindin hochstilisierte. Sie verfluchte den Tag, an dem sie mit Carmen ins Bett gegangen war. Damals war sie vierundzwanzig gewesen und Carmen sechzehn. Sie mußte nicht ganz bei Verstand gewesen sein. In jener Zeit, ehe sich Harriet ihrer annahm, hatte Carmen ausgesehen wie ein Automechaniker. Susan wollte diese kurze, lächerliche Affäre vergessen. Sie war nicht einsam gewesen. Oben in den Bergen hatte sie eine heimliche Geliebte – und außerdem Craig. Es hatte noch nicht einmal etwas mit Lust zu tun gehabt. Sie hatte Carmen während eines Turniers in ihrem Haus in San Francisco wohnen lassen. Eines Nachts kroch Carmen zu ihr ins Bett, und Susan warf sie nicht raus.

Carmens Erinnerung war eine ganz und gar andere. In ihrem Gedächtnis hatte eine große Spielerin ihr zu einer Zeit Aufmerksamkeit gezollt, als sie lediglich ein Talent, noch keine Könnerin gewesen war. Sie erinnerte sich, mit welchem Vergnügen Susan sie ihren ersten Hamburger von McDonald's verspeisen sah, sie in den ersten amerikanischen Film ausführte und ihr San Francisco zu Füßen legte. Sie erinnerte sich daran, wie überwältigend charismatisch sie Susan gefunden und daß sie alles geglaubt hatte, was Susan sagte. Sie war darauf versessen gewesen, mit Susan zu schlafen, aber fairerweise mußte man hinzufügen, daß sie mit sechzehn einfach darauf versessen gewesen war, mit irgendwem zu schlafen. In den ersten drei Tagen jener Woche massierte sie Susan jeden Abend den Rücken, bevor sie sich ins Gästezimmer am Ende des Flurs verzog. Eines Nachts blieb sie da. Susan warf sie nicht raus. Sie rollte sich herum und tat so, als schliefe sie, aber Carmens tolpatschige Weckversuche wirkten.

Niemand hatte Carmen je gesagt, daß Gott, wenn er sie strafen wollte, ihre Gebete erhören würde. Die Person, die sie am meisten bewunderte, lag in ihren Armen. Diese Liebe war so vollkommen, daß es nicht zu ertragen war. Nach dem Turnier fuhr Susan nach Houston weiter, und Carmen kehrte nach Buenos Aires zurück. Immer wieder durchlebte in ihrer Phantasie sie jene Tage, jene Nächte mit Susan Reilly. Susan rief sie nicht an, aber schließlich ist es auch schwierig, in Buenos Aires anzurufen, und sehr teuer. Carmen nahm das nicht übel. Sie hatte in ihrem Adressenbuch einen Kalender; darauf strich sie jeden Tag mit einem roten X aus. Sie würde in drei Wochen in Amerika Turniere spielen. Es waren die längsten Wochen ihres Lebens. Sie beschloß, Argentinien ganz den Rücken zu kehren. Sie hatte Amerika gekostet. Sie hatte Susan gekostet.

Susan weigerte sich, die Verantwortung für Carmen zu übernehmen, indem sie sie fallenließ, sobald sie vor ihrer Tür stand. Da sie auch sonst jede Verantwortung verweigerte und ihre anderen Geliebten ebenso fallenließ, war dies nichts Besonderes. In jenen Monaten, in denen Carmen allein in einem fremden Land lebte, dessen fremde Sprache ihr zu schaffen machte, bewahrte Carmen nur ihre zunehmende Körperbeherrschung vor dem Verrücktwerden. Tennis hielt sie am Leben. Dann, nach Monaten des Schweigens und der Zurückweisung, fragte Susan, ob Carmen Semana ihre Partnerin im Doppel werden wolle. Susan wollte im Doppel ebenso viele Titel gewinnen wie im Einzel. Mit diesem Kind würde sie es schaffen. Und Carmen sagte ja. Sie hatte gehofft, es würde mehr bedeuten, aber es bedeutete nur, mit Susan im Doppel zu spielen. Resigniert spielte Carmen sich das Herz aus dem Leib. Sie konnte nicht aufhören, Susan zu lieben. Susan nahm nur vom Tennis Notiz.

Im Laufe der Jahre verblaßte die unschuldige Liebe einer Sechzehnjährigen. Je öfter Carmen sah, daß Susan Menschen wegwarf wie alte Schuhe, desto weniger mochte sie sie. Aber selbst heute noch konnte sie nicht begreifen, was Susan getan hatte. Einfach weil sie ihre erste Geliebte gewesen war, bewohnte Susan Reilly einen verschütteten Winkel in Carmens Herzen. Carmen vergaß nie die Liebe jener Tage in San Francisco, selbst als sie es lernte, Susan Reilly zu hassen.

Die beiden nahmen Aufstellung. Das Match begann langsam. Jede Spielerin gewann ihren Aufschlag. So weit keinerlei Überraschungen.

«Aus?»

Der Linienrichter antwortete auf französisch. Susan antwortete mit englischen Flüchen. Der Linienrichter, ein echter Pariser, tat, als verstünde er kein Wort. Susan stolzierte zur Grundlinie und erwartete den Aufschlag. Carmen gewann den ersten Satz 7:5.

Der zweite Satz, mit ein paar weiteren Reilly-Ausbrüchen gepfeffert, wurde schneller. Die Punkte waren nicht kürzer, nicht auf Asche, doch das Tempo wurde schärfer. Beide Frauen waren in glänzender Kondition.

Susan wurde über Carmens Aggression immer wütender. Warum war Carmen nicht in ein Dutzend Scherben zersprungen, die sich über den Platz verteilten? Hatte der Skandal sie denn nicht umgehauen? Demütigte es sie etwa nicht, ihr Gesicht auf dem Platz zu zeigen und zu wissen, daß alle sie für eine Lesbierin hielten? Susans Konzentration verlagerte sich unmerklich vom Spiel auf das, was im Kopf ihrer Gegnerin vorgehen mochte. Bevor Susan sich zusammenriß, nahm Carmen ihr den Aufschlag ab und ging mit vier zu drei in Führung. Susan kämpfte, aber sie war eine Spur zu unkonzentriert gewesen und konnte ihren Rhythmus nicht finden. Ihre wachsende Frustration schwächte ihr Spiel. Carmen gewann den zweiten Satz mit einem klaren 6:4.

Außer sich vor Wut schleppte Susan sich ans Netz. Sie ließ ihre Hand über Carmens ausgestreckte Handfläche gleiten. Sie konnte Carmen nicht ansehen. Sie hätte sie sonst wieder geohrfeigt.

«Ich hab's vermasselt!» Susan hieb ihren Schläger gegen den Schreibtisch des Hotelzimmers.

Alicia tätschelte ihr den Rücken. «In Wimbledon wirst du sie schaffen.»

«Ich Hornochse. Es war mein Fehler. Ich habe die Konzentration verloren.»

Alicia tätschelte sie wieder. Susan schlug ihre Hand weg. Die Stimmung wurde duster. «Das kann jedem passieren.»

«Jetzt muß ich bis zum nächsten Jahr warten, um den Slam in Angriff zu nehmen.» Susan trat gegen ihren zerbrochenen Schläger.

«Du hast noch Jahre vor dir», log Alicia.

«Ich dachte, ich hätte dieses Weib kleingekriegt. Ich dachte, diese Lesbenkiste lenkt sie vom Tennis ab.»

In Alicias Kopf blitzte ein Warnlicht auf. «Was?»

«Diese schlechte Presse – ich dachte, das würde sie fertigmachen. Du weißt ja, wie emotional sie werden kann.»

«Ja, das ist wirklich merkwürdig», meinte Alicia doppeldeutig.

«So eine Entfesselungskünstlerin! Ich kenne dieses Miststück seit sechs Jahren, fast seit sieben. Sie stellt sich einer Sache nur, wenn sie ihr unter die Nase gerieben wird. Zieht sich einfach aufs Tennis zurück. Scheiße. Na, die Welt wird ihr schon auf die Schliche kommen. Früher oder später wird sie schon noch ihr blaues Wunder erleben. Sie gewinnt den Slam nicht.»

Alicia hatte das vage Gefühl, daß Susan selbst keine allzu schlechte Entfesselungskünstlerin abgab. «Du haßt sie wirklich, nicht?»

«Noch schlimmer. Sie langweilt mich.» Susan feuerte ihre Socken gegen die Wand.

«Hast du eine Idee, wie diese Lesbengeschichte ins Rollen gekommen ist?»

Susan wurde bleich. «Wieso sollte ich das wohl wissen?» Ihre Stimme wurde schrill.

Alicia musterte sie. «Ich weiß nicht.»

«Laß uns morgen früh trainieren. Ich werde acht Stunden am Tag trainieren, wenn's sein muß.»

Die meisten Leute in Carmens Situation wären in Miguels Zimmer gestürmt und hätten eine Erklärung über den Jaguar verlangt. Außerdem hätten sie sich arge Sorgen um das Geschick ihrer Geliebten gemacht. Aber Carmen war nicht wie die meisten Leute. Sie verdrängte diese Fragen aus ihrem Kopf und konzentrierte sich ausschließlich auf das French Open. Wenn irgend möglich, würde sie erst nach Wimbledon wieder über irgendwas nachdenken.

In den Vereinigten Staaten konnte Howard Dominick von

Tomahawk nicht aufhören, sich Sorgen zu machen. Lavinia Sibley Archers Versicherung, sie werde Carmen schon zur Räson bringen, beruhigte ihn nicht. Howard unterstellte, alle Sportjournalisten seien Schmierenschreiber. Sie kritisierten weder Spieler noch Organisationen, denn wenn sie es taten, unterdrückten deren Manager alle Kontakte zu ihnen. Und ein Reporter ohne Interviews ist wie ein Tennisspieler ohne Aufschlag.

In der Vergangenheit hatte man sich darauf verlassen können, daß die Sportjournalisten im Chor mit Lavinia oder Athletes Unlimited weinten, jubelten, Hiebe verteilten oder säuselten. Martin Kuzirian hatte dieses gemütliche Arrangement gründlich kaputtgemacht. Da Kuzirian keine Interviews mehr bekam, setzte Howard voraus, daß er aufgeben werde. Aber das tat Kuzirian nicht. Er wurde hartnäckiger. Er begann die finanziellen Vereinbarungen zwischen Veranstaltern, Sponsoren und Spielern auszuschnüffeln. Nicht daß diese Geschäfte immer unehrlich waren, aber bei mehr und mehr Turnieren wurde Geld verloren. Das war in Howards Augen schlimmer, als unehrlich zu sein.

Kuzirian benutzte die Lesbensache, um seine Karriere als unbestechlicher Reporter voranzutreiben. Wenn er schon im Funktionärsbüro verhaßt war, dann wollte er auch mit Stil verhaßt sein. Mehr Leute denn je lasen seine Kolumne.

Howard mochte angewidert sein, aber er wußte, daß einem Reporter, der Mut bewies, andere womöglich folgen würden. Der Sportreporter als verkappter Public-Relations-Mann würde bald passé sein. Howards einziger Trost war, daß die meisten von ihnen es noch immer nicht verstanden, an Beweismaterial heranzukommen und erst recht nicht schreiben konnten.

Das war sein einziger Trost. Tomahawk konnte sich einen Skandal im Damentennis nicht leisten, da die Firma so unmittelbar mit diesem Sport identifiziert wurde. Einmal verlorenes Prestige ließ sich gewöhnlich nicht zurückgewinnen.

Außerdem besaßen Frauen als Profisportler keinen Neuigkeitswert mehr. Je länger sie Lavinias Mädchen sponserten, desto weniger würde es Tomahawk bringen. Es mochte ja für das Damentennis gut sein, aber war es für Tomahawk gut? Als Chef der Tochterfirma Tomahawk innerhalb des Konzerns Clark & Clark wußte Howard genau, wo seine Verantwortung lag. Der Lesbenskandal lieferte ihm einen guten Grund auszusteigen, ohne daß jemand in die Bücher sah. Sein Arsch stand auf dem Spiel. Wenn er die Förderung des Damentennis beendete, dann mußte er es so tun, daß er seine Autorität wahrte. Und wenn Gott es gut mit ihm meinte, würde er im gleichen Augenblick die nächste Brooke Shields finden. Schluß mit dem Wildfang-Image für Tomahawk.

Am Morgen des Finales gegen Page Bartlett Campbell fauchte Carmen Harriet an, entschuldigte sich, drehte sich um und tat es wieder, als Harriet sie fragte, ob ein bestimmter Rock gebügelt werden solle. Harriet hatte immer ein Reisebügeleisen im Gepäck und bügelte jeden Dress von Carmen auf. Sie konnte es nicht ertragen, wenn sie auch nur mit einer Knitterfalte auf den Platz ging.

«Ich dusche jetzt.» Carmen knallte die Tür zu.

Carmen kam wieder ins Zimmer, nachdem sie ihr Haar geföhnt hatte, und setzte sich, um ihre Melone aufzuessen. Das Schweigen dauerte fünfzehn Minuten.

Harriet brach es schließlich. «Gibt es etwas, das du mir sagen willst?»

Carmen ließ den Löffel in der Luft schweben. «Hm, nicht vorm Finale.» Sie fragte sich, ob Harriet etwas über ihr Gespräch mit Lavinia wußte. Puterrot verschlang Carmen ihre Melone.

Harriet lächelte: «Ich hoffe, du gewinnst.»

«Das werde ich.» Carmen küßte Harriet. Sie ging zum Schrank und suchte ihre Sachen für das Match zusammen.

Harriet kämpfte gegen hämmernde Kopfschmerzen an und fragte sich, was passiert, wenn eine kleine Lüge Wirklichkeit wird – die Wirklichkeit zur Lüge.

Es gibt Augenblicke im Sport, da gelingt alles. Glückliche,

glanzvolle Momente, denn wie perfekt man seine Rolle auch spielt, es können immer tausend winzige Dinge schiefgehen. Wenn sie es nicht tun, vergißt man es nie – die Spieler nicht, das Publikum nicht, nicht mal die Platzwarte. Der Sport entkleidet einen Menschen seiner Persönlichkeit und legt die weißen Knochen seines Charakters bloß. Der Sport gibt Spielern die Gelegenheit, sich zu erkennen und zu prüfen. Der große Unterschied zwischen Sport und Kunst liegt darin, daß Sport mittels seines Systems – wie ein Sonett – Schönheit erzwingt. Während die Kunst immer wieder Grenzen durchbricht und überschreitet.

Tennis, in feste Grenzen gesperrt, in ein Feld, in ein grünes Rechteck, fordert die menschliche Seele heraus. Ein Tennisplatz ist wie ein Sarg, nur größer. Jemand kann eine neue Technik erfinden, aber die Linien, die Regeln liegen fest. Trotz der trüben Intelligenz von Veranstaltern und der unseligen Industrie, die Tennis zu einem Werkzeug unter vielen reduziert haben, mit dem sich Intimpuder, Bier und Autos verkaufen lassen, bricht die kommerzielle Struktur doch gelegentlich auf und die menschliche Findigkeit kommt zum Vorschein.

Das Finale der Damen im French Open war solch ein Moment. Page Bartlett Campbell gegen Carmen Semana, die klassische Grundlinienspielerin gegen die Königin des Aufschlags und Volleys – das gab den Leuten eine Ahnung davon, was hinter der puren Gier noch alles existiert.

Der erste Satz verlief nach den Erwartungen der Punktrichter. Page klebte an der Grundlinie und trieb Carmen zu Fehlern. Eine große Aufschlag- und Volleyspielerin lieferte sich aus. Page wußte, daß Carmen nach einem harten Aufschlag, nach jedem tiefen Schmetterball, ans Netz käme. Das war Carmens Domäne. Von diesem Angelpunkt aus konnte sie, wie Archimedes, die Welt drehen. Schlag direkt auf ihren Körper, und sie schmettert in kurzem Winkel zurück. Schlag weit, und sie springt in den Ball und wehrt ihn ab. Page, eine Grundlinienspielerin, konnte sich nicht allzu viele unterschnittene Bälle leisten. Wenn sie Carmen Semana am Netz ausspielen wollte, mußte sie den Ball verteufelt flach und hart schlagen oder

Carmen mit einem gemeinen Topspin passieren. Page würde haarscharf placieren müssen, denn selbst die schnellste Volleyspielerin kann die unerhörte Wucht eines Balls nicht abfangen, der mit aller Kraft die Linie entlanggeschossen wird.

Der erste Satz ging zwischen den beiden Frauen hin und her, aber Page Bartlett Campbell war imstande, eine Münze drei Meter hinter der Grundlinie zu treffen. Sie war besser als ein Scharfschütze in einem Flying Tiger. Carmen, die gut spielte, ließ sich davon nicht aus der Fassung bringen. Nur eine Göttin hätte diese tödliche Zielsicherheit über ein ganzes Match hin durchhalten können. Freilich glich Page einer solchen Göttin mehr als jede andere Sterbliche.

Carmen mußte dieses Finale gewinnen. Niemand glaubte, daß sie auf Asche siegen könne. Es war der Anfang ihres Traums, des Grand Slam, und es würde die anderen Spielerinnen einschüchtern, wenn sie wußten, daß sie die beste Ascheplatzspielerin der Welt besiegen konnte.

Carmen verlor den ersten Satz im Tie-Break.

Im zweiten Satz drückte Carmen von Anfang an aufs Tempo, ging Risiken ein, aber keine törichten. Mit Zuversicht entdeckte sie Gelegenheiten. Indem sie ins Mittelfeld lief, schlug sie einen Halbvolley, der über das Netz schnitt und tot war. Der Stoppball trug ihr den Applaus der Menge ein. Page winkte – ein großartiger Ball war ein großartiger Ball – und grub sich dann in die Grundlinie ein wie ein Infanterist vor Verdun. Diese Campbell war psychologisch nicht zu schlagen. Ihre Präzision hielt an. Ihr kurzer Rückhand-Cross zehrte an Carmens Durchhaltekraft. Page zog sie nach vorn, konterte dann mit Passierbällen, wenn sie konnte. Sie trieb sie von einer Seite des Feldes zur anderen. Carmen, ein Panther, erweiterte ihr Bewegungsvokabular. Es war, als dehne sich ihr Körper um einige Zentimeter. Sie war zur Stelle.

Betrachtete man sie als Göttinnen, dann war Page Athene. Ihr Spiel war das vollendete Ergebnis von Rationalität, Planung und tadelloser Ausführung. Carmen dagegen war Artemis, die Göttin der Jagd. Sie sprang, schnellte hoch und wirbelte in einem Ballett der Kraft umher. Ihr Spielaufbau war bei ihrer phänomenalen athletischen Brillanz von zweitrangiger Bedeutung. Page durchdachte jeden Ballwechsel; sie konnte den Grad des Dralls und die Höhe des Prellens ermessen, noch bevor der Ball auf ihrer Seite des Netzes war. Carmen verstand sich auf Strategie, aber in ihrer Bestform schien sie von göttlicher Eingebung geleitet zu sein.

Der Kontrast der Persönlichkeiten elektrisierte die Menge. Die Zuschauer ergriffen Partei, versuchten zu entscheiden, welche der beiden Frauen gegenwärtig wohl die größte lebende Spielerin der Welt sei. Die Zuschauer wußten, daß sie etwas Ähnliches für Jahrzehnte nicht wiedersehen würden. Zwischen Page Bartlett Campbell und Carmen Semana erreichte der Wettkampf sein höchstes Niveau und wurde zu einer geistreichen Form von Zusammenspiel.

Carmen gewann den zweiten Satz mit 7:5.

Jeffrey Campbell mampfte vier Päckchen Kaugummi. Harriet betete mit ausdruckslosem Gesicht darum, daß die Muskeln um ihr Zwerchfell sich nicht noch mehr verspannten. Sie konnte kaum atmen, und der Schweiß rann ihr aus den Achselhöhlen. Ihrer Nerven wegen entfernte sie sich vor jedem wichtigen Turnier die Achselhaare. Nervös zu sein war eine Sache. Zu stinken eine andere. Ihr Mund war trocken. Sie ließ Carmen nicht aus den Augen. Ihre Antennen – gewöhnlich begannen sie in der Nacht vor einem Match zu funktionieren – sagten ihr das Ergebnis vor. Sie wachte morgens auf und wußte, ob Carmen gewinnen oder verlieren würde. Heute morgen war sie mit dem Gefühl aufgewacht, daß Carmen gewinnen würde, doch als sie nun Page auf ihrem besten Belag erlebte bei einem Turnier, das sie wiederholt gewonnen hatte, stellte Harriet ihre Prophezeiung in Frage.

Mittlerweile waren die Frauen schon drei Stunden in der Nachmittagssonne. Jedes Spiel ging auf Gleichstand, Vorteil, Gleichstand, Vorteil. Der dritte Satz stand fünf beide. Aufschlag Page.

Pages Aufschlag war tückisch. Sie hatte nicht Carmens peitschende Kraft. Was sie besaß, war jene tödliche Präzision und ausreichend Kraft, um sich eine Gegnerin vom Leib zu halten. Ihr feminines Aussehen täuschte über ihre Kraft hinweg. Wenn nötig, hatte Page einen überraschend flachen, kraftvollen Aufschlag. Im allgemeinen bewahrte sie sich ihre Energie, entschied sich für Placiertheit und ein nettes Tempo. Ihre Grundschläge verließen sich aufs Drehmoment. Aus der Drehung ihres Körpers feuerte sie den Ball über das Netz. Wer oft gegen sie spielte, unterschätzte nie ihre Kraft. Die Sonntagstrainer auf den Tribünen glaubten, Page Bartlett Campbell habe bloß Kopf und keine Muskeln. Zu schade, daß sie nicht die Gelegenheit hatten, gegen sie zu spielen. Sie hätte Hackfleisch aus ihnen gemacht.

Drei beide der Spielstand, und Page schmetterte einen Aufschlag auf Carmens Rückhand, dem sie ans Netz folgte. Page kam sonst nur zum Händeschütteln ans Netz, wenn das Spiel vorbei war. Sie trickste Carmen aus und schmetterte einen Vorhand-Volley astrein in die Ecke.

Bei 40:30 pendelte Carmen vor und zurück und erwartete den Aufschlag. Sie wußte nicht, was sie zu erwarten hatte. Page servierte in üblichem Tempo. Carmen schickte eine überrissene Vorhand die Linie entlang. Gleichstand. Page bat den Balljungen kühl um einen Ball. Sie atmete tief, beruhigte sich und feuerte diesen flachen Aufschlag noch einmal. Carmen war wieder überrascht, und Page tanzte ans Netz; nie wirkte sie plump oder schwerfüßig. Carmen schlug den Return über Pages Körper hinweg. Page stand in dem Ruf, Angst vor dem Netz zu haben. Carmen nahm an, daß sie – statt Linienbälle zu spielen – lieber auf sie eindreschen und vielleicht zu einem Fehler treiben sollte. Ohne jedes Augenblinzeln nahm Page den Ball mit offenem Schlägerkopf, ohne Neigung. Der Ball prallte ab, Carmens Kraft schlug auf sie selbst zurück. Carmen jagte zu dem weiten Return, und mit einem übermenschlichen Ausholen und der Drehung ihres stähleren Handgelenks schmetterte sie einen klaren Gewinnpunkt zur Linie.

Ihr Vorteil. Carmens ständige Pendelbewegung bei der Aufschlagannahme ließ nichts von ihrer Angst ahnen. Sie war jetzt seit dreieinhalb Stunden in der Sonne, auf mörderischer Asche. Sie wurde müde, und sie wußte es. Page wurde ebenfalls müde, aber keine konnte das Tempo vermindern. Eine Spur von Unentschlossenheit, ein Anflug von Erschöpfung, und eine hätte die andere auseinandergenommen.

Page servierte hart auf Carmens Rückhand. Der ständig unterschnittene Ball schoß über das Netz zurück. Pages beidhändige Rückhand machte mehr Schritte zum Ball erforderlich. Sie schaffte es kaum, doch gelang ihr ein redlicher Return. Carmen nützte die Chance und legte alles, was sie hatte, in diesen Ball. Sie schmetterte ihn zur Grundlinie zurück. Page schlug den Return fast in Schulterhöhe, aber er kam zu schwach und ging ins Niemandsland. Augenblicklich stand Carmen parat. Page lauerte an der Grundlinie und erwartete den gewaltigen Schlag, der mit Sicherheit erfolgen würde. Carmen brachte den Ball so gefühlvoll über das Netz, als setzte ein Künstler einen Pinselstrich auf die Leinwand. Der Ball fiel über das Netz, drehte sich rückwärts und war unerreichbar. Carmen durchbrach Pages Aufschlag. Sie mußte das gewonnene Terrain nur noch halten, um das Match zu gewinnen.

Das dauerte weitere zwanzig Minuten. Niemand konnte es fassen, wie sehr diese Frauen einander quälten. Jeder Punkt war eine Agonie. Page mobilisierte alles an Reserven und Mut, was sie besaß. Ihre mörderischen Passierschläge hätten einer schwächeren Spielerin das Rückgrat gebrochen. Carmen lief, bis sie glaubte, ihre Lungen platzten. Sie schlug einen Rückhand-Volley am Netz aus dem Sprung, donnerte den Ball, wirbelte einmal um sich selbst und hieb Pages Return als Vorhand-Volley. Und doch verlor sie diesen Punkt schließlich noch.

Das Publikum war in emotionaler Hochspannung. Jane und Ricky, hypnotisiert von der Qualität des Spiels, kommentierten die Punkte sehr spärlich. Das Tennis war so phantastisch, daß man besser still zusah. Das Publikum hielt den Atem an. Nichts war zu hören außer dem Ping des Balles auf den Schlägern und das Ächzen der Frauen, die offensichtlich am Ende waren.

Schließlich, bei eigenem Vorteil, legte Carmen ihre letzte Kraft in einen gewaltigen Aufschlag. Pages Aufschlagsreturn war scharf, aber kurz; Carmen spurtete nach vorn. Page schoß zur Linie. Carmen legte einen sechsten Sinn an den Tag, katapultierte ihren Körper parallel zum Netz und blockte den Ball. Page rannte auf ihn zu, konnte ihn aber nicht übers Netz bringen.

Carmen Semana gewann das French Open. Sie gewann das erste der großen vier, das Turnier, von dem niemand geglaubt hatte, daß sie es je gewinnen würde. Was oder wer könnte sie jetzt noch stoppen?

10

Nach dem French Open fanden in England zwei Vorbereitungsturniere auf Rasen statt. Carmen ließ immer das erste aus und trainierte statt dessen lieber auf dem privaten Rasenplatz englischer Freunde.

Miguel, Harriet und Carmen schlichen sich auf dem letzten Tragflächenboot nach England ein. Die am Flughafen herumhängenden Reporter waren ausgetrickst, aber sobald das Eastbourne-Turnier begann, würde es kein Entrinnen mehr geben.

Das Wetter, kalt und klamm, verlockte Carmen nicht zum Training, aber sie wußte, es mußte sein. Miguel nahm sie besonders hart ran, wenn er sie auf dem Platz drillte. Sein analytischer Verstand machte ihn zu einem guten Trainer.

Ehe sie zum Haus zurückkehrten, wickelte Miguel ihr ein Handtuch um den Hals und legte ihr die Trainingsjacke um. «Migueletta, du mußt Harriet heimschicken oder sie dazu bringen, mich noch diese Woche zu heiraten.»

«Ich will nicht darüber reden.»

«Wir müssen aber darüber reden. Lavinia ruft mich jeden Tag an.» Er erwähnte nicht, daß auch Seth, dieser Scheißer, einmal angerufen hatte, um seine Häme abzulassen.

«Lavinia lanciert einen Artikel über meine Heirat.»

«Was für eine Heirat?» Miguel war wie vom Donner gerührt.

«Sie hat in Los Angeles für mich einen Mann zum Heiraten aufgetan.»

Miguel mäßigte seine Stimme. «Wer ist dieser Mann? Was für ein Mann würde dich heiraten, ohne dich zu kennen? Ein Mann, der selbst eine Tarnung braucht! Und Geld!»

«Lavinia hat eine vernünftige Summe vereinbart.»

«Ohne mich um Rat zu fragen? Das verbiete ich!» Er beherrschte seine Wut nicht länger.

«Du verbietest überhaupt nichts. Du hast einen Jaguar angenommen als Gegenleistung für meinen Auftritt bei einer Wohltätigkeitsveranstaltung, wovon ich nichts wußte und der Autohändler ebensowenig. Ich habe die Vereinbarung nie getroffen, Miguel. Du hast sie gefälscht!»

Er wand sich. Sie bekam besser nie heraus, was er sonst noch gefälscht hatte. «Du darfst nie eine geschäftliche Entscheidung ohne mich treffen, nie», sagte er.

«Es ist ein guter Handel.»

«Das werde ich entscheiden, nachdem ich mir deinen Ehemann auf Bestellung angesehen habe.»

Carmen erklärte ihm, warum Lavinia glaubte, es könne funktionieren. Miguel hörte ausdruckslos zu. Er sah zwar den Sinn der Sache ein, aber es ging ihm völlig gegen den Strich, diesem Kerl ein jährliches Gehalt zu zahlen. Immerhin, besser das, als sämtliche Verträge einzubüßen. Der Plan hatte auch sein Gutes.

«Trotzdem will ich das prüfen. Mag sein, daß es eine Lösung ist, aber laß dich nie wieder auf etwas ein, ohne vorher zu mir zu kommen. Du hast doch wohl nichts unterschrieben, oder?»

«Nein.»

«Das Ganze ist der reine Wahnsinn.»

«Harriet kann mit dir zusammenstecken, oder mit Jane und Ricky. Wir werden in einem Privathaus wohnen, wer weiß also schon, in welchem Zimmer sie schläft. Und ich will sie bei mir haben.»

«Nein.»

«Der Artikel über meine Heirat wird die Leute von der Fährte abbringen.»

«Oh, Migueletta.» Er warf angewidert die Hände hoch.

«Ich liebe sie, und ich will sie bei mir haben. Ich brauche sie. Mach mir bloß in Wimbledon keinen Tanz.»

Sein Gesicht wurde nachgiebig. «Ich versuche nur, dich zu beschützen. Du hängst eine Menge Hoffnung an diesen Heiratsartikel.»

«Lavinia wird mich unterstützen, und die Sponsoren auch.»

«Im Augenblick vielleicht.» Er strich sich das Kinn. «Aber wir sind in Europa, und dies ist Wimbledon. Die Sponsoren haben in Wimbledon nichts zu melden.»

«Ich liebe Harriet.»

«Das weiß ich, aber du solltest sie heimschicken.»

«Das tue ich nicht.» Carmen war hin und her gerissen. Sie wollte nicht allein sein. Sie brauchte Harriet. Sie konnte sich selbst nicht eingestehen, daß sie nicht länger als eine Woche allein sein konnte. Wenn sie Harriet nach Hause verfrachtete, was sollte sie dann tun? Wie andere Entertainer sind auch viele Sportler auf Reaktionen angewiesen. Ohne ein Publikum, und sei es ein Ein-Personen-Publikum, bekommen sie Angst. Sie brauchen andere Menschen, die sie bestätigen, die ihnen sagen, wer sie sind.

Carmen hatte Harriet vor drei Jahren kennengelernt. Sie hatte an der Universität von Syracuse einen Sportmediziner wegen ihres steifen Ellbogens konsultiert. Harriet war dort Gastdozentin, sie spazierte in die Halle, und das war's.

Carmen war in der Liebe impulsiv. Sie glaubte, jede Geliebte sei die für alle Ewigkeit. Sie trennte sich rasch von ihrer damaligen Geliebten, einem hübschen Mädchen in ihrem Alter. Und als sie das hübsche Mädchen kennenlernte, hatte sie eine ältere Rechtsanwältin verlassen, der sehr an ihr lag. Nachdem Susan Reilly sie fallenließ, schwor sich Carmen, daß ihr nie wieder jemand den Laufpaß geben würde. Ihre Affäre mit Harriet dauerte jetzt drei Jahre, und Carmen war ihrer nicht überdrüssig, wenngleich sie sich langsam diesem Punkt näherte. Die Anspannung im Profitennis, der Druck von Kuzirians Artikel taten allmählich ihre Wirkung. Als Dozentin war Harriet aufregend gewesen, aber sobald sie Carmen folgte, verlor sie ein wenig an Reiz. Carmen war dies nicht ganz klar, aber sie wußte, daß es nicht mehr so intensiv und leidenschaftlich war wie damals, als sie sich gerade ineinander verliebt hatten. Allerdings war sie nicht bereit, Harriet gerade jetzt aufzugeben.

In England sind die Männer sehr maskulin, die Frauen freilich ebenfalls. Harriet mochte die Leute, aber sie fand sie pervers. Die Engländer haben einen natürlichen Impuls, freundlich zu sein, und verbringen ihr Leben damit, ihn brutal zu unterdrücken.

Devonshire Park in Eastbourne glänzte in einladendem Grün. Die Rasenflächen dieses Vorbereitungsturniers stellten selbst das große Wimbledon in den Schatten. Gelbe, rote und rosa Blumen betörten die Spaziergänger. Ulmen säumten den Tennisplatz. Die Begierde unter diesen Ulmen war allerdings rein sportlicher Natur.

Eastbourne, von den Spielerinnen und Spielern hochgeschätzt, war auch ein hochgeschätztes Turnier der Gurkensandwich-Freunde. Sie schwärmten in ihren feinen Kleidern und vernünftigen Schuhen aus, am Arm das allgegenwärtige Symbol britischen Lebens, der Regenschirm.

Wenn die größten Geister des 19. Jahrhunderts den Rasentennis- und Kricketclub von Wimbledon beherrschten, dann mußte man den Veranstaltern von Eastbourne gratulieren – oder sie tadeln, je nach Einstellung –, weil für sie das 20. Jahrhundert bereits begonnen hatte.

In Eastbourne wurde Carmen immer vom Pech verfolgt. Oft verlor sie in den ersten Runden, obwohl sie es ein paarmal auch bis zum Finale schaffte. Statt dies für ein Omen zu halten, begann sie zu glauben, daß sie nur in Eastbourne verlieren brauchte, um in Wimbledon zu siegen. Jedenfalls war es nur ein Vorbereitungsturnier, warum sich da überanstrengen?

Auch die britische Presse lief sich in Eastbourne warm. Harriet, die ständig von Miguel begleitet wurde, sobald sie sich in die Öffentlichkeit begab, entwickelte Geschick darin, sich unsichtbar zu machen. Beide Frauen wußten, daß die Reporter sich ihre schärfste Munition und ihren Giftvorrat für Wimbledon aufhoben.

Die Reporter schrieben gemeine kleine Artikel über die «unerwünschten Elemente im Tennis», nämlich Harriet, doch eigentlich war Carmen gemeint. Fotos von ihrem Haus in Cazenovia tauchten in den Zeitungen auf, in die man bald darauf Fisch und Chips einwickelte, für Harriet freilich nicht schnell genug. Gleich daneben standen schmeichelhafte Artikel, in denen Page Bartlett Campbell als «Zierde ihres Geschlechts» bezeichnet wurde. Page haßte das. Wenn man schon gelobt wird, würde man gern für etwas gelobt, das man geleistet hat. Page war als Frau geboren. Warum sie dafür loben? Sie mochte Carmen und fand es widerlich, gegen sie ausgespielt zu werden.

Lavinia lancierte tatsächlich die Hochzeitsnachricht. Sie wartete ungeduldig darauf, daß sie veröffentlicht wurde, und der Reporter versprach ihr, sie werde erscheinen, noch bevor Wimbledon zu Ende sei.

«Wollt ihr bei uns wohnen?» fragte Jane, am Steuer des Rolls-Royce, den sie und Ricky gemietet hatten. Ricky, Harriet und Jane verband eine Schwäche für englische Wagen. In den Vereinigten Staaten konnten sie sich keinen Rolls leisten, also machte es ihnen großen Spaß, in England einen zu mieten.

«Ich glaube nicht.»

«Wir haben viel Platz.»

«Danke für das Angebot, aber wir werden weiter außerhalb von London wohnen. Carmen dreht in Wimbledon total durch. Ich bin jetzt das dritte Mal dabei, und es sieht so aus, als würde es mörderisch. Bei all dem Gedruckten einerseits und andererseits dem Druck, die Nummer zwei für den Slam zu schaffen, wird sie an die Decke gehen, glaube ich.»

«Sie ist ungewöhnlich nervös, aber sie pendelt hin und her. Entweder ist sie völlig aus dem Häuschen oder sie ist nicht ganz da.»

«Ich habe sie in letzter Zeit oft ‹nicht ganz da› erlebt.»

Sie kamen an einem glatten Teich mit zwei majestätischen schwarzen Schwänen vorbei, die über die Oberfläche glitten.

«Übrigens, es gibt pikanten Klatsch.» Harriets Gesicht hellte sich auf. «Ratet mal.»

Jane schnitt eine Kurve. «Sex in der Turnierrunde?»

«Hm, hm.»

«Eine der Spielerinnen?»

«Natürlich.»

«Rainey Rogers' Trainer?»

«Richtig. Gary Shorter, und jetzt mal weiter.»

«Harriet, ich halt's nicht aus. Erzähl's auf der Stelle.»

«Alicia Brinker wurde gesehen, als sie spät, sehr spät gestern nacht aus dem Zimmer dieses Kolosses kam.»

«Nein!» Dieser Skandal war zu toll, um wahr zu sein.

«Wie bist du dahintergekommen?»

«Durch Happy Straker.»

«Happy Straker redet nicht mit dir. Sie haßt dich.»

«Na, das weiß ich, aber sie redet mit Susan Reilly, und Happy beging den Fehler, Susan zu erzählen, was sie letzte Nacht gesehen hat, während sich eine dritte Person gerade zum Training umzog.»

«Wer hat es mitangehört?»

«Carmen, meine teure Pfirsichblüte.»

«Was?» Jane schnitt die nächste Haarnadelkurve.

«Sie war auf dem Klo, hörte sie in den Umkleideraum kommen und zog die Füße auf den Sitz. Sie sagt, sie wüßte auch nicht, warum sie das machte, jedenfalls tat sie es. Carmen hörte jede Silbe.»

«Alicia Brinker! Daß sie in seinem Zimmer war, heißt noch nicht, daß sie mit ihm geschlafen hat!»

«Ha. Der würde es auch mit einem Hund treiben, wenn er nur richtig mit dem Arsch wackelt. Wenn sie sein Zimmer betreten hat, ist sie nicht unberührt da rausgekommen.»

«Was hat sie bloß vor? Susan wird sie umbringen.»

«Ich habe Alicia immer für eine Klette gehalten. Womöglich ändere ich noch meine Ansicht.»

Jane fuhr langsamer. «Bevor dieses Jahr um ist, werden wir wohl alle unsere Ansichten geändert haben.»

Bonnie Marie Bishop war im College in den höheren Semestern. Mit einer Gruppe amerikanischer Studentinnen reisten sie den Sommer über durch Europa. Bonnie Marie war groß, dünn und nichtssagend. Sie hatte selbst keine sportliche Begabung, schätzte sie aber bei anderen sehr.

Trotz empörter Behauptungen des Gegenteils nehmen die meisten talentierten Sportler allenfalls an Korbflechtkursen teil, werden durch das Studium geschleust und dann in die Welt entlassen, ohne irgendwelche Kenntnisse außer im Dribbeln, Schlagen oder Laufen. Bonnie Marie war das erspart geblieben. Sie wollte eine gute Ausbildung in Betriebswirtschaft. Sie brannte darauf, gleich nach dem Studium ihre eigene Firma zu gründen. Natürlich sollte es etwas mit Sportlerinnen zu tun haben, bloß was, das wußte sie noch nicht genau. Ganz genau wußte sie jedoch, daß sie reich werden wollte. Sie war also eine echte Vertreterin ihrer Generation.

Außerdem war sie Lesbierin. Und wenn Frauen im Geschäftsleben benachteiligt sind, dann ist eine Lesbe gleich doppelt benachteiligt. Darum fürchtete sie sich sehr vor einer Enttarnung, die arme Bonnie Marie. Dabei genügte ein Blick, um sie als kessen Vater zu identifizieren – wie aus dem Bilderbuch. Mannhaft bemühte sie sich, wie eine Dame zu wirken, doch Weiblichkeit und gutes Aussehen waren nicht ihre Stärken. Allerdings besaß sie ein gefälliges Wesen. In der Öffentlichkeit hängte sie sich bei jedem Mann ein, den sie zu fassen bekam, und verbal war sie beruhigend heterosexuell. Nicht daß ihr irgendwer glaubte, aber die Leute gingen darauf ein, damit sie sich wohler fühlte.

Bonnie Marie tauchte mit ein paar anderen Mädchen in Eastbourne auf. Sie fielen durch ihre amerikanischen T-Shirts und ihre Turnschuhe auf. Englische Damen trugen keine Turnschuhe. Englische, kesse Väter vielleicht, aber englische Damen nicht. Auf dieser Welt gibt es Lesbierinnen und kesse Väter. Die beiden haben nichts miteinander gemeinsam. Lesbierinnen sind Frauen, die Frauen lieben. Kesse Väter sind Frauen, die Männer imitieren.

Harriet und Miguel kamen an dem Rudel vorbei, als sie von Carmens Match heimschlichen. Carmen war jetzt im Viertelfinale und verschärfte ihr Rasenspiel mit jedem Schlag. Harriet seufzte innerlich auf, huschte an ihnen vorbei und sah kein zweites Mal hin. Traurig für Harriet, aber Carmen sah sehr wohl ein zweites Mal hin.

Wie zu erwarten, schmiß Carmen Eastbourne. Sie gewann im Doppel, eine erfreuliche Sensation, aber das Einzel bringt die Werbeverträge, nicht das Doppel, und ihre Verträge waren schon gefährdet genug. Niemand bemerkte, daß Carmen eine bessere Doppelspielerin als Einzelspielerin war. Ihr gefiel das Teamwork. Einzel waren für den Stolz, Doppel für die Liebe zum Spiel.

Die beiden verstauten ihre Sachen in einem gemieteten Häuschen am Rande von London. Das Dekor entsprach englischer Behaglichkeit – alte Möbel und höllisch feucht. Harriet zog die getönten Jalousien, imitierten Bauhausmöbeln und Teppichboden vor. Harriet erklärte, sie könne nie eine Frau lieben, die Teppichboden für ideal hielt.

Wimbledon begann wie üblich mit einem Terminchaos, noch ehe der erste Tag halb vorbei war, und Streitereien zwischen Spielerinnen und Spielern, Trainern und Gefolge. Die Leute, die in Wimbledon das Sagen hatten, gaben sich mit solchen trivialen Dingen selten ab, denn sie hielten sich für göttergleich. Da sie tot und nur zu dumm waren, um umzufallen, war diese Einstellung nicht allzu verkehrt.

Wimbledon ist nur beeindruckend, wenn man sich beeindrucken lassen möchte. Es ist nicht das Heiligtum des Tennis, sondern ein recht ordentlicher englischer Tennisclub, der den Tagen des britischen Empires verhaftet ist und am Leben erhalten wird, weil jeder Ausländer in der Welt dort spielen und gewinnen will. Offensichtlich wollen die Engländer dort nicht gewinnen. Sie haben sich seit Jahrzehnten nicht ums Tennis geschert, von Virginia Wade einmal abgesehen. Uganda hat ein besseres Tennisförderungsprogramm als England; aber da sich mittlerweile die halbe Bevölkerung von Uganda in England befindet, bessert sich vielleicht einmal etwas.

Fans stehen stundenlang Schlange, nicht weil sie glühende

Tennisfanatiker sind – das sind nur einige –, sondern weil es nicht so viele Turniere im Land gibt, und dieses ist ihr Nationalturnier.

Die Anlage als solche ist nicht beeindruckend. Der Rasen ändert sich von Jahr zu Jahr, und das ist nicht die Schuld der Platzwarte. Das Wetter würde auch die Geduld von Heiligen auf die Probe stellen.

Wäre Wimbledon nicht Wimbledon, würde man es als recht angenehmes Turnier betrachten, zwar schlecht organisiert und überfüllt, aber mit unbestreitbarem Charme. Doch es wird ewig Wimbledon bleiben, also macht jeder Sportjournalist in der Branche seinen jährlichen Kniefall, Nachrichtenredakteure fabulieren sich Geschichten zusammen, Verknöcherung tarnt sich als Tradition, und die Spieler und Spielerinnen kämpfen mit Zähnen und Klauen, um das Große W zu gewinnen.

Für den Eröffnungstag zog Carmen ein Freilos. Sie brauchte erst am Dienstag zu spielen. Der Dienstag kam und ging mit einem Semana-Sieg, einem wackligen übrigens. Sie mußte nur durch die ersten Runden kommen.

Mit der Gnadenfrist der Presse war es nach dem nächsten Match urplötzlich vorbei. Carmen, Harriet und Miguel trafen aus verschiedenen Richtungen bei Carmens Auto ein. Miguel hatte Schmettie Kittredge seinen Wagen geliehen. Eine graue Wachsmasse auf zwei Beinen folgte der heißen Spur, und hinter ihr kamen weitere ähnliche Gestalten. Die Reporter.

«Scheiße, los ins Auto», kommandierte Miguel.

Dummerweise stand Harriet auf der Fahrerseite. Sie hatte vergessen, daß das Steuer hier auf der anderen Seite war, ein weiteres Beispiel für englische Perversität. Carmen bekam die Tür auf, sprang hinein und sah dann, daß Harriet noch immer draußen stand. «Steig auf der anderen Seite ein!» Miguel stieß sie ins Auto.

In Amerika wird Geschwindigkeit mit Leistung verwechselt. Carmen fuhr, als sei Geschwindigkeit eine Leistung. In England kam sie damit durch. Die Vororte von Wimbledon flogen vorbei. Angespannt zischte sie: «Warum mußtest du's auch Martin

Kuzirian sagen? Gar nichts wäre passiert. Alles wäre in bester Ordnung.»

Verdattert, besorgt, reckte Harriet den Kopf. «Wenn du dich schämst, Lesbierin zu sein, schämst du dich, daß du eine Frau bist.»

Carmen fuhr in wütendem Schweigen nach Hause.

Miguel dachte über das nach, was Harriet gesagt hatte. Trotz all seiner schlüpfrigen Geschäfte war er doch nicht völlig unsensibel. Harriet hatte irgendwo recht. Er hoffte, daß andere Frauen nicht ihrer Meinung waren.

Ebenfalls in wütendem Schweigen bereitete sich Susan, von Ehemann und Tochter flankiert, auf Wimbledon vor. Schlief Alicia wirklich mit Rainey Rogers' Trainer, Gary Shorter? Was, zum Teufel, hatte sie sich bloß gedacht, als sie aus seinem Zimmer kam und sich wieder in ihr eigenes schlich? Bei großen Turnieren waren Susan und Alicia noch mehr auf der Hut als sonst. Susan wollte sich Alicia vorknöpfen, aber sie wollte die Antwort erst nach Wimbledon wissen. Nichts durfte ihre Konzentration stören, den Mantra-Gesang: «Siegen, siegen, siegen.»

Wäre Susan für irgendwen anders als sich selbst sensibel gewesen, hätte sie vielleicht bemerkt, daß Alicia Qualen ausstand, weil sie lesbisch war. Sex mit Männern war schon schlimm genug. Die junge Frau war absolute Puritanerin. Ihr Körper tat eine Sache; ihr Kopf schrie dagegen an. Was sie brauchte, war Mitgefühl, Angenommenwerden und, nötigenfalls, Beratung. Alicia wäre nie zu einem Psychiater gegangen, aber sie hätte mit einem Pfarrer geredet; viele Pfarrer sind kompetent als Berater und wissen mit Menschen in Krisen umzugehen. Hätte Susan überhaupt ein Herz gehabt, hätte sie Alicia dazu verholfen, sich selbst zu helfen. Statt dessen sann Susan darauf, wie sie die Wahrheit aus Alicia herausprügeln könnte. Sie kam gar nicht auf den Gedanken, Alicia schlicht zu fragen, was sie in Gary Shorters Zimmer zu tun hatte. Im Gegensatz zu Susan sagte Alicia im allgemeinen die Wahrheit.

Der Klatsch über Carmens Hochzeit war für die Zeitungen das gefundene Fressen. Harriet bekam es nicht zu Gesicht, weil sie aus dem Verkehr gezogen war. In das gemietete Haus wurden keine Zeitungen geliefert. Sie verbrachte ihre Zeit im Garten oder lesend in der Bibliothek. Sie fühlte sich elend. Sie sollte sich bald noch elender fühlen.

Jane bog in die Auffahrt ein, hupte und ging um das Haus herum. «Ju-hu.»

Die Tür flog auf. «Hallo! Komm rein.»

«Ich mußte weg von diesem Zoo. Jedenfalls habe ich meine Arbeit für heute erledigt. Ich bin Valerie die Tugendhafte.»

«Kaffee?»

«Nein, danke.» Jane ließ sich auf den Küchenstuhl plumpsen. «Sommer nennen sie das. Vielleicht möchte ich deinen Kaffee doch.»

Harriet machte sich am Herd zu schaffen. «Irgendwas Aufregendes im Job heute?»

«Teufel, nein. Alles läuft wie geschmiert. Bis jetzt ist alles absehbar. Ein paar Spiele der Herren waren gut.»

«Sie haben soviel Intensität.»

«Ja, ich weiß. Ich bat um einen Kaffee, Harriet, nicht um ein Menu mit zwölf Gängen.»

«Ich bin doch nicht die Küchenmamsell.»

«Hier.» Jane maß die richtige Menge Kaffeepulver ab. Langsam füllte das Aroma des durch den Filter sickernden Kaffees die winzige Küche. «Du siehst deprimiert aus. Lavinia steckt wieder dahinter.»

«Sie hat sich für Carmen starkgemacht. Ihren Normen entsprechend tut sie das Richtige.»

«Wie edel von dir. Falsche Hochzeitsgeschichten sind nicht das Richtige.»

«Was redest du da?»

«Hast du die Zeitung denn nicht gelesen?»

«Nein.»

«Oh.» Jane hielt sich die Hand vor den Mund.

«Der Kaffee ist fertig.»

Harriet goß eine Tasse ein, während Jane wiederholte, was in der Zeitung stand.

«Ich verstehe. Das wird sie im Augenblick wohl retten. Wenn ich mich verdrücke, dürfte sich die Lage bessern. Vielleicht sollte ich jetzt heim nach Cazenovia fahren.»

«Es steht mir nicht zu, dir zu raten. Auf deine Weise arbeitest du auch für Wimbledon.» Sie stellte ein Bein auf einen freien Stuhl. «Manchmal halte ich das alles für einen Sturm im Wasserglas. Es gibt ein paar Lesben im Damentennis – wen kümmert das schon.» Jane rollte die Augen.

«Lavinia kümmert es.»

«Wenn jemand im Umkleideraum einen Pups läßt, kümmert es Lavinia. Erinnerst du dich an dieses Ferkel, Claire Schick, und wie sie in Seattle am Tennisplatz in die Kübelpalmen kotzte?»

«O ja.» Harriet lachte.

«Lavinia ist noch immer nicht drüber weg.»

«Da sind noch Tomahawk und die örtlichen Sponsoren. Die kümmert es auch.»

«Scheiß drauf.» Jane trank einen Schluck Kaffee. «Der Sport ist ohnehin zu kommerziell.»

Überrascht sagte Harriet: «Was ist denn in dich gefahren?»

«Ich weiß nicht. Ich hab wohl heute meinen Waffeleisen-Tag.»

«Nie mehr daran denken!» Harriet lachte, denn sie erinnerte sich an den Tag in Princeton, als Janes Waffeleisen nicht funktionierte. Jane bastelte lange daran herum. Schließlich wurde sie so wütend, daß sie den verdammten Apparat durch die Küche feuerte.

«Du mußt ja durchdrehen hier draußen im Vorort ohne Auto. Willst du dir denn nicht die Spiele ansehen?»

«Ich sehe Carmen im Fernsehen.»

«Ich schmuggle dich morgen ein. Der letzte Ort, wo dich irgendwer sucht, ist die Fernsehkabine; dein Gesicht ist nicht gerade auf jeder Plakatwand zu sehen.»

«Ein Verlust für England.»

«Dir geht's ziemlich beschissen, nicht?»

Harriet spielte mit ihrem Löffel. «Merkt man mir das so sehr an?»

«Nein, aber ich bin ja nicht blöd. Ich möchte nicht in deinen Schuhen stecken.» Sie blickte unter den Tisch. «Selbst wenn sie die richtige Größe haben.»

«Jane, glaubst du, Carmen weiß etwas von dieser Hochzeitsgeschichte?»

«Keine Ahnung.»

«Lavinia muß das ausgebrütet haben. Carmen würde es mir erzählen.»

«Ich möchte doch hoffen, daß sie es dir erzählen würde, aber in Wimbledon sind die Leute komisch.»

«So komisch nun auch wieder nicht.»

«Ich würde keine Fragen stellen, bis das Finale gelaufen ist. Sie aufzuregen bringt nichts.»

In einem kleinen, aber sauberen Zimmer eines Hotels mittlerer Preislage bumste Carmen Bonnie Marie Bishop wie ein Weltmeister. Carmen hatte ihre Termine sorgfältig koordiniert. Harriet stellte selten sexuelle Ansprüche während eines großen Turniers, also hatte Carmen genug Energie. Bonnie Marie schmolz in ihren Armen dahin, und da gab es viel zu schmelzen. Bonnie Marie würde nie bekennen, daß sie lesbisch war. Sie war neu. Keine Vergangenheit. Keine Probleme. Sie war wunderbar.

Wenn die Direktoren des Rasentennis- und Krocketclubs von England ein Greuel waren, war das englische Publikum eine Pracht, vor allem die älteren Bürger. Noch auf den hintersten Sitzen konnten sie einen Vorhand-Topspin von einer flachen Vorhand unterscheiden. Und wenn sie sich ein Match ansahen, war es für sie nicht ein vereinzeltes Ereignis, sondern fügte sich in eine fortlaufende Kette, die ihr ganzes Leben durchzog. Sie erinnerten sich an Lew Hoad gegen Ken Rosewall, und wenn nicht sie selbst, dann hatten ihre Mütter und Väter 1912 Anthony F. Wilding gegen Arthur Gore gesehen. Wimbledon war eine von den klangvollen Noten in der Symphonie des englischen Lebens. Balljungen in Lila und Grün, die wie ins falsche Jahrhundert versetzte Pagen aussahen, begaben sich auf den Platz. Gestern hatte einer der Balljungen Carmen zugezwinkert. Ganz schön frech, aber nett.

«Was meinst du?» Die etwas weitsichtige Jane hielt das Auslosungsblatt auf Armlänge.

«Carmen wird es in zwei Sätzen gewinnen. Rainey Rogers im Halbfinale wird ein Aas sein. Das Viertelfinale gegen Justine Haverford müßte sie eigentlich hinkriegen», prophezeite Ricky. «Allerdings wird das ganze Land Justine die Daumen drücken.»

«O Gott, seht euch Lavinia an», rief Jane.

Lavinia Sibley Archer, erst durch einen Wodkacocktail gestärkt, schwebte durch die Menge. In Gelb gehüllt, bewegte sie sich in einer Feierlichkeit, als würde sie zu «Pomp and Circumstance» marschieren. Ältere Zuschauer erkannten sie, was sie in Entzücken versetzte. Mit zusammengesteckten Köpfen informierten die Leute einander, wer wer war. Lavinia strahlte heute. Sie war erleichtert gewesen, als sie in der Morgenzeitung die Klatschnotiz über Gerüchte einer bevorstehenden Hochzeit Carmen Semanas fand. Sie hoffte von ganzem Herzen, nichts von dem, was in England passieren würde, möge für ihr Baby, die Tomahawk-Turnierrunde, Folgen haben. Sie würde nach Kräften dafür sorgen, daß es ohne Folgen blieb. Als sie sich schließlich setzte, tat sie, als wäre sie von den beiden Frauen gefesselt, die Position auf dem Platz bezogen. In Wahrheit hörte sie auf das Tuscheln hinter ihr. Ja, sie erinnerten sich an sie.

«Ein alter Feuerwehrgaul.» Ricky schüttelte den Kopf.

«Sie hat es verdient.» Jane war fair.

«Erfolg, an den man sich erinnert, kann genauso süß sein wie gerade errungener Erfolg.»

Außerhalb der Reichweite von Kameras machte sich Harriet hinter ihnen klein und griff nach dem beiseite gelegten Auslosungsblatt. Da Carmen gegen Rainey Rogers antrat, traf Page Bartlett Campbell auf Hilda Stambach, falls die Spielerinnen wie erwartet gewannen, aber da Susan und Page auf derselben Seite der Auslosung standen, gab es da ein Fragezeichen. Susan war unberechenbar. Auf Rasen war Hilda tückisch. Ihr Vorhand-Topspin glich Björn Borgs Vorhand. Auf Rasen war sie als Gegnerin ein Maschinengewehr.

«Wenige Frauen haben den Mut, ganz und gar auf Leistung zu setzen. Das ist eine Sache, die mir an der Tenniswelt gefällt. Die Frauen an der Spitze haben keine Angst, ihr Können zu zeigen.» Ricky rieb sich die Hände.

Carmen gewann das Match 6 : 3, 6 : 4. Jane bemerkte, daß Carmen zu den Tribünen hinaufblickte. So hielt Carmen immer nach Harriet Ausschau. Jane beobachtete sie eine Weile. Carmen hatte mit Sicherheit jemand im Visier. Jane hoffte, daß Harriet es nicht bemerkte, aber Harriet hatte es schon bemerkt, noch ehe der erste Satz 2 : 1 stand.

Miguel war drauf und dran, seine Kartoffelchips durch Valium zu ersetzen. Sein Partner in Hongkong kam für Wimbledon herübergeflogen. Die neuesten Meldungen waren zwar nicht katastrophal, aber doch deprimierend. Der Umsatz war abgesackt. Miguel hatte die letzte Kreditrate pünktlich gezahlt, aber die nächste stand ihm in drei Monaten bevor.

Miguel betrog Carmen nicht. Er hatte vor, 10 Prozent des Profits beiseite zu legen und Carmens Konto gutschreiben zu lassen. Noch war er dazu nicht gekommen, aber er sagte sich, daß er einen Gewinn schließlich erst aufteilen könne, wenn der Kredit zurückgezahlt sei.

Er haßte es, Lavinia gegenüber an Boden zu verlieren, aber vielleicht rettete ihr Plan sie allesamt. Auf keinen Fall wollte er Carmen erzählen, was er getan hatte.

Als er von einem abgelegenen Tennisplatz zurückkam, erspähte er Ronnie Baldwin. Flink wie eine Katze packte er Baldwin am Arm und zog ihn aus dem Verkehr.

«Miguel.» Der Tennisspieler hatte Angst.

«Verdammt, warum hast du Seth Quintard von dem Koks erzählt?»

«He, Mann, ich hab's ihm nicht erzählt.»

Miguel, ein starker Bursche, packte fester zu. «Natürlich hast du es ihm erzählt.»

«Laß mich los.»

Miguel ging ihm an die Kehle. «Warum?» Dann ließ er den erschrockenen Spieler los.

«Mein Spiel war beschissen, und er rückte mir auf die Pelle. Also hab ich's ihm schließlich erzählt – hatte zuviel Koks genommen. Es ist einfach passiert, weißt du.»

«Baldwin, ich breche dir jeden Knochen im Leib, wenn du nicht das Maul hältst.»

«Er war der einzige, dem ich's erzählt habe. Ehrlich.»

«Das reicht ja wohl. Ich hab für dich was riskiert, du Scheißkerl.»

«Das weiß ich. Das weiß ich, Miguel, und ich werd's wiedergutmachen. Echt. Ich schwör's dir.»

Angewidert kehrte ihm Miguel den Rücken zu und ging davon.

Das emotionale Wechselgeld, die kleinen Münzen der Liebe, die Küsse auf die Wange, das Vorlesen aus den Zeitungen, gab es ungehindert weiter. Carmen wachte jeden Morgen auf, tastete nach Harriet, umarmte sie, stand auf, putzte sich die Zähne, duschte und machte sich dann in der Küche ein riesiges Schinkensandwich. Sie machte auch eines für Harriet. Sie plauderten, wenn Carmen die Zeitung gelesen hatte. Harriet erfand Liebesbriefe von Baby Jesus und las sie vor. Carmen lachte.

Aber Harriet spürte, daß auf ihrem Paradiesweg Unkraut sproß. Wäre Carmen älter gewesen oder emotional weniger sprunghaft, hätte sie diese Affäre vielleicht mit der Würde fortgesetzt, die sie beide verdienten. Harriet war nicht so dumm zu glauben, daß Carmen ihr körperlich treu bleiben würde, bis daß der Tod uns scheidet. Allerdings glaubte sie, ihre Freundschaft und die gemeinsamen Ziele würden sie lebenslang fest aneinander binden. Einmal hatte Carmen auf den Knien gelegen und geschluchzt, sie werde Harriet lieben, bis eine von ihnen stürbe. Harriet hatte ihr geglaubt.

Eine wahre Partnerschaft bedeutete für sie gute Zeiten, schlechte Zeiten und Zwischenzeiten. Wenn eine der anderen eine Verletzung zufügte, heilt sie wieder. Es machte wenig Unterschied, ob jemand einen Mann oder eine Frau heiratete. Was den Unterschied ausmachte, war die Fähigkeit, eine Person zu lieben, wenn sie nicht liebenswert war. Die Ehe unterwirft letztlich jede Partnerschaft dieser harten Prüfung. Die meisten bestehen sie nicht.

Carmen hatte Heimlichkeiten vor ihr. Harriet haßte das. Sie wußte, daß alle ihre Instinkte hellwach waren. Wenn Carmen mit einer anderen schlief, lebte sie. Aber sie spürte, wie Carmen ausbrach, ihr entglitt und sich von ihr zurückzog. Sie wußte nicht, ob sie ohne Carmen leben konnte. Da Harriet selbst die geringste Abhängigkeit fremd war, durchfuhr sie dieser Gedanke wie ein Bajonett. Und dabei hatte sie früher über Leute gelacht, die das Gefühl hatten, sie müßten sterben, wenn ihre Ehegefährten oder Geliebten sie verließen.

«Wie toll, daß du vor Rainey noch einen Tag spielfrei hast.» Harriet studierte die Buchrezensionen in der *Times*.

«Ich denke, ich werde heute zweimal trainieren. Heute nachmittag im Doppel. Vielleicht bleibe ich auch gleich draußen.»

Carmen zog ihr Leben in einer Weise durch, daß es aussah, als verhielte sie sich wie immer, dabei schworen sie und Bonnie sich bereits, sie hätten einander vom ersten Augenblick an geliebt. Nachdem sie zwei Wochen in Wimbledon zusammenwaren, hatten sie in der Phantasie bereits ein Haus gekauft, Möbel dafür ausgesucht und die Freundinnen der anderen kennengelernt. Niemand verstand Carmen so wie diese neue Frau. Carmen vergaß völlig, daß sie vor drei Jahren dasselbe zu Harriet gesagt hatte.

Am nächsten Tag streckte sich Jane in Harriets und Carmens Haus auf dem ramponierten Sofa aus. Carmen hatte einen spielfreien Tag, ehe sie auf Hilda Stambach traf, die Page Bartlett Campbell zu Fall gebracht hatte. Page litt unter einer Sehnenentzündung im Knie, sagte der Presse aber nichts davon. Hilda war gut, und Rasen war nicht ideal für Page. Allerdings konnte Page auf allem gewinnen. Nun mußte sie ein weiteres Jahr auf Wimbledon warten, und das bedeutete, sich ein weiteres Jahr eine Familie aus dem Kopf zu schlagen. Sie fragte sich, ob es das wert sei.

Jane hatte Page kurz interviewt und erzählte Carmen und Harriet, daß Page nach dem Finale noch einige Tage dabliebe.

«Jane, möchtest du einen Drink? Wein, Bier oder scharfe Sachen?»

«Weißwein. Es ist noch zu früh am Tag, um ernsthaft zu trinken.»

Carmen schenkte Jane Weißwein ein. Jane spürte die Spannung. Sie kannte Carmen; ihre Sorge galt Harriet. Seit Susan Reilly ihr damals den Laufpaß gab, sorgte Carmen dafür, daß keine andere Frau ihr je das gleiche antat. Jane hielt Carmen für einen in vieler Hinsicht reizenden Menschen, aber auch für den Modellfall einer Liebessüchtigen.

Jane dachte auch ein wenig über sich selbst nach. Veränderung. Das Leben bestand anscheinend nur aus Veränderungen, selbst wenn sich an der Oberfläche absolut nichts regte.

Als Carmen ihr das Weinglas reichte, fragte Jane: «Wofür würdest du sterben?»

«Ich denke nicht ans Sterben.»

«Nicht in Wimbledon.» Harriet nippte an einer Coca-Cola.

Jane sagte: «Aber ich frage mich, ob das Leben lebenswert ist, wenn es nichts oder niemanden gibt, wofür man sterben würde?»

«Nein», antwortete Harriet.

«Nein, was? Gibt's da was, wofür du sterben würdest?» fragte Carmen.

«Ich hoffe, ich würde für dich sterben oder für eine Freundin; für ein Kind, wenn ich eines hätte; für mein Land, je nach den Umständen; für eine Idee, wenn sie großartig genug wäre, obwohl es leichter ist, für Fleisch und Blut zu sterben.»

Carmen sagte nichts darauf.

«Manchmal glaube ich, daß wir morgens aufstehen, bloß weil wir es nicht geschafft haben, mitten in der Nacht zu sterben.»

Jane schüttelte ein Kissen auf.

«Es ist leichter zu leben, wenn du ein Ziel hast.»

«Der Grand Slam», sagte Carmen.

Jane, die jetzt bequem lag, antwortete: «Äußere Ziele lassen einen im Stich. Nicht daß sie nicht wunderbar wären, sie geben uns ein Gefühl von Leistung, aber das ist nicht genug.»

«Der Grand Slam wird für mich genug sein.» Carmen blendete Janes Gedankengang aus.

«Ich meine nicht, daß es nicht wichtig ist», sagte Harriet. «Sport gibt uns wirklich ein Beispiel von Mut. Wahrscheinlich hoffte ich, es gebe einen Sinn hinter den Dingen, ganz sicher aber außerhalb meiner Fähigkeit, ihn zu beschreiben. Vielleicht suche ich nach dem Geist, dem kollektiven Bewußtsein.»

«Wäre das etwa nichts?» Jane trank ihren Wein.

«*Ein* Planet mit *einem* Herzschlag.» Harriet stieß mit Jane an. Carmen ließ ihr Perrierglas gegen Janes Glas klicken und hatte ein schlechtes Gewissen, weil sie sich davor gedrückt hatte, Harriet von Lavinias Plan zu erzählen.

«Auf Carmens Grand Slam und auf die Offenbarung», sagte Jane und hob ihr Glase.

«Eine Offenbarung ist mir willkommen», sagte Harriet. «Die Logik ist zu zeitraubend.»

Hilda Stambach, eine von Seth Quintards Klientinnen, kam ins Finale. Eigentlich waren sie beide Klientinnen von Athletes Unlimited, nur hatte Miguel da reingepfuscht. Aber Seth bekam seine Rache.

Am Tag vor dem Finale, üblicherweise ein Ruhetag für beide Finalistinnen, wartete er geduldig auf Carmen, während sie trainierte. Ein angeblicher englischer Wollfabrikant half Seth dafür sorgen, daß Miguel garantiert außer Sichtweite war. Miguel und der falsche Fabrikant besprachen gerade Carmens künftige Sockenwerbung.

Seth überfiel sie, sobald sie vom Training kam. Er hatte die imitierte Kleidung aus Hongkong bei sich. Als Seth ihr haarklein auseinanderlegte, was da vor sich ging, fiel sie fast in

Ohnmacht. Seth wußte zwar nichts von der gefälschten Unterschrift für den Kredit der Amalgamated-Bank, aber er war schlau genug, um zu wissen, daß Miguel das Geld irgendwoher gekriegt haben mußte.

Carmen nahm die Sachen ungläubig in Augenschein. Seth erinnerte sie daran, daß ihr Name für ein Schundprodukt mißbraucht wurde, und ging dann triumphierend davon.

«Miguel!» Carmen platzte in seine Sitzung hinein.

«Migueletta, wie war das Training?»

«Entschuldigen Sie uns.» Sie schob ihrem Bruder die Hand unter die Achsel und zog ihn aus dem Sessel.

Unter Protest, aber in Sorge, ließ er sich von ihr zum Auto schleifen und hineinstoßen. Sie preschte aus der Parklücke, vergaß beinahe, auf der linken Straßenseite zu fahren, korrigierte sich und raste dann zur Themse. Sie parkte den Wagen so nahe am Fluß wie möglich, donnerte die Tür zu und zog ihn heraus. Aus ihrer Reisetasche auf dem Sitz zerrte sie ein Hemd und eine Bluse hervor.

«Was ist das?»

«Du weißt genau, was das ist.»

Miguel griff nach den Kleidungsstücken. Er sagte kein Wort.

«Miguel, verdammt, lüg mich nicht an!»

«Ich habe ein Geschäft gemacht.» Er holte tief Luft und erzählte ihr dann von Hongkong, dem Vertriebsnetz, dem genialen Plan und, vor allem, daß er 10 Prozent des Profits auf ihr Konto überweise.

«Was noch?»

«Das ist alles.»

Sie hatte eine Karte, aber die spielte sie klug aus. «Seth Quintard hat mir gesagt, du hättest das Geld gepumpt.»

Miguel nahm an, daß sie von der gefälschten Unterschrift wußte. «Ich werde das Miststück umbringen. Wie hat er das mit Dennis Parry rausgefunden?»

«Athletes Unlimited hat überall Freunde.»

Miguel nahm ihre Hand. Sie entzog sich seinem Griff. «Nun

gut, ich habe deine Unterschrift gefälscht – ist doch nichts dabei. Es war ein gutes Geschäft. Ich habe Parry, den Kreditbearbeiter, geschmiert. Er ist zwar ein Wiesel, aber er hat mir den Kredit beschafft. Wer wird schon glauben, daß du hiervon nichts wußtest?»

«Also wieviel Schulden hast du?»

«Wir schulden etwa 500 000 Dollar plus Zinsen. Ich habe bereits einige Raten gezahlt, sonst wäre es schlimmer.»

«Du weißt, daß Seth Quintard sich wahrscheinlich mit den amerikanischen Fabrikanten zusammensetzt. Wenn er mir die gefälschten Sachen gegeben hat, wird er sie ihnen auch geben.»

«Ich bringe ihn um.»

«Jedenfalls werden sie alles erfahren. Es gibt keine Möglichkeit, dieses Zeug zu verkaufen, jetzt nicht mehr.»

«Nicht in Amerika.» Miguels Gesicht war kalkweiß. «Es wird in Südostasien verkauft.»

«Bringt das genug, um die Schulden zu zahlen?»

«Ich weiß nicht. Ich bezweifle es. Wenn du nicht augenblicklich zur Ehefrau wirst, wird sich das Zeug wahrscheinlich auch dort nicht verkaufen.»

«Himmel, Miguel, wie konntest du mir das antun?»

«Alles wäre ganz prima gelaufen, Migueletta. Du hättest noch mehr Geld auf der Bank gehabt, und ich wäre aus eigener Kraft ein reicher Mann geworden. Wie hätte ich auch wissen können, daß du Lesbierin bist?»

«Was hat denn das damit zu tun?»

«Deine geile Möse wird uns ein Vermögen kosten.»

Carmen schlug ihm in den Magen. Er krümmte sich. «Schleimer! Papa hat immer gesagt, daß du ein Aal bist. Du hast meinen Namen gefälscht und mich benutzt.»

Er richtete sich auf und preßte ihr die Arme zur Seite. «Mag sein, daß du ein halber Mann bist, Schwester, aber ich bin ein ganzer Mann und kann dich noch immer grün und blau prügeln.»

«Laß mich los.»

«Erst wenn du zuhörst.»

Sie spuckte ihm ins Gesicht und stieß ihm ihr Knie zwischen die Beine. Er heulte auf.

«Ich kann dir ordentlich weh tun, während du mich schlägst, Trottel.»

«Was hilft uns das denn? Wir sitzen beide in der Klemme. Wir müssen zusammenhalten.»

Sie stand über ihm. «Warum?»

«Weil ich dein Bruder bin. Ja, ich habe dir einen Mist eingebrockt, aber es hätte auch toll laufen können. Was nützt es dir oder dem Damentennis, wenn ein Marketingskandal losbricht? Seth Quintard hat seine Rache gehabt. Er wird es nicht an die Öffentlichkeit bringen. Das letzte, was Athletes Unlimited will, ist noch mehr Ärger im Damentennis. Also wirst du den Kredit zurückzahlen und niemand wird irgendeinen Verdacht schöpfen. Wir werden zusammenhalten. Nicht alle meine Investitionen waren schlecht.»

Sie hörte ungerührt zu. «Okay, Miguel. Aber du machst keine Geschäfte mehr. Nie wieder. Sobald ich aus der Sache raus bin, fährst du nach Hause.»

Miguel kamen die Tränen. «Verzeih mir. Bitte, verzeih mir.»

«Halt den Mund und geh nach Hause. Morgen muß ich wirklich gewinnen.»

Der Morgen des Damenfinales in Wimbledon war klar, ein unerwarteter Segen. Carmen, geladen wie eine Con Edison-Turbine, streute Pfeffer auf ihr Frühstück.

Harriet brühte den Tee auf. «Ein Telegramm von Baby Jesus kam, während du unter der Dusche warst.»

«Laß sehen.»

Letzte Nacht, als Carmen schlief, war Harriet aus dem Bett geschlüpft und hatte sämtliche Telegramme zusammengeschnippelt, die Carmen bekommen hatte, selbst ein paar Buchstaben eingefügt und ein Telegramm von der Katze fabriziert. Sie reichte es Carmen.

Carmen lächelte und las laut vor. «CARMEN. KATASTROPHE FÜR HILDA STAMBACH. STOP. GEWINNE. STOP. WÜNSCHE MIR

Bücklinge zur Feier des Tages. Stop. Komm heim. Stop. Pieselte in deine Wanne. Stop nie. Baby Jesus.» Sie faltete das Telegramm und schob es in ihre Schlägerhülle.

«Sogar die Tiere sind auf deiner Seite.» Viel mehr gab es nicht zu sagen, denn beide waren im Geist auf dem Centre Court.

Harriets Prophezeiung traf exakt zu. Das Finale war enttäuschend für alle außer Carmen, Harriet und Bonnie Marie, die auf den Tribünen verborgen war. Carmen reihte die Punkte wie Perlen aneinander. Hildas erster Auftritt auf dem Centre Court mochte an ihren Nerven gezerrt haben, aber selbst wenn sie Wimbledon-erprobt gewesen wäre, hätte sie Carmen Semana nicht drosseln können.

Carmen war high. Sie war frei. Ihr Körper war locker. Sie dachte sich weniger zu den Punkten, als daß sie sie spürte. Ihr Spiel war instinktiv, fließend, magisch.

Nach dem Match hielt sie den Silberteller hoch über den Kopf und wandte sich der Menge zu. Jetzt nahmen die Leute ihren Anlauf auf den Grand Slam ernst. Wenn es ihr gelang, ihr Tempo beizubehalten und unverletzt zu bleiben, konnte Carmen Semana es schaffen.

Als Jane und Harriet Wimbledon eilig hinter sich ließen, unbemerkt bei all der Feststimmung und dem Trubel, sagte Harriet: «Carmen hat eine Affäre. Ich weiß es.»

«Woher weißt du das?»

«Ich weiß es einfach. Jane, was mache ich bloß?»

«Kannst du es aushalten? Daß sie eine andere Geliebte hat?»

Harriet schwieg.

Jane hielt vor einem Juweliergeschäft. «Wenn dir das Herz bricht, darfst du ruhig losheulen und auf allen vieren kriechen, während du dein Leben wieder zusammenbastelst. Gott weiß, ich hab's getan.»

«Was, du?»

«Als meine erste Ehe aus den Fugen ging, wußte ich vorn und hinten nicht weiter. Ich hatte mein ganzes Leben um dieses Ekel herumgebaut. Oh, er ist nicht wirklich ein Ekel. Wir waren zwei unglückliche Kinder, die einen Augenblick des Glücks fanden, eine Illusion, die Zukunft genannt.»

«Vielleicht ist es das gleiche für Carmen und diese – wie heißt sie gleich?»

«Bonnie Marie Bishop. Soweit ich weiß, ist sie im College in den oberen Semestern.»

Jane strich Harriet durchs Haar, eine große Schwester, die die kleine aufmöbelt. «Dies kann noch viel schlimmer werden, bevor es besser wird. Sei nicht zu stolz, zu deinen Freundinnen und Freunden zu kommen. Und denk an den alten Satz: ‹Überlaß sie dem Himmel.›»

Harriets Augen wurden feucht. Sie haßte es zu weinen, und sie brachte es nicht über sich, auf einer öffentlichen Straße zu heulen. «Vielleicht sind Liebende wie Rundfunksender. Wenn du über Land fährst, empfängt man sie erst immer klarer und dann verschwimmen sie.»

11

Die Sportler sammeln sich bei Turnieren wie Glühwürmchen und zerstreuen sich nach dem Spiel. Sie leben einen ewigen Sommer, bis der Winter jeden einzelnen von ihnen einholt. Da die Spezies rituell mit neuen Anwärtern aufgefüllt wird, vermißt man die gefallenen Kameraden kaum. Wenn ein As sich aus dem aktiven Sport zurückzieht, bleibt diese Nachricht für einen Tag, höchstens für zwei, im Gedächtnis, dann geht sie unter wie ein Stein.

Als Wimbledon vorbei war, packten die strahlenden Gestalten ihre Koffer und eilten zum nächsten Turnier oder für eine Woche nach Hause. Bald würden die Städteturniere wieder beginnen, jedes von ihnen durch ein Konsortium von Banken, Autohändlern und anderen Firmen des Ortes gesponsert. Lavinia würde im eigenen Land wieder das Kommando über die Damenturniere bis hin zu den offenen amerikanischen Meisterschaften haben, einem weiteren Schauplatz ihrer einstigen Größe.

Die Spielerinnen zogen in eine Richtung davon, die Spieler in eine andere. Jeder, der Phantasien von endlosem Sex zwischen Tennisspielerinnen und -spielern nachhängt, muß wohl Opium rauchen. Die Spieler verschmähen die Spielerinnen. Diese Burschen wollen Starlets und Modelle, keine Sportlerinnen. Nur wenige von den Mädchen finden bei ihnen Billigung. Die Spieler halten die Spielerinnen für abgründig häßlich. Die Spielerinnen halten die Spieler für blöde Säcke. Soviel zu den Liebesspielen im Tennis.

Wimbledon haute jeden um: Spieler und Spielerinnen, das Publikum, sogar die Linienrichter. Es ist eine zweiwöchige Gartenparty, an die – wie an allen Gartenparties – man sich lieber erinnert, als sie mitzuerleben. Die Briten wenden zu Recht ihre Aufmerksamkeit wieder dem Kricket zu. Die Tennisspieler und -spielerinnen, weniger beeindruckend in Straßenkleidung, verblaßten, wie Sonnenschein in Zwielicht übergeht – bis zum nächsten Jahr, zur gleichen Zeit, am gleichen Ort, überwiegend mit den gleichen Gesichtern.

Wenn heute ein Spieler verschwindet, so bedeutet das wenigstens gewöhnlich, daß er sich aus dem aktiven Sport zurückgezogen hat. Manche Fans erinnerten sich noch an Männer wie Joseph Hunt aus den Vereinigten Staaten oder Henner Henkel aus Deutschland, kommende Stars, die im Zweiten Weltkrieg umkamen. Andere erinnerten sich an die blonde Erscheinung Karel Koseluths, des großen tschechischen Stars der dreißiger Jahre. Er war im falschen Land zur falschen Zeit geboren. Und dann war da vor allem Anthony Wilding, der goldene Gott von Wimbledon, der im Ersten Weltkrieg fiel. Maria Bueno spielte zwar noch immer im Doppel, aber ein Autounfall hatte ihrer erstaunlichen Karriere ein Ende gesetzt. Sie war die schönste Spielerin, die man seit den frühen zwanziger Jahren, den Tagen von Susan Lenglen, gesehen hatte. So graziöse, strahlende Erscheinungen wie diese beiden Frauen gibt es alle vierzig oder fünfzig Jahre nur einmal. Maureen Connolly, die als die große alte Dame des Tennis hätte Hof halten sollen, war an Krebs gestorben. Andere mit großen Namen, die man am besten nicht erwähnte, waren dem Alkohol oder Drogen verfallen, gehörten nicht mehr zu Wimbledon, nicht einmal mehr zum funktionierenden Teil der Menschheit.

Ein weiteres Jahr. 365 Tage. Den Sportlern, die auf ihrem Höhepunkt standen, erschien das so lang. Für die, die den Höhepunkt hinter sich hatten, würde das nächstjährige Wimbledon im Nu da sein, und die Erinnerung würde sich wieder einmal mit den Geistern all jener erfüllen, die einst jung, schön und stark gewesen waren. Jede Generation erhebt Anspruch auf ihre eigenen Geister. Die Medusa der Zeit zwingt ihren Willen uns allen auf.

Carmen liebte chinesisches Essen. Harriet arrangierte in ihrem gemieteten Haus ein üppiges Festmahl, das vom besten chinesischen Restaurant Londons geliefert wurde. Der Chef des Restaurants deckte den Tisch und stellte das Essen auf Rechauds bereit. Als er zur Tür hinausging, kam Carmen herein.

«Meine Heldin.» Harriet stürzte zu ihr und küßte sie.

Carmen war in der Ekstase des Sieges. «Was ist das?»

«Das Dinner ist angerichtet. Hast du etwa keinen Hunger?»

«Ist das toll.» Carmen setzte sich.

Während sie das köstliche Mahl verspeisten, sagte Harriet Carmen, wie stolz sie auf ihren Sieg sei, daß sie den Slam nun halb geschafft habe, und wie sehr sie sie liebe. Carmen gab ihren Kommentar zum Essen ab und zu einigen denkwürdigen Punkten des Matches.

«Ist es nicht komisch, in England chinesisch zu essen?» sagte Harriet versonnen.

«Ja.»

«Heute dachte ich plötzlich, daß die Gesellschaft wie eine chinesische Vase ist, eine dieser Riesenvasen. Jede Generation überzieht sie mit einer Lackschicht. Je älter die Gesellschaft, desto tiefer, reicher und berückender ist die Struktur der Vase, wenn aber kleine Haarrisse nicht ausgebessert werden, bricht eines Tages das ganze Gebilde zusammen.»

Da Carmen nicht wußte, wie sie die Rede darauf bringen soll, platzte sie abrupt damit heraus: «Ich will kein Coming-Out.»

«Ich habe dich nicht darum gebeten.»

Harriets Stolz auf Carmens Sieg schwand. Was eigentlich ein herrliches Essen sein sollte, verwandelte sich in saure Trauben. «Ich kann dir nur sagen, daß ich mir selbst Rechenschaft ablegen muß. Ich bin nicht dazu geboren, eine Lügnerin zu sein.»

«Ach. Und ich bin es?»

«Mit einem Wort, ja.»

«Warum, zum Teufel, sollte ich das Risiko eingehen? Warum meinen Kopf auf den Klotz legen? Ich will ein schönes Haus, viel Spaß, keine Probleme. Ich habe niemandem geschadet, und ich will nicht, daß man mir schadet.»

«Manchmal müssen einige von uns große Risiken eingehen, damit viele von uns kleine Risiken auf sich nehmen.»

«Du hast es leicht, den Messias zu spielen. Und wenn du deinen Job verlierst, ist es nicht so wichtig, als wenn ich meinen verliere! Du und dein Wahrheitsfimmel. Wie ich mein Leben lebe, geht keinen was an.»

«Was die Wahrheit angeht, herrscht momentan das Gefühl, daß keine Seite mehr als 55 Prozent daran besitzen sollte.»

«Ich dachte, du hast sie ganz gepachtet.»

«Hör zu, Schlaumeier, du gewinnst Wimbledon und kommst nach Hause, um einen Streit vom Zaun zu brechen. Ich versuche dir die Wahrheit zu sagen, so gut ich kann, freilich überblickt niemand die ganze Sache, nicht mal die totale Wahrheit über sich selbst.»

«Ich mache mir Sorgen um meine Karriere. Ich kann nicht zulassen, daß mir irgendwas den Slam vermasselt. Kannst du nicht für sechs Monate den Mund halten?»

«Der Schaden, wie du es nennen magst, ist bereits passiert. Ich kann nicht zurücknehmen, was ich gesagt habe.»

«Du mußt es ja nicht wiederholen.»

«Nein, das nicht.» Harriet konnte nichts essen. Sie spielte mit dem Besteck.

«Vielleicht solltest du heimfahren und es dir überlegen. Ich gehe allein nach Los Angeles.»

«Ich muß mir nichts überlegen, Carmen. Ich will meine Beziehungen zu anderen Menschen nicht auf Lügen aufbauen. Ich habe mein ganzes Leben gebraucht, um zu diesem Entschluß zu gelangen. Ich werde nicht sagen, daß du lesbisch bist. Ich werde gar nichts sagen, aber über mich kann ich nicht lügen. Ich wünsche zu Gott, wir alle würden aufhören zu lügen. Ich wünschte, alle Schwulen und Bisexuellen in Amerika hätten einen blauen Punkt mitten auf der Stirn, damit sie sich nicht mehr vor Heuchelei und Angst verzehren könnten – das wünsche ich mir!»

«Du spinnst.»

«Vielleicht. Ich finde, daß Menschen ihr Leben so leben

sollten, wie sie es für richtig halten. Will ich etwa für etwas geliebt werden, das ich nicht bin, und gehaßt werden für das, was ich bin? Habe ich keine andere Wahl? Es muß doch ein paar Heterosexuelle geben, die uns nicht hassen.»

«Hier geht's nicht um Philosophie, hier geht's ums Überleben», höhnte Carmen.

«Überleben ist eine Philosophie.»

«Du bist so raffiniert, Harriet. Du kannst alles so drehen, wie es dir paßt. Ich hab's satt.»

«Du hast mich satt.»

«Erzähl mir nicht, was ich fühle. Ich brauche dich nicht dazu, daß du mir alles auseinandertüftelst, besten Dank.»

«Du hast ja Bonnie Marie Bishop.»

Carmens Gesicht erstarrte. «Wie hast du das rausgekriegt?»

«Du hast eine heimliche Spur von schlechtem Gewissen hinterlassen. Du hast die letzten zwei Wochen rumgebumst. Und weiß Gott nicht mit mir.»

Carmen faßte sich. «Sie ist sehr nett.»

«Es ist nicht meine Sache, deine Geliebte zu billigen. Du kannst nicht von mir erwarten, daß ich im Augenblick viel Freundlichkeit für sie oder dich aufbringe.»

«Wenn ich mit jemand anders zusammen bin, ist das deine Schuld.»

«Das hoffe ich nicht.»

«Man sucht sich nur jemand, wenn die Sache zu Hause nicht gut läuft.»

Dies verletzte Harriet tief. Zunächst einmal glaubte sie es nicht. Menschen brauchen verschiedene Dinge zu verschiedenen Zeiten. Wenn Geliebte als Waffen benutzt werden, ist das etwas anderes, als wenn ein Mensch einen anderen braucht. Im Augenblick war alles völlig durcheinander. Harriet gab nicht auf. Sie schwankte zwischen Wut und furchtbarem Schmerz, und sie wollte beides nicht herauslassen.

Carmen nahm die Schultern zurück und setzte sich aufrecht. «Übrigens, ich wollte dir von Lavinias Plan erzählen.»

«Was?»

«Sie hat einen Mann gefunden, den ich heiraten kann.»

Schockiert griff Harriet nach der Tischkante. «Das kann nicht dein Ernst sein.»

«Das ist mein Ernst.» Ihr dunkles Gesicht verriet keine Emotion.

«Ist er schwul?»

«Weiß ich nicht. Er heißt Timothy Meeker. Ich lerne ihn nächste Woche kennen. Er lebt in Los Angeles.»

«Es ist grausam, einem heterosexuellen Mann etwas vorzumachen. Er hat auch ein Herz.»

«Es ist ein reines Geschäft. Er bekommt ein Gehalt.» Carmen hatte sich bereits auf diese Handlungsweise festgelegt. Sie war nicht mehr umzustimmen. Sie würde vor sich selbst rechtfertigen müssen, was sie da tat. «Das ist verrückt.»

«Es ist vollkommen vernünftig.»

Eine enorme Fülle von Neuigkeiten war gerade auf Harriets Haupt niedergeprasselt, allesamt schlechte. «Und was ist mit deiner neuen Freundin?» Sie sagte dies mit ebensoviel Herausforderung wie Neugier.

«Sie findet es großartig. Sie möchte auch nicht, daß jemand etwas über sie erfährt.»

«Zwei Lügnerinnen sind besser als eine, schätze ich.»

«Das ist nicht fair!»

«Bei aller Phantasie läßt sich das, was du da tust, nicht als fair bezeichnen», konterte Harriet. «Was tust du denn? Du verstrickst dich in ein Netz von Betrug.»

«Die Leute wollen sich ein bestimmtes Bild von mir machen. Sie werden glauben, was ich ihnen erzähle. Das weißt du. Die Leute sind doof.» Ein bitterer Unterton kam in ihre Stimme. «Jedenfalls tun Filmstars das dauernd.»

«Dadurch wird es nicht richtig.»

«Hör endlich auf! Du bist doch nicht mein Gewissen. Nach meiner Karriere kann ich tun, was mir gefällt.»

«Hiernach wirst du nicht mehr dieselbe sein.»

«Wie meinst du das?» Ein Schimmer von Verständnis flackerte in Carmens Augen auf und verschwand wieder.

«Jede Handlung, die ein Mensch in seinem Leben tut, prägt ihn. Was du tust, trägst du mit dir herum. Wie einen Fleck auf der Seele.»

«Ach, Scheiße.»

«Handlungen haben Folgen, Carmen, wenn auch vielleicht erst Jahre oder Jahrzehnte später. Was du tust, wird dich für den Rest deines Lebens verfolgen, und es ist mir scheißegal, wie viele Autos, Pelze, Brillanten, Häuser oder Frauen du kaufst.»

«Was du brauchst, ist eine Kanzel», höhnte Carmen.

«Du hast dir ein Preisschild aufgeklebt. Du hast dich schlicht und ergreifend verkauft. Wofür, Carmen? Für die gute Meinung von Leuten, die du nicht mögen würdest, wenn sie in deine Nähe kämen? Für Geld? Selbst wenn es um Millionen von Dollars geht, ist doch deine Integrität mehr wert, als dir irgendwer zahlen kann. Wie wirst du dich im Spiegel ansehen, nachdem du das getan hast? Du hast deine Integrität verplempert.»

«Du bist ja so weg von allem. Du bist eine alberne Idealistin. Mein Leben wird wunderbar sein! Ich kann tun, was ich will. Und ich kann's mit einer tun, die mich zu schätzen weiß. Du hast immer versucht, mich zu etwas zu machen, das ich nicht bin.»

«Ich habe dir zu helfen versucht, zu dir selbst zu finden. Die Carmen, die ich liebe, würde nie lügen.»

«Ich wußte ja, daß du mich nie wirklich verstanden hast.»

«Was für ein Mensch würde dich auch dazu auffordern, deine Selbstachtung zu untergraben?»

Ein verlegenes Schweigen legte sich über den üppig gedeckten Tisch.

Was keine von ihnen aussprach, war, daß Carmen panische Angst vor dem Alleinsein hatte. Ihre Karrieresorgen waren eine Tarnung für tiefere Dinge. Ein Mensch kann nur dann weiterkommen, wenn er das, was er am meisten fürchtet, annimmt. Carmen war weit davon entfernt, sich ihrer Einsamkeit zu stellen, die dann zu Alleinsein, schließlich zu Selbstkenntnis werden würde. Sie brauchte es, daß ihre Persönlichkeit ihr widergespiegelt wurde, wie sie es brauchte, daß der Ball von der anderen Seite des Feldes zurückgeschlagen wurde.

«Warum tust du das?» Eine Träne lief seitlich an Harriets Nase herab.

«Weil ich kein Vertrauen mehr zu dir habe. Wenn du mich liebtest, hättest du nicht allen erzählt, daß du lesbisch bist. Dir liegt nichts an mir oder meiner Karriere. Dir liegt nur an dir selbst.»

«Ich habe meine Karriere verpfuscht. Ich bin von einem Land zum anderen mitgezogen, von einem öden Ort zum nächsten öden Ort.»

«Ich habe dich nicht darum gebeten.»

«Warum hast du dann geweint und mir gesagt, ich soll meine Stellung aufgeben? Warum hast du mich fünfmal am Tag angerufen und geweint, wenn wir getrennt waren? War das etwa kein Bitten?»

Carmen bekam einen roten Kopf. «Jetzt bitte ich dich nicht.»

«Aber du hast es getan, und ich bin 36 Jahre alt, und mein Leben zu diesem Zeitpunkt zu ändern ist verdammt beängstigend. Mit 24 glaubst du, du kannst jederzeit neu anfangen. Das Leben ist eine einzige Einladung zu Neuanfängen. Ich stehe in meinem Leben an einem anderen Punkt als du, und du spielst schnell und locker, nicht nur mit meinem Kopf, sondern auch mit meiner Karriere. Gott, war ich ein Dummkopf zu glauben, daß du meinst, was du sagst. Du hast gesagt, du würdest für mich sorgen.»

«Ich zahle schließlich die Rechnungen.»

«Wie kannst du es wagen, das gegen mich auszuspielen, nachdem du mich gebeten hast, meine Arbeit aufzugeben!»

Carmen wußte, daß sie ihr Wort brach, und sie haßte es. «Ich habe keine Gewalt über mein Herz. Mir ist ja wohl noch ein Irrtum gestattet.»

«Aber wer von uns ist der Irrtum? Und was ist mit den anderen Frauen, die vor mir deine Geliebten waren?»

Carmen konnte das nicht ertragen. Sie wollte, daß alles einfach war. Gestern war gestern, und Gestriges galt heute nicht mehr. Frühere Geliebte wurden vergessen, oder man erinnerte sich gelegentlich liebevoll an sie. Carmen wechselte das Thema. «Miguel ist in großen Schwierigkeiten. Er schuldet Amalgamated-Banks über 600 000 Dollar.»

«Was?»

«Er hat einen Kredit von 600 000 Dollar plus Zinsen aufgenommen und meine Unterschrift als Mitunterzeichnerin gefälscht.»

«Was hat denn das mit uns zu tun?»

«Ich werde eine Menge Geld verlieren, wenn ich nicht hetero werde. Miguel hat sich auf ein Geschäft mit nachgemachter Designermode eingelassen. Ach, frag bloß nichts. Der Punkt, auf den es ankommt, ist: wenn die Umsätze fallen und er den Kredit nicht zurückzahlen kann, muß ich das Geld aufbringen.»

«Carmen, ich mochte dich lieber, als du dir noch um dein Herz Sorgen gemacht hast.»

«Ich und meine Karriere sind dir völlig schnuppe. Jede andere wäre außer sich. Bonnie Marie macht Miguels Scheiße ganz krank.»

Harriet knallte ihr eine. Das war der Tropfen, der das Faß zum Überlaufen brachte.

Carmen rieb sich das Gesicht und sagte: «Ich habe dir nie getraut.»

«Warum hältst du nicht einfach die Klappe?» Harriet stand auf, ging aus dem Zimmer und schloß die Tür hinter sich.

Carmen raste ganz hysterisch zum Telefon. «Bonnie Marie, ich hab's ihr erzählt. Sie hat mich geschlagen. Ich hasse sie!»

Worauf das Gespräch die erwartbare Wende nahm. Bonnie Marie liebe sie. Ja, Harriet sei eine fürchterliche Person. Innerhalb von 24 Stunden würden sie zusammen sein, und alles wäre gut. Es mußte einfach gut werden.

Ricky massierte Harriet die Füße. Das war sein Allheilmittel.

«Ich begreife nicht, warum es mir so elend geht. Ich habe doch schon Freundinnen so was durchmachen sehen.»

«Für dich ist es neu.» Ricky wies sie auf das Offensichtliche hin.

«Hier, trink das.» Jane reichte ihr einen Wodkacocktail.

«Ich trinke nicht.»

«Das wissen wir doch, aber es gibt für alles ein erstes Mal. Du bleibst heute nacht hier. Morgen früh komme ich mit und helfe dir, deine Sachen zu packen, und dann können wir alle nach New York zurückfliegen.»

«Es war einfach zuviel für sie.» Harriet trank den Cocktail tatsächlich.

«Schatz, du hast den Preis der Liebe gezahlt. Jetzt zahlst du die Steuern darauf. Je schneller du es vergißt, desto besser geht es dir.»

«Mein Gott, Jane, wir haben ein Haus zusammen. Wir haben zusammen gelebt.»

«Das haben viele andere auch. Trennung ist nun mal kein Zuckerschlecken.»

«Was soll das heißen?» Harriet sah Jane fragend an.

«Bloß daß es eine miese Kiste ist. Es ist auch für sie eine miese Kiste, aber das wird Carmen erst in ein paar Jahren herausfinden.»

«Lavinia hat noch einmal in Wimbledon gewonnen.» Ricky brachte Kissen und Decken für Harriet herein, die von dem Wodka schon ganz schläfrig war. «Hoffentlich ist das Sofa bequem.»

«Es ist prima.»

Jane deckte sie zu. «Nacht.»

«Nacht, ihr beide. Vielen Dank auch.»

«Na, komm.» Ricky küßte sie auf die Wange.

Ehe sie wegsackte, sagte Harriet: «In Gottes Armee habe ich Latrinendienst.»

Die Insel Mount Desert vor der Küste von Maine war ein kristallklares Mekka. Das Wasser war rein, die Luft flimmerte, die wilde Landschaft reinigte die Seele. Die Menschen, ob nur im Sommer oder das ganze Jahr über dort ansässig, waren solide. Susan Reilly und Alicia Brinker fuhren nach Wimbledon dort hin.

Die zwei Wochen nach Wimbledon waren die einzigen zwei

Wochen im Jahr, in denen Susan ihr besessenes Training unterbrach. Sie ließ das World Team-Tennis aus, obwohl es gutes Geld einbrachte. Diese Ferien gönnte sie sich.

Während sie in einem kleinen Segelboot durch das tiefblaue Wasser glitten, plauderten die beiden freundschaftlich miteinander. Das Wetter war prächtig und Alicia eine gute Seglerin. Susan hatte vor, Alicia fallenzulassen, wenn sie einen passenden Ersatz finden konnte. Alicia war etwas zu passiv. Was hatte sie da in Gary Shorters Zimmer zu suchen gehabt? Und außerdem, Susans innere Uhr sagte ihr, daß es Zeit für etwas Neues war.

«Toller Tag. Ich liebe Maine.»

«Ich auch.»

«Susan?»

«Ja?»

«Ich muß dir etwas sagen.»

Jetzt kommt's, dachte Susan. «Was?»

«Ich glaube, du hast Carmen Semana und Harriet Rawls die Presse auf den Hals gehetzt.»

«Wieso glaubst du das?» Susan lag flach auf dem Rücken und sog die köstliche Sonne in sich ein.

«Die Geschichte von der Hochzeit. Die war so unerhört, daß sie nur dir einfallen konnte.»

Susans aufgeblähtes Selbstbewußtsein gewann die Oberhand. «Sei nicht albern.»

«So schlau sind Reporter nämlich nicht. Du hast das ausgekocht. Du kannst die Vorstellung nicht ertragen, daß Carmen den Grand Slam gewinnt.»

Susan knirschte leicht mit den Zähnen. «Sie wird ihn nicht gewinnen. Niemand wird ihn je wieder gewinnen.»

«Sie hat ihn schon halb. Wart's nur ab.»

«Was bedeutet dir das schon?»

«Ich bin einfach neugierig. Du wirst mich immer faszinieren.» Alicias sanfte Stimme schwebte über dem Wasser.

«Hm-m-m.»

«Das zu machen war gemein, Susan, gemein, aber in gewisser Weise witzig.»

Ein heimliches Lächeln stahl sich auf Susans Lippen.

«Das andere, was ich dir sagen wollte –» Alicia lavierte das Segelboot – «ist, daß ich schwanger bin.»

«Du bist was?» Susan setzte sich auf.

«Ich bin schwanger.»

Susan wurde fleckig im Gesicht. «Wie konntest du nur?»

«Ich möchte ein Baby.»

«Ich habe ein Kind.»

«Weshalb kann dann ich keines haben?»

«Alicia, ewig liest du in dieser Bibel. Du zermarterst dich unseretwegen. Wie kannst du da hingehen und dich schwängern lassen?»

«Ich möchte ein Baby. Ich möchte eine Sache oder einen Menschen, den ich lieben kann, und ich möchte nicht mein Leben damit zubringen, mich zu verstecken.»

«Du kannst mich lieben.»

«Nicht wirklich. Ich glaube nicht, daß du jemanden nahe genug an dich heranläßt.»

Das war nun nicht das Gespräch, auf das Susan gefaßt gewesen war. Sie hatte auf ein tränenreiches Geständnis gehofft. Sie hätte Alicia getröstet und ihr den einen nächtlichen Ausflug mit den Jungs verziehen. Dann hätte sie sich völlig gerechtfertigt gefühlt, sich schnellstens eine neue Geliebte zu suchen. «Das ist doch absurd.»

«Ich werde nicht heiraten. Ich weiß, das wird meine Eltern umbringen, aber es ist etwas, das ich tun muß.»

«Du mußt überhaupt nichts, außer sterben», ereiferte sich Susan.

«Es gibt noch etwas, das ich tun muß.»

«Was?»

«Dich verlassen.» Alicia machte einen Kopfsprung vom Boot und schwamm zur Küste. Die unerfahrene Susan brauchte zwei Stunden, um die Jolle wieder in den Hafen zu manövrieren. Als sie im Zimmer ankam, war Alicia ausgezogen. Susan setzte sich aufs Bett. Es war das erste Mal in ihren 30 Jahren, daß sie von einer Geliebten verlassen wurde.

Auch Lavinia Sibley Archer wurde verlassen. Howard Dominick wurde gefeuert. Tomahawk wollte einen neuen Boss, und das Damentennis ließ man sang- und klanglos in den Konzernpapierkorb fallen.

«Ich habe nie geglaubt, daß das passieren könnte.»

«Zwölf Jahre lang ist alles nach deiner Nase gegangen. Ich würde sagen, du bist gut davongekommen.»

Lavinia sah Siggy an. «Was hast du gesagt?»

«Ich sagte, du hast die Show zwölf Jahre dirigiert. Vielleicht ist es Zeit für neue Konzepte und neue Leute.»

Violett vor Wut brüllte sie: «Willst du damit sagen, daß ich hinterm Berg bin?»

«Hinterm Berg? Du solltest unterm Rasen sein.»

«Du bist gefeuert!»

«Großartig. Ich kündige. Aber bevor ich gehe, will ich dir noch sagen, wie scheißegal es mir ist, daß du Wimbledon gewonnen hast. Allen ist es scheißegal, daß du Wimbledon gewonnen hast oder das US Open. Die Welt dreht sich nicht um Lavinia Sibley Archer und das Damentennis.»

Sie war gelähmt vor Wut. Wie angewurzelt stand Lavinia da. Jetzt aller Hemmung beraubt, schlug Siggy weiter zu: «Das Damenspiel wird nie solche Einnahmen bringen wie das Spiel der Herren, und beim Herrentennis sieht es auch nicht gerade rosig aus. Wenn du überleben willst, faßt du besser deinen Markt ins Auge, Baby. Hänschen Müller kannst du vergessen – wenn er sich Frauen ansehen möchte, will er weder Kinder unter dreizehn noch schwitzende, kesse Väter sehen. Dein Markt ist die verheiratete Frau mittleren Alters, die Clubspielerin und ihr Mann, wenn sie ihn zu den Turnieren mitschleift. Und sie ist von den kessen Vätern auch nicht hingerissen. Wenn sie kommt, will sie gutes Tennis sehen, heimgehen und eine Rückhand wie Susan Reilly schlagen. Sie will nicht Susan Reilly sein. Kapiert?»

«Hinaus!»

«Ich überlasse dir uneingeschränkt das Feld. Ich gehe mit Vergnügen.»

«Du irrst dich, was den Tennismarkt angeht!» schrie sie hinterher.

Siggy war unterwegs zum Fahrstuhl.

Lavinia erkannte eine Krise, wenn sie eine sah. Sie schluckte ihren Stolz hinunter und rannte Siggy nach. «Warte eine Minute, warte eine Minute. Ich habe den Kopf verloren. Komm zurück und laß uns darüber reden.»

Gelassen trat Siggy von der aufgehenden Fahrstuhltür zurück.

Dann redeten sie fünf Stunden lang. Siggy Wayne schlug eine Neuorganisation des Profitennis vor. Alles würde heruntergeschraubt werden. Außerdem versprach er, einen neuen Sponsor beizuschaffen, einen, den man nicht speziell mit Weiblichkeit oder weiblichen Produkten gleichsetzte. Und schließlich, wenn sie ihn nicht zum gleichberechtigten Partner machte, ginge er.

Lavinia zögerte dies hinaus, bis er einen neuen Sponsor präsentieren konnte. Das tat er. Ein Schnapsfabrikant wollte einen neuen Drink auf den Markt bringen, einen alkoholischen Milchshake namens «Avalanche». Sie beschlossen, es ein Jahr lang auszuprobieren. Der Vertrag konnte gelöst werden, falls ein Skandal losbrach. Avalanche war für die neuen Konsumenten gedacht, die Achtzehn- bis Vierundzwanzigjährigen; im übrigen warb die Firma für ihr Hauptprodukt, Gin.

Siggy war nun gleichberechtigter Partner. Das Damentennis würde unter seiner Regie Zukunft haben. Veranstaltern, die früher ohne weiteres Turniere bekamen, wurden jetzt eine Reihe von Bestimmungen auferlegt, die Siggy Wayne ausarbeitete. Die Tennisveranstaltungen wurden unter Siggys Regie leicht an Zahl verringert und zentralisiert. Es war nun wirklich ein Geschäft und steuerte durch das Fahrwasser der Wirtschaft wie jede andere stabile Firma. Auf seine Weise war Siggy von größerer Bedeutung als Wimbledon.

Carmens Hochzeit, ein gesellschaftliches Spitzenereignis in Los Angeles, füllte alle Zeitungen und Sportblätter. Auch wenn sie sich ihrer Mediennutten nicht mehr sicher war, wußte Lavinia doch, daß niemand dieser Hochzeit widerstehen könnte. Der Witz war, daß Bonnie Marie Bishop als Carmens Brautjungfer fungierte. Arturo Semana übergab seine Tochter, während Theresa, ihre Mutter, in der ersten Reihe in Tränen zerfloß. Auch Miguel weinte. Er wußte, daß dieser hübsche Schauspieler sich früher oder später auf einen Machtkampf mit ihm einlassen würde. Miguel und Carmen kitteten ihr Verhältnis zueinander, so gut sie konnten. Sie liebte ihn noch immer, aber sie würde ihm nie mehr trauen. Sie würde nie wieder jemandem wirklich trauen, außer Bonnie Marie – und derjenigen, die nach Bonnie Marie kam.

Die Hochzeit sollte zwar ursprünglich Weihnachten stattfinden, aber die mittsommerlichen Ereignisse erschütterten Lavinia zutiefst. Dies war eine Notheirat, und das Damentennis war das Baby.

Vor der Hochzeit organisierte Happy Straker, zusammen mit den meisten anderen Mädchen im Profitennis, einen Polterabend. Filmkameras en masse waren dabei. Anschließend legten die lesbischen Spielerinnen ein Schweigegelübde ab. Keine würde je zugeben, daß sie lesbisch war, und keine würde sich je mit einer öffentlich bekannten Lesbierin sehen lassen. Damit war natürlich Harriet gemeint. Lavinia sorgte dafür. In all ihren Presseverlautbarungen war nur von «jener unglückseligen Freundschaft» die Rede. Nach Carmens Heirat, wenn ihre Mädchen in Sicherheit waren, würde sie aufhören, auf Harriet herumzuhacken.

Susan Reilly glänzte durch Abwesenheit. Alicia ebenfalls. Diese Geschichte flüsterte man sich nur hinter geschlossenen Türen zu. Happy überwachte jetzt das Schweigen. Es war eine Rolle, die ihr auf den Leib geschrieben war.

Mit einem verständnisvollen Timothy verheiratet, war Carmen nun in Sicherheit und mit Bonnie Marie wahnsinnig glücklich. Bonnie Marie wurde in einem hübschen Haus in Westwood versteckt, während Tim und Carmen in ihrem neuen, riesigen Anwesen mit Tennisplatz in Bel Air wohnten.

Carmens einzige Sorge galt dem Sieg im US Open. Sie trainierte inbrünstig mit Miguel. Sie würde den Grand Slam gewinnen, und allein darauf kam es an.

So fieberhaft Carmens Training auch war, an die Intensität desjenigen von Susan Reilly reichte es nicht heran. Susan begab sich in die Obhut von Marvin Wheelwright, einem der größten Trainer in dieser Sportart. Er war in den fünfziger Jahren ein guter Spieler im Doppel gewesen, aber seine wahre Rolle war die eines Trainers. Marvin konnte eine Spieltechnik genauer und schneller ändern als irgend jemand sonst im Sport. Er war teuer, und seine Schützlinge arbeiteten täglich acht Stunden.

Susan stand morgens um sechs auf. Da Marvin in Florida lebte, arbeiteten sie von sieben bis elf Uhr, machten eine Mittagspause, an die sich Krafttraining und Strategiestunden anschlossen, und waren dann wieder von vier bis acht Uhr abends auf dem Platz.

Marvin drillte sie auf Kunstrasen, dem Belag des US Open, und für das Australian Open auf Rasen. Er war einer der wenigen Profis in Amerika, die einen Rasenplatz besaßen.

Marvin war sich seiner Sache nicht sicher, was Susan und das US Open anging. Ihre Ungeduld mit dem Kunstbelag konnte ihr schaden; auf Rasen hingegen – wenn sie sich an das hielt, was er ihr einbleute, vor allem hinsichtlich ihrer Spurts ans Netz – auf Rasen würde sie mörderisch sein.

Auf ihre Weise war Susan bereits jetzt mörderisch. In Ermangelung von Liebe – dessen, was sie von der Liebe kannte – trat Susans manische Veranlagung offen zutage. Nach acht Uhr abends sich selbst überlassen, stürzte sie in den Kraftraum, um ihren Körper weiter zu traktieren. Sie war eine Besessene.

Harriet machte schlimme Zeiten durch. Sie konnte es sich nicht leisten, das Haus in Cazenovia zu halten, aber alle ihre Ersparnisse steckten darin. Sie hatte Carmen nie für kleinlich gehalten, wurde nun aber eines Besseren belehrt. Wahrscheinlich gibt es so was wie eine gute Trennung nicht, dennoch war das Gerangel mit Carmens ausgefuchsten Anwälten über das Haus keine beglückende Sommerbeschäftigung für eine Frau, die von ihrer Geliebten ohne Geld sitzengelassen worden war. Die schönen Geschenke, die Carmen ihr gemacht hatte, waren in dieser Situation nutzlos. Sie hatten nur dazu gedient, daß Harriet noch mehr zu einer Geisel von Carmens Reichtum wurde.

Schließlich wurde das Haus verkauft. Die Auszahlung wurde verzögert, da Carmens Anwälte erklärten, Harriet hätte nicht die Hälfte des Kaufpreises beigesteuert. Sie hatte das auch nie behauptet, denn schließlich war Geld nicht die Basis ihrer Beziehung mit Carmen gewesen. Sie waren Geliebte, keine Buchhalter. Trennung ist die einzige menschliche Tragödie, die alles auf Geld reduziert. Harriet haßte das. Carmen, wenn sie sich überhaupt dafür interessierte, bot nie an, diese Misere zu erleichtern. Als endlich alles geregelt war, schäumte Carmen, wie sehr sie von Harriet, dieser Lesbe, ausgebeutet worden sei. Harriet nahm ihre Hälfte des Hauserlöses, legte sie in hochverzinslichen Wertpapieren an und mietete ein Haus in der Stadt. Sie brauchte Zeit zum Nachdenken.

Außer dem Geld aus dem Haus hatte sie keine Einkünfte. Freunde am College von Cazenovia und der Universität von Syracuse verschafften ihr Arbeit als Tutorin für Doktoranden. Damit konnte sie knapp die Miete und das Essen bezahlen. Harriet kam dahinter, daß Lesbischsein eine sehr kostspielige Sache war. Sie bedauerte, daß Carmen sie verlassen hatte, und sie bedauerte Lavinias Schmutzkampagne. Aber sie bedauerte nicht, daß sie die Wahrheit gesagt hatte.

Zu Lavinias und Siggys neuer Strategie für die Damentennisliga gehörte, daß sie wie ein Tornado in die Reihen der Angestellten fuhren. Alle kessen Väter waren draußen. Alle weiblichen Angestellten mußten Nagellack, Perlonstrümpfe, Parfum und Röcke tragen. Eine Spielerin mußte nicht einmal lesbisch sein, sie brauchte dessen nur verdächtigt zu werden, um ihnen zum Opfer zu fallen. Es war die McCarthy-Ära im Tennis. Leider waren die Homosexuellen an Verfolgungswahn gewöhnt. Nur die Heteros beschwerten sich.

12

Flushing Meadows, Austragungsstätte des US Open, trägt seinen Namen zu Recht. In den ersten beiden Septemberwochen ergießt sich eine Flut von Menschen durch die Drehkreuze, die bombastische Tennisstars erleben möchten und Schiedsrichter, die besser in die Met-Aufführung der *‹Aida›* paßten.

Das US Open ist ein lautes, wildes Turnier, das dazu neigt, jede Tradition zu zerstören, solange es die Gewinne steigert. Sponsoren kämpften um die günstigsten Stellen für ihre Werbung. Die Firma Tomahawk, ein abspringender Sponsor, der bis zum Ende der Saison noch gebunden war, löste das Problem, indem sie den Namen des neuesten Parfums «Moccasin» auf die Rückwände der Toiletten pinseln ließ.

Die Zuschauer waren dieses Jahr zahlreich. Die Reichen hingen noch immer in Bar Harbor herum oder segelten bei Newport. Das US Open zog die Mittelklasse an, die aus den Sommerferien heimkehren mußte, wollte sie ihre Arbeitsplätze behalten. Auch manche Amerikaner der Unterschicht fanden sich ein, aber in Wahrheit würde Tennis nie ihr Sport werden.

Lavinia wieselte überall herum. Der einzige Ort, wo ihr knallgelbes Kleid nie auftauchte, war auf der obersten Tribüne des Louis Armstrong Memorials Stadiums, eine Arena mit 20 000 Sitzplätzen. Sie wollte schließlich nicht wegen Sauerstoffmangels in Ohnmacht fallen.

Carmen war an zwei, Page Bartlett Campbell an eins gesetzt; sie hatte das US Open die letzten vier Jahre hintereinander gewonnen. Carmen giftete sich über die Wertung. Sie hatte sich zwei der Grand Slam-Turniere unter den Nagel gerissen und noch immer steckte das Komitee hinter Page.

Siggy Wayne und Seth Quintard latschten täglich ein Paar Schuhe durch, rasten von Spielerinnen zu Firmenbossen. Das US Open, ein fruchtbarer Boden für Geschäfte, machte beide Männer glücklich.

Bonnie Marie schlenderte im Umkleideraum ein und aus, was Außenstehenden im allgemeinen untersagt war. Sie war in den Umkleideräumen zu Hause. Die Torwärterinnen hielten sie wohl für eine Spielerin. Und das war sie auch, auf ihre Art.

Die Spielerinnen hetzten durch die Menge, um zu ihrem Platz zu gelangen, wenn außerhalb des Stadions gespielt wurde. Die sengende Hitze, die der Kunstbelag der Plätze speicherte, brannte an ihren Beinen wie Napalm. Die Fahrwerke der Flugzeuge, die La Guardia Airport anflogen, drohten mehr als eine große Spielerin zu skalpieren. Die U-Bahn-Geräusche von Forest Hills wirkten wie Wiegenlieder verglichen mit dem Dröhnen der Flugzeuge.

Harriet wollte nicht zum US Open fahren, aber Jane bat sie, für ein paar Tage herüberzukommen. Sie könne in Princeton wohnen und alte Freunde besuchen. Einsam wie sie war, sagte Harriet zu.

Am ersten Abend bei Jane und Ricky erhielt sie einen merkwürdigen Anruf. «Alicia! Woher weißt du, daß ich hier bin?»

«Pure Vermutung. Ich wette, du fragst dich, wieso ich dich anrufe.»

«Ja.»

«Ich habe Susan verlassen, weißt du.»

«Fünf zu eins, daß Susan es anders darstellt.» Harriet hatte zwar keinen Streit mit Alicia, fragte sich aber, was das sollte.

«Der Hitler der Tenniswelt.»

«Ach, so schlimm ist sie nun auch wieder nicht. Vielleicht Iwan der Schreckliche?»

Alicia kicherte. «Ich bekomme ein Baby. Aber ich werde nicht heiraten. Ich bekomme dieses Baby ganz allein.»

«Das erfordert Mut. Warum erzählst du mir das, Alicia? Schließlich sind wir ja nicht gerade Busenfreundinnen.»

In die nervöse Stimme kam ein Zögern. «Nein, aber ich habe nie offen Partei ergriffen. Ich hatte nie etwas gegen dich, aber Susan schon. Weißt du, seit du das damals in Hilton Head gesagt hast, kam ich zu dem Schluß, daß ich dich mochte. Zumindest hattest du keine Angst zu lieben. Susan hatte immer Angst.» Sie unterbrach sich. «Was hältst du davon, daß ich ein Baby bekomme?»

«Ich wünsche dir alles Gute, Alicia.»

«Ich muß dir etwas sagen. Ich weiß nicht warum. Ich kann's halt nicht ändern.»

Harriet schüttelte im Bett ein Kissen auf, Wenn sie schon Bekenntnisse zu hören bekam, konnte sie es sich auch bequem machen. «Schieß los.»

«Susan Reilly hat Martin Kuzirian auf dich und Carmen angesetzt. Sie hat euch eine Falle gestellt. In dieser Hinsicht ist sie gerissen. Ihr seid glatt reingeschlittert.»

«Carmen ist glatt rausgeschlittert.»

Alicia sagte unverblümt: «Das hätte sie irgendwann sowieso getan. Sie schickt ihre Liebhaberinnen in die Wüste, wenn sie sie satt hat.»

«Wenn sie einen Ölwechsel braucht?»

Alicia kicherte wieder.

«So ungefähr. Harriet, ich wünschte, du wärst keine Lesbe. Diese Beziehungen haben einfach keine Stabilität. Du würdest eine gute Ehefrau und liebevolle Mutter abgeben. Du brauchst einen Mann, der sich um dich kümmert.»

«Im Augenblick brauchst du, glaube ich, einen Mann mehr als ich.» Ihr leben lang hatte Harriet dieses Argument zu hören bekommen. Sie wußte, daß es nur gut gemeint war. Jetzt sollte es wohl Alicia ebenso überzeugen wie Harriet.

«Denk drüber nach.»

Nachdem sie den Hörer aufgelegt hatte, warf Harriet ihren Morgenrock über und ging auf Zehenspitzen zu Rickys und Janes Schlafzimmer. Die Tür stand offen, und sie schliefen noch nicht.

«Ihr würdet nie raten, was Alicia mir erzählt hat!» Harriet wiederholte ihnen jedes Wort.

«Das haut mich um.»

«Ich wußte es.» Jane schlug sich auf den Schenkel.

«Sinnlos, es Carmen zu erzählen.» Harriet saß am Fußende ihres Bettes. «Du siehst müde aus, Jane.»

«Das Alter.»

Harriet sah sie an. «Nicht bei dir.» Aber sie konnte nicht umhin, die dunklen Ränder unter Janes Augen zu bemerken.

«Na, jedenfalls bestätigt das meine Theorie.» Ricky schob seine Hand unter den Kopf.

«Also los, Einstein.» Jane wartete ab.

«Liebe läßt sich nicht nach dem beurteilen, was am Ende dabei rauskommt.»

Susan Reilly schlug Page Bartlett Campbell in einem mitreißenden Halbfinale. Susan stand jetzt Carmen im Finale gegenüber. Carmen hatte es in ihrem Halbfinale etwas leichter, da Rainey Rogers sich eine Leistenzerrung zuzog.

Es war ein drückender Septembertag. Schon vor dem ersten Aufschlag waren beide Frauen schweißgebadet.

Susan, die stark spielte, gewann den ersten Satz 6 : 4. Carmen kämpfte im zweiten Satz ein 7 : 5 heraus. Hätten sie vor dem dritten Satz ihre verschwitzte Kleidung wechseln können, hätte sich jede Frau besser gefühlt. Die Männer können ihre Hemden zwischen den Sätzen ausziehen, sich abtrocknen, ein frisches Hemd überstreifen und dann wieder hinausstürmen. Nicht so die Frauen. Ihre Kleider hingen wie Kletten an ihnen. Ihre Stimmungen waren ebenso auf dem Siedepunkt wie ihre Körper. Daß eine ausflippte, war nur eine Frage der Zeit.

Timothy thronte hoheitsvoll auf einem der reservierten Stühle hinter der Grundlinie. Bonnie Marie verkrümelte sich auf einen viel weniger auffälligen Sitz. Miguel saß neben Timothy und ignorierte ihn.

Bei 3 : 2 nach einem besonders tückischen Ballwechsel, stürmte Susan ans Netz. Sie hatte Carmen bei vierzig zu dreißig, und Susan hatte Aufschlag. Sie strotzte vor Selbstvertrauen. Carmen schmetterte einen Passierball zur Seitenlinie. Susan erwischte ihn, und er flog zurück auf die Grundlinie. Der Ball war eindeutig auf der Linie.

«Aus», rief der Linienrichter.

Carmen ging zur Linie und prüfte es nach. Wohlweislich hielt sie den Mund. Miranda Mexata, von der Sonne geblendet, konnte diesen Ball nicht gesehen haben, und Carmen wußte, daß Miranda sich nicht gutgläubig über den Linienrichter hinwegsetzen konnte.

Susan ereiferte sich am Netz. «Der Ball war kilometerweit drin.»

Die Fernsehkameras für die Zuschauer zu Hause zeigten ebenfalls, daß der Ball genau auf die Linie ging. Aber Video hatte auf dem Platz keine Bedeutung. Die Situation war enervierend.

Susan brüllte, und die Fans brüllten mit. Der Linienrichter war hartnäckig. Die Hitze ließ auch ihn hochgehen.

«Carmen, willst du etwa das Match auf diese Weise gewinnen?» appellierte Susan.

Carmen antwortete nicht.

«Seit Jahren spielen wir jetzt zusammen. Wir haben einander noch nie verladen.» Susan nahm es hier nicht allzu genau.

Carmen schwankte.

«Sag ihm schon, was du gesehen hast.»

Miranda sagte: «Meine Damen, den nächsten Punkt bitte.»

«Sag's ihm.»

«Ich hab den Ball drin gesehen», sagte Carmen heiser zu dem verlegenen Linienrichter.

«Miss Semana, ich sah ihn im Aus.»

«Hören Sie, selbst meine Gegnerin weiß, daß er drin war.»

«Susan, wenn Sie nicht den nächsten Aufschlag machen, bekommen Sie einen Strafpunkt, womit es Vorteil für Miss Semana steht.»

Etwas schnappte über. Zuviel Spannung. Zuviel Hitze. Zuviel Unausgesprochenes zwischen den beiden ehemaligen Liebhaberinnen, die auf ein unheilvolles Ende zusteuerten. Susan hechtete übers Netz. Tobend stand sie vor dem Linienrichter. Carmen wechselte vernünftigerweise auf die Einstandsseite hinüber.

Die Menge schäumte. Alle waren wütend. Susan stieß den Linienrichter von seinem Stuhl.

«Wächter, entfernen Sie Mrs. Reilly vom Platz. Dieses Match ist vorbei, meine Damen und Herren. Carmen Semana gewinnt durch Abbruch.» Miranda Mexata hatte schon miterlebt, wie beim US Open aus Funktionären Hackfleisch gemacht wurde. Hier konnten die Veranstalter ihre Autorität nicht untergraben. Die Situation war klar. Keine Spielerin ist größer als das Spiel selbst. Susan Reilly hatte einen abscheulichen Verstoß gegen den Linienrichter, ihre Gegnerin, das Publikum und den Tennissport selbst verübt. Aus!

Vier Wächter waren notwendig, um Susan Reilly vom Platz zu schaffen. Einer der Veranstalter tauchte wunderbarerweise am Fuß von Mirandas Hochsitz auf. Sie beugte sich hinunter und sagte ihm, er solle seinen Scheiß wegpacken. Auf gar keinen Fall würde dieses Spiel fortgesetzt, sobald sich Susan gefangen hätte. Verdammt, man müsse sie mit Thorazin vollpumpen. Trotz seiner Panik wußte der Veranstalter doch, daß er Miranda Mexata den Rücken stärken mußte.

Am nächsten Tag zogen die Journalisten eine Orgie der Empörung über Susans Attacke ab. Merkwürdigerweise hielt sich Martin Kuzirian bedeckt.

Also hatte Carmen das US Open gewonnen. Eine Wolke hing über diesem Sieg, und dafür würde sie Susan bis an ihr Lebensende verfluchen . . . aber sie hatte es gewonnen. Ein Turnier lag noch vor ihr. Nur eines.

13

Jane sagte niemandem etwas über ihren Zustand. Ende September stand es sehr schlecht um sie. Die Chemotherapie griff sie furchtbar an. Sie erholte sich zwar, reiste aber nicht mehr herum. Harriet, die nichts davon wußte, rief jeden zweiten Tag an. Jane erklärte die Tatsache, daß sie nicht unterwegs war, damit, daß sie an ihrem seit langem angekündigten Roman schriebe. Sie versprach, Harriet bald zu besuchen.

Sie wurde in der zweiten Oktoberwoche in die Klinik eingeliefert. Ricky brachte Harriet die Nachricht bei. Jane schwor, sie würde wieder gesund, doch er wußte, daß sie das Krankenhaus nicht mehr lebend verlassen würde. Als Harriet durch die Tür kam, warf Jane ein Glas nach Ricky. Ihr Zorn verrauchte so rasch, wie er gekommen war. Ricky ließ sie allein.

«Ich habe meine Reiseschreibmaschine mitgebracht. Dachte, du möchtest mir vielleicht diktieren.»

«Später.» Jane seufzte. «Ich wollte nicht, daß mich jemand so sieht.»

Sie sah schrecklich aus. In den letzten drei Wochen hatte sie gefährlich an Gewicht verloren. Ihr Blick war glasig, und die Kopfschmerzen waren schlimmer geworden. Medikamente stillten die Schmerzen, betäubten sie aber auch.

«Mir ist es egal, wie du aussiehst.»

«Reichlich mies.»

Harriet zuckte die Achseln. «Es tut mir leid, wenn ich dich durch mein Kommen aufgeregt habe. Ich wünschte, du hättest es mir gesagt.»

«Es ist nicht deinetwegen. Ich habe es niemandem gesagt. Du verstehst das, oder?»

«Ja.»

«Ich habe viel nachgedacht. Du wärst erstaunt, was du alles denkst, wenn du krank bist. Freilich, die halbe Zeit bin ich so gedopt, daß ich überhaupt nicht denken kann.»

«Kann ich irgend etwas für dich tun?»

«Gib auf Ricky acht.»

Ein krampfhafter Schauder durchzuckte Harriets Körper. «Jane ...»

Jane winkte ab. «Krieg dich wieder ein. Vielleicht geht's mir ja morgen wieder gut.»

«Natürlich wird es das!»

«Ja, na, kann auch sein, daß ich die Pfadfinderin zum Kosmos werde.»

«Und himmlische Lagerfeuer entfachst.» Harriet lächelte. Sie fühlte sich entsetzlich.

Jane lehnte sich hinüber und nahm Harriets Hand. «Tut mir leid, daß du so viel Kummer hast.»

«Mein Gott, Jane, mein Kummer ist gar nichts!»

«Ich halte nichts von Leidensvergleichen. Du machst eine miese Zeit durch. Jetzt, wo Carmen verheiratet ist, probieren sie vielleicht die lesbische Witwenverbrennung an dir aus.»

«Nach einer Weile bist du dagegen abgestumpft.»

«Weißt du, worüber ich nachgedacht habe?» Jane hielt weiter Harriets Hand. «Ich bin christlich erzogen worden.»

«Ich auch.»

«Na ja, ich glaube wirklich, daß Christus für meine Sünden gestorben ist, sag das Baby Jesus. Aber, weißt du, im Laufe der Geschichte waren da Tausende von Söhnen und Töchtern Gottes, namenlose Seelen, die ebenso für uns gelitten haben und gestorben sind. Wiedergeburt ist ein kollektiver Prozeß. Wir haben ein Individuum ausgewählt, um das zu symbolisieren, doch in Wahrheit müssen wir es zusammen tun. Verstehst du?»

«Ich versuch's.»

Das war das letzte Gespräch, das die beiden Freundinnen führten. Jane Fulton starb plötzlich am nächsten Abend. Sie sprach gerade mit Ricky, als sie starb.

Während sie einen Korridor langer Dunkelheit durcheilte, stürzte Jane dem Unbekannten entgegen und vereinigte sich schließlich mit blendendem Licht. Vielleicht war dies eine Erinnerung an die Reise durch den Geburtskanal und in die Welt. Vielleicht steckt diese Erinnerung in jedem Menschen, und der Tod weckt sie wieder wie eine abgelegte Kassette, um das Sterben zu mildern. Oder vielleicht war es wahre Wiedergeburt. Was auch immer, Jane Fulton lächelte am Ende.

«Ich habe die Berichterstattung von den Olympischen Spielen in Melbourne verpaßt. Ich hatte gerade das Studium abgeschlossen und arbeitete für eine winzige Zeitung in Charleston, West Virginia.» Ricky und Harriet spazierten durch den Olympiapark, dicht bei Fitzroy Gardens in Melbourne, Australien.

«Ich las die Ergebnisse in den Zeitungen und träumte davon, einmal Speerwerferin zu werden.»

«Würstchen.» Ricky schirmte die Augen ab und sah auf die Namen, die außen in die Stadionmauern gemeißelt waren. «Danke, daß du mitgekommen bist. Ich weiß, es ist hart für dich, Carmen zu sehen und unter den Tennisleuten zu sein, aber ich konnte dieses Turnier nicht allein durchstehen. Es ist mein erstes großes Turnier, über das ich ohne Jane berichte.» Ihm versagte die Stimme.

«Nicht ich tue dir einen Gefallen, du tust mir einen. Ich liebe Australien, und es war sehr großzügig von dir, mir die Reise zu bezahlen.»

Ricky las weiter die in das weiße, etwas bröcklige Stadiongemäuer verewigten Namen. «Kaum zu glauben, daß dieser Park vor weniger als 30 Jahren voll mit Menschen aus aller Welt war. Für zwei Wochen war hier der Mittelpunkt des Sports.»

Das Kooyong-Stadion, ein smaragdgrünes Juwel, liegt außerhalb von Melbourne. Lastwagenfahrer, die auf dem hoch gelegenen Highway vorbeirasten, drückten aus purem Spaß am Krach auf die Hupe. Mehr als ein Spieler wurde von dem fröhlichen Gehupe aus dem Rhythmus gebracht.

Der Rasen glitzerte in diesem Jahr. Weil die Jahreszeiten auf der anderen Seite des Äquators umgekehrt sind, machte Harriet ihre Weihnachtseinkäufe im rückenfreien Oberteil.

Die Wolken über dem Stadion wirkten wie Thors geballte Fäuste. Ein Regenguß ließ die Leute schutzsuchend flüchten. Ebenso plötzlich kam wieder die Sonne hervor, die Schulkinder in Uniform saßen als erste wieder auf ihren Plätzen, und dann watschelten die Melbourner Matronen zu ihren Clubsesseln.

Eine viktorianisch angehauchte Dame beobachtete eine junge Frau im Bikini. Sie schnaubte: «Was bleibt denn da für ihren Ehemann?»

Bunte Zelte, die draußen vor dem Stadion aufgestellt waren, beherbergten die verschiedensten Wohltätigkeitsvereine. Jeden Tag wurde für irgendeinen ehrenwerten Zweck Geld gesammelt, und die Sammelnden hatten das Vergnügen, ihr frommes Tun mit einem Schwätzchen hier und da verbinden zu können.

Sponsoren buhlten um Aufmerksamkeit. Ein gigantischer Tennisball in Ballongröße schwebte über dem Tennisgelände. Der Ballfabrikant hatte sich das ausgedacht. Alle beklagten seine Phantasielosigkeit, aber alle bemerkten ihn.

In dieser Woche wurde gutes Tennis geboten. Schmettie Kittredge schaffte es bis ins Halbfinale und legte einen fabelhaften Kampf gegen Susan Reilly hin. Susan besiegte sie, aber es dauerte eine Weile. Susan war beim US Open mit einer Strafe von 500 Dollar belegt worden. Sie zahlte, entschuldigte sich wortreich und war nun darauf aus, unter Beweis zu stellen, daß sie sich auf dem Platz benehmen konnte. Carmens Halbfinale verlief weniger dramatisch, aber für sie zufriedenstellend. Sie warf Rainey Rogers in zwei Sätzen aus dem Rennen.

Die Medien machten viel Wirbel um die Konfrontation zwischen Carmen und Susan – ehemalige Teampartnerinnen, heute erbitterte Gegnerinnen. Niemand erfuhr je, warum sie erbitterte Gegnerinnen waren, wenngleich die Spekulationen in Australien wie überall wilde Blüten trieben.

Susan becircte ein hübsches Mädchen mit rotgelocktem Haar. Sie hätte ein gutes Maskottchen abgegeben. Für Susan war sie ideal, wei sie Susan für ideal hielt. Sie planten, gemeinsam in den Sonnenuntergang zu entschweben.

Ricky vergrub sich in seine Arbeit. Manchmal leistete Harriet ihm in der Kabine Gesellschaft, freilich nicht bei Carmens Matches.

Harriet entdeckte, daß sie die amerikanische Tenniscrew vermißte. Miranda Mexata war nicht da. Sie war nur in den Vereinigten Staaten befugt und in keinem anderen Land. Zu schade, denn die Funktionäre hätten etwas Hilfe brauchen können. Dagegen vermißte Harriet weder Seth Quintard noch Siggy Wayne. Aber was soll's, ging es Harriet einmal zu ihrer eigenen Überraschung durch den Kopf, sie müssen schließlich auch essen.

Besonders vermißte sie Lavinia Sibley Archer und ihre Ansprachen, die so atemberaubend irrelevant waren. Lavinia legt von Connecticut aus organisatorisch letzte Hand an die neubelebte Damenturnierrunde, die wie immer in Washington, D. C., ihren Höhepunkt haben würde.

Am Morgen des Finales kam Harriet nur mit Mühe aus dem Bett. Sie hatte es bereits bis zu einer Zeitzone irgendwo im Pazifik geschafft, war aber noch nicht bis Australien gelangt. Sie zog die Schreibtischschublade auf und griff nach ihrer Flasche mit Vitaminpillen. Darunter lag eine Bibel. Ein früherer Gast hatte ein rotes Band zwischen die Seiten gelegt. Neugierig schlug Harriet das Buch auf und las die folgende Korinther-Stelle:

> Wenn ich mit Menschen- und mit Engelszungen redete und hätte der Liebe nicht, so wäre ich ein tönend Erz und eine klingende Schelle.
>
> Wenn ich weissagen könnte und wüßte alle Geheimnisse und alle Erkenntnisse und hätte allen Glauben, also daß ich Berge versetze, und hätte der Liebe nicht, so wäre ich nichts.

Ricky pochte an die Tür. «Kommst du mit zum Finale?»

«Gerade habe ich mich entschlossen hinzugehen, dank der Bibel.»

Er klopfte mit dem Knöchel an die Tür zwischen ihren

Zimmern. «Also kommst du schließlich doch noch auf Noahs Arche.»

«Warum glaubst du, es wird Regen geben?»

«Nein, ich fragte mich bloß, wie lange du widerstehen könntest, Carmen spielen zu sehen.»

«Ich komme mit auf die Arche, als Einhorn, als schwarzes Einhorn.»

Er lachte. «Na, dann los.»

Als Carmen und Susan den Platz betraten, begrüßte sie herzlicher Applaus. Inzwischen war die Sportwelt über den Grand Slam in heller Aufregung. Man hätte denken können, es handle sich um das Jüngste Gericht.

Harriet sah Carmen seit August zum erstenmal wieder. Mein Leben lag einmal in ihren Armen, dachte sie. Wie konnten Menschen, die einander so gut kannten, sich derart fremd werden?

Timothy lümmelte sich in einem Stuhl direkt hinter der Grundlinie. Bonnie Marie war diskret in einer Sponsorenloge versteckt. Miguel war daheim in Argentinien, wieder einmal in Ungnade gefallen. Vor einem Monat war Carmen ein Stein aus einer Halskette gebrochen. Als sie sie zum Reparieren brachte, sagte ihr der Juwelier, sie sei aus Strass und künstlichen Diamanten. Miguel hatte ihren Schmuck nicht im Safe deponiert, wie er sagte. Er hatte das Zeug kopieren lassen und den echten Schmuck verkauft.

Carmen lief sich warm. Jede Frau schlug mit Macht. Die Returns wurden zur Grundlinie zurückgepeitscht. Beide wirkten locker. Jedesmal wenn Susan einen Ball traf, blies ihr neuer Schatz ihr Küsse herüber.

Carmens Blick schweifte über die Tribünen. Automatisch suchte sie oben nach Ricky. Natürlich hatte sie gehört, daß Harriet da war. Sie hatte sie nicht gesehen. Als sie jetzt hochschaute, sah Carmen sie. Einen Moment lang war es, als hätte sich nichts geändert – Harriet lehnte an der Wand, außerhalb des Kamerabildfelds, Ricky hatte seine Kopfhörer auf und . . . keine Jane. Carmen blinzelte und sah rasch zu Bonnie Marie hinüber, um sich zu vergewissern. Sie verdrängte ihre Gedanken und fixierte ihre, wenn sie von sich selbst einmal absah, älteste Gegnerin auf der anderen Seite des Netzes. Susan hatte einen Adlerblick.

Der erste Satz, schwer erkämpft, ging an Carmen. Im zweiten Satz brachte es Susan, sie spielte wie eine Wahnsinnige, bis zum Tie-Break und hatte ihn in der Tasche. Jeder folgende, haßerfüllte Punkt erregte dic Menge. Die Australier waren wie die Italiener, in jeder Situation erfaßten sie sofort das Drama. Sie gingen zwar anders damit um, vibrierten aber wie Stimmgabeln. Carmen donnerte einen so harten Vorhand-Cross, daß ihr Schläger wie ein geschleuderter Speer zitterte.

Wäre Qualm vom Platz aufgestiegen, hätte sich kein Zuschauer gewundert. Diese beiden verabscheuten einander mit verbissener Intensität. Jeder Punkt war eine Herausforderung, ein Duell. In diesem Match gab es keine Defensive, es bestand nur aus Angriff und Gegenangriff. Es schien, als wären selbst die Fehlpässe aus Gehässigkeit gefeuert.

Keine Frau konnte den Aufschlag der anderen durchbrechen. Sicher mußte eine von ihnen irgendwann langsamer, erschöpft, ungenau werden. Aber mit jedem Punkt, ob sie ihn gewann oder verlor, wurde Susan auf manische Weise stärker. Falls sie die Menge überhaupt hörte, merkte man es ihr doch niemals an. Carmen preßte die Lippen über den Zähnen zusammen. Tiefe Falten zogen sich an ihrem Mund entlang. Sie wirkte zehn Jahre älter als 24. Die Anspannung verdoppelte noch ihre Konzentration.

Im Krieg gibt es einen Todesstreifen. Auch Tennis hat einen: Niemandsland. Auf jeder Seite dieses Todesstreifens, auf halbem Weg ans Netz, kann eine Spielerin überleben. In der Mitte erwartet sie freilich der Tod. Schnelligkeit und ein stahlharter Halbvolley retten sie vielleicht. Andernfalls gehen die Lichter aus.

Der dritte Satz raste dahin, wenngleich die Punkte lang waren. Susan attackierte bewußt Carmens solide, aber unspektakuläre Rückhand. Sie war die einzige Schwäche in ihrem Repertoire. Im Tennis gibt es zwei Theorien, und nur diese zwei: entweder durchbricht man die Schwächen des Gegners, oder man durchbricht seine Stärken. Die Stärken zu durchbrechen ist schwerer, doch ist das geschafft, werden die Resultate schneller erreicht, weil das gegnerische Spielkonzept rasch in sich zusammenbricht. Susan entschied sich für den längeren, aber sichereren Weg. Die Leistungsfähigkeit des menschlichen Körpers nimmt über 25 pro Jahr um 1 Prozent ab. Susan war um den Bruchteil einer Sekunde langsamer als zu ihrer Bestzeit – das wußte sie, dafür ging sie berechnend genug mit ihren Fähigkeiten um. Zu ihrer Bestzeit Mitte Zwanzig hätte sie versucht, Carmens Vorhand zu durchbrechen. Jetzt nutzte sie ihre Jahre auf dem Platz und plante jeden Punkt. Sie fegte Carmen nicht weg, sie nahm sie auseinander.

Carmen, physisch in Höchstform, war überall. Selbst die mitleidlose australische Hitze konnte sie nicht fertigmachen. Susans Genage an ihrer Rückhand machte ihr keine angst. Sie unterschnitt die Bälle und hielt sie tief. Da sie auf Rasen spielten, prallte der Ball oft mit einem Drall auf. Carmen konnte ohne einen superscharfen Vorhand-Topspin leben.

Von hoch droben sah Harriet, was sie und alle anderen wußten: dies würde als eines der größten Spiele in die Geschichte des Tennis eingehen. Es war ein Vergnügen, zwei gleich gut spielenden Gegnerinnen zuzuschauen. Die heroische Dimension des Kampfes machte den Mangel an Tiefe im Damentennis wett. Die langweiligen, ungleichen Anfangsrunden vergaß man bei der Brillanz des Finales.

Carmen wirkte auf dem Platz so stark. Eigenartig, für wie psychisch stark Sportler auf Grund ihrer physischen Leistung gehalten werden. In Wahrheit sind sie im allgemeinen Menschen, die der Außenwelt nicht gewachsen sind. Physische Stärke und psychische Stärke haben noch nie bei einem Menschen übereingestimmt. Vielleicht hatte Harriet von Carmen zuviel erwartet. Wie konnte die Argentinierin denn erwachsen sein, wenn sie von Kindern umgeben war, die das Ziel von Jugendlichen verfolgten? Spiele sind wunderbar, aber sie sind für Kinder. Carmen konnte nur sein, was sie war – im Grunde eine gute Person mit einer kurzen Aufmerksamkeitsspanne, unfähig, sich mit emotionalen Konflikten oder Enttäuschungen auseinanderzusetzen; ein Mensch, der nichts anderes wollte, als glücklich sein.

Die Menschen in Carmens Umgebung wollten ganz entschieden nicht, daß sie sich über irgend etwas anderes als Tennis Gedanken machte. Sie füllte ihnen die Taschen. Wie konnte sie denn erwachsen werden, wenn fünfzigjährige Veranstalter mit infolge kosmetischer Chirurgie maskenhaften Gesichtern und Haartransplantaten ständig von demselben kindischen Ziel plapperten – glücklich zu sein. Warum war denn nicht jeden Tag Weihnachten? So sollte es eigentlich sein; jedenfalls dachten sie das jedesmal, wenn sie ihr einen weiteren Vertrag vorlegten.

Es bedarf einer außergewöhnlichen Persönlichkeit, um den Verlockungen des Profisports standzuhalten. Carmens Talent war außergewöhnlich. Ihre Persönlichkeit war es nicht.

Im letzten Spiel des dritten Satzes hielt Susan ihren Aufschlag formgetreu. Jeder Punkt war ein Marathon. Susan schloß ihren Aufschlag mit einem mörderischen Vorhand-Cross ab, der die Ecklinie traf und über den Rasen zischte. Magischerweise war Carmen da und schickte mit einer Drehung ihres Handgelenks einen Passierball hinüber. Susan, die überrumpelt war, wurde weit zurückgetrieben. Carmen spurtete mutig ans Netz. Wütend über das, was sie für einen unerreichbaren Ball gehalten hatte, legte Susan ihren ganzen Körper in den Schlag und folgte dem Ball gleichfalls ans Netz. Niemand konnte glauben, was doch alle sahen. Beide Frauen waren plötzlich im Niemandsland. Wacker hielt jede ihre Stellung und prügelte den Ball auf Teufel komm raus. Keine wich und keine konnte vorwärts. Wie ein Punkt im Doppel am Netz wurde dieser Punkt gespielt. Die Leute saßen bewegungslos auf ihren Sitzen, von Ehrfurcht ergriffen.

Carmen feuerte den Ball in scharfem Winkel unerreichbar über Susan hinweg, aber Susan war da und schlug den Ball Carmen vor die Füße. Carmen zog ihn etwas zu hoch, und

Susans Return zischte um Armeslänge an Carmens Rückhand vorbei. Susan hielt ihren Aufschlag.

Nun mußte der Tie-Break die Entscheidung bringen. Keine der Frauen verlor ihren Aufschlag im Tie-Break. Der «plötzliche Tod» wurde zum schleichenden Tod. Eine der beiden mußte mit zwei Punkten Vorsprung gewinnen. Carmen durchbrach Susans Aufschlag. Die Menge raste. Susan, die bis zum Berg Olympus reichte, durchbrach ihren ebenfalls. Wieder war Gleichstand erreicht.

Carmen hatte noch einen Aufschlag. Wenn es ihr nur gelänge, noch einmal den Aufschlag zu brechen. Sie donnerte einen Aufschlag wie eine Spirale auf Susans Körper. Es war ein ungeheurer Kraftakt. Susan schlug ihn zurück, als wäre er ein Wattebausch. Dieser Punkt knisterte weitere zwei Minuten lang in hämmerndem Spiel, bis Carmen von Susans Rückhand niedergesäbelt wurde.

Sie ging zurück, um Susans Aufschlag anzunehmen. Als folge sie einem Instinkt, sah sie zu Harriet hoch. Sie schirmte einen Moment lang ihre Augen ab, als hätte sie ein Insekt hineinbekommen oder als blende sie die Sonne. Sie sammelte sich. Susan schlug den Ball so hart, daß man ihn noch in Brisbane vorbeifliegen sah. Mit einigem Glück erwischte ihn Carmen. Der Ball flog über das Netz zurück. Susan drückte aufs Tempo. Sie warf sich in den Ball, verrenkte ihren Körper und schmetterte eine vernichtende Vorhand zur Linie. Carmen schlug eine zurück, aber sie war nicht sonderlich tief. Susan lief vor und trieb den Ball zurück. Carmen konterte mit einem Lob. Susan feuerte einen zermalmenden Überkopf-Schmetterball direkt auf Carmens Körper. Der Ball traf Carmen. Susan hatte soeben das Australian Open gewonnen.

Vom Match emotional erschöpft, brach die Menge los. Sie johlte und schrie, einige versuchten gar, auf den Platz zu klettern. Susan, die Siegerin der offenen australischen Meisterschaften, wartete am Netz. Carmen war auf die Knie gesunken, ihr Kopf berührte sie fast. Sie lag direkt auf der Grundlinie. Die Menge schrie weiter. Susan blickte zufrieden zu Carmen, drehte sich dann um und ging zur Schiedsrichterin und schüttelte ihr die Hand. Die Schiedsrichterin schwang sich rasch von ihrem Sitz und ging wortlos zu Carmen hinüber.

«Nun, Miss Semana, lassen Sie uns vom Platz gehen, ja?» Sie faßte Carmen unter den Ellbogen, und Carmen stand folgsam auf. Die Menge brüllte wieder. Die Schiedsrichterin führte sie zu ihrem Stuhl zurück und sagte dem Ansager, er solle Carmen Zeit geben, sich zu fangen.

Das Australian Open war der Anfang von Susans Reillys Ende und das Ende von Carmens Anfang. Susan würde nie wieder einen so großen Augenblick erleben. Da sie ihre Persönlichkeit um den sportlichen Sieg herumgebaut hatte, bedeutete das letztlich, daß ihre psychische Gesundheit auf dem Spiel stand.

In einem schmerzlichen Moment entdeckte Carmen, daß Anfänge leicht sind – das Schwierige ist die Kontinuität. Sie konnte nicht Schritt halten. Susan wollte diesen Sieg mehr, als sie ihn wollte. Sportliche Unsterblichkeit lag in ihrer Reichweite, und sie ließ sie fahren. Was blitzte vor ihren Augen auf, als sie Harriet dort oben sah? Ein mörderischer Lichtstrahl? Ein konturloser Schatten von Schuld? Vielleicht nichts.

Carmen saß in ihrem Stuhl, das Handtuch über dem Kopf, und schluchzte. War diese Niederlage Karma oder statistische Wahrscheinlichkeit? War diese Niederlage ein geringer Schmerz, verglichen mit der unbarmherzigen Zukunft? Carmen dämmerte es schwach, daß sie hier die erste Rate des Preises für das Erwachsenwerden gezahlt hatte.

Hoch über Carmens Kopf saß Harriet und weinte mit ihr. Ricky legte den Kopfhörer vorsichtig auf seinen Skriptblock.

«Liebst sie noch immer?»

«Ich wollte, daß sie gewinnt! Es gibt nicht so massenhaft andere Möglichkeiten in ihrem Geschäft.»

«Nein, aber wie wunderbar, daß sie so weit gekommen ist.»

Harriet hörte auf zu weinen und sagte leise: «Wenn es ein Leben nach dem Tod gibt, möchte ich gern glauben, daß wir alle uns wiederfinden. Ich möchte gern glauben, daß das Schlechte, das wir getan haben, vergeben sein wird. Ich möchte gern glauben, daß Gott die Liebe zwischen uns stärkt. Ist das denn solch ein alberner Traum? Gibt es denn nie eine Zeit, da Menschen durch mehr als Narbengewebe verbunden sind? Ricky, ich weiß nicht, aber ich möchte so gern glauben, daß solch eine Liebe bestehen kann, wenn nicht hier auf Erden, dann im Himmel.»

Ricky umarmte sie. «Liebe ist nie verloren, nur die Menschen.»

James A. Michener

Klondike

304 Seiten, 1 Karte, 1 Foto, Vorsatz,
gebunden mit Schutzumschlag

Klondike: Ein Name wurde zum Rausch, zur letzten Hoffnung vieler Verzweifelter, die 1897 Zeitungsmeldungen über unermeßliche Goldvorkommen verschlangen und Heimat und Familie verließen, um einen Claim abzustecken. Aber es waren auch Abenteurer aus allen Schichten darunter, die der Langeweile ihrer sozialen Rolle entfliehen wollten. Wie jener englische Lord Luton, der sich zusammen mit seinem Vetter Carpenter, seinem Neffen Henslow, dessen Freund, dem Dichter Blythe, und dem irischen Wildhüter Fogarty nach Kanada aufmacht. Als gute Patrioten schwören sie, keinen Fuß auf US-amerikanischen Boden zu setzen, und so beginnt eine abenteuerliche Reise in das ausgedehnte und vielfach noch unerschlossene Flußsystem des Mackenzie. Was als Herausforderung begann, endet als Katastrophe. Nur zwei der fünf Männer werden die arktischen Stürme, tragischen Unfälle und Barrieren einer feindlichen Umwelt überleben. Dies ist ein hartes Buch, aber zugleich auch das Hohelied von Freundschaft und menschlicher Größe, die in der Verzweiflung über sich hinauswächst.

Rita Mae Brown

«**Rita Mae Brown** trifft überzeugend und witzig den Ton ihrer Protagonistinnen und schreibt klug ein Stück Frauengeschichte über Frauen, die ihr Leben selbst bestimmt haben.» Die Zeit

Herzgetümmel *Roman*
(rororo 12797 und als gebundene Ausgabe)
Als Geneva heiratet, ist die Welt noch in Ordnung. Sie liebt ihren Mann, und Nash verwöhnt sie wie es sich für einen Südstaaten-Kavalier gehört. Doch der Bürgerkrieg trennt das traute Glück und Geneva macht sich in Männerkleidern auf die Suche nach ihrem Mann...

Jacke wie Hose *Roman*
(rororo 12195)
Schrullig sind sie geworden, ungezähmt geblieben – die beiden Hunsenmeir-Schwestern in Runnymede, Pennsylvania. Seit 75 Jahren lieben und hassen sie sich, sind «Jacke wie Hose». Ein aufregendes Leben zwischen Krieg und Bridgepartien, Börsenkrach und großer Wäsche.

Die Tennisspielerin *Roman*
(rororo 12394)
«Rita Mae Brown schafft lebendige Wesen, mit denen wir grübeln und leiden, hoffen und triumphieren, erlöst und vernichtet werden. Es geht dabei um viel, viel mehr als um Tennisstars, egal ob echte oder fiktive. Rita Mae Brown ist eine große Charakterzeichnerin geworden.» Ingrid Strobl in «Emma»

rororo Unterhaltung

Rubinroter Dschungel *Roman*
(rororo 12158)
«Der anfeuerndste Roman, der bislang aus der Frauenbewegung gekommen ist.» New York Times

Wie du mir, so ich dir *Roman*
(rororo 12862)
In Montgomery scheint die Welt zwar in Ordnung, aber was sich da alles unter der puritanischen Gesellschaftskruste tut, ist nicht von schlechten Eltern...

Im Rowohlt Verlag ist außerdem lieferbar:

Bingo *Roman*
Deutsch von Margarete Längsfeld
416 Seiten. Broschiert.
Louise und Julia Hunsenmeir, beide in den Achtzigern und mehr als selbstbewußt, setzen alle Tricks und Kniffe ein, um einen attraktiven Endsiebziger zu umgarnen. «... ein Glückstreffer der Unterhaltungsliteratur.» Westdeutsche Zeitung

3291/1

Rowohlt im Kino

John Updike
Die Hexen von Eastwick
(rororo 12366)
Updikes amüsanten Roman über Schwarze Magie, eine amerikanische Kleinstadt und drei geschiedene Frauen hat George Miller mit Cher, Susan Sarandron, Michelle Pfeiffer und Jack Nicholson verfilmt.

Hubert Selby
Letzte Ausfahrt Brooklyn
(rororo 1469)
Produzent: Bernd Eichinger
Regie: Uli Edel
Musik: Mark Knopfler

Alberto Moravia
Ich und Er
(rororo 1666)
Ein Mann in den Fallstricken seines übermächtigen Sexuallebens – erfolgreich verfilmt von Doris Doerrie.

Paul Bowles
Himmel über der Wüste
(rororo 5789)
«Ein erstklassiger Abenteuerroman von einem wirklich erstklassigen Schriftsteller.»
Tennessee Williams
Ein grandioser Film von Bernardo Bertolucci mit John Malkovich und Debra Winger

John Irving
Garp und wie er die Welt sah
(rororo 5042)
Irvings Bestseller in der Verfilmung von George Roy Hill.

Alice Walker
Die Farbe Lila
(rororo neue frau 5427)
Ein Steven Spielberg-Film mit der überragenden Whoopi Goldberg.

rororo Unterhaltung

Henry Miller
Stille Tage in Clichy
(rororo 5161)
Claude Chabrol hat diesen Klassiker in ein Filmkunstwerk verwandelt.

Oliver Sacks
Awakenings – Zeit des Erwachens
(rororo 8878)
Ein fesselndes Buch – ein mitreißender Film mit Robert de Niro.

Ruth Rendell
Dämon hinter Spitzenstores
(rororo thriller 2677)
Rendells atemberaubender Thriller wurde jetzt unter dem Titel «Der Mann nebenan» mit Anthony Perkins in der Hauptrolle verfilmt.

Marti Leimbach
Wen die Götter lieben
(rororo 13000)
Das Buch zum Film «Entscheidung aus Liebe» mit Julia Roberts und Campbell Scott in den Hauptrollen.